प्राचीन भारत
में
विज्ञान

प्राचीन भारत में विज्ञान

डॉ. डी.डी. ओझा
रवींद्र कुमार

सत्साहित्य प्रकाशन, दिल्ली

प्रकाशक : सत्साहित्य प्रकाशन,
694 (पहली मंजिल), चावड़ी बाजार, दिल्ली–110006
 / संस्करण : 2025 / मूल्य : पाँच सौ रुपए
मुद्रक : आर–टेक ऑफसेट प्रिंटर्स, दिल्ली ISBN 978-93-92573-10-1

PRACHEEN BHARAT MEIN VIGYAN
by Dr. D.D. Ojha • Shri Ravindra Kumar ₹ 500.00
Published by **SATSAHITYA PRAKASHAN**
694 (First Floor), Chawri Bazar, Delhi-110006

परम आराध्य गुरुवर

आचार्य महामंडलेश्वर

श्री स्वामी महेशानंदजी गिरि महाराज

के

श्रीचरणों में सादर समर्पित

"वैज्ञानिकाश्च कपिलः कणादः सुश्रुतस्तथा।
चरको भास्कराचार्यो वराहमिहिर सुधी॥"
"नागार्जुनो भरद्धाजः आर्यभट्टो बसुर्वुधः।
ध्येयो व्यंकटरमणश्च विज्ञा रामानुजादयः॥"

प्राक्कथन

भारत में वैज्ञानिक अध्ययन, चिंतन की अत्यंत प्राचीन एवं समृद्ध परंपरा रही है। हमारे यहाँ विज्ञान के क्षेत्र में भी असाधारण शोध-कार्य हुए हैं। प्राचीन काल में भारतवर्ष को सोने की चिड़िया कहा जाता था। हमारे देश का स्थान विश्व के उच्चतम देशों में भी था। भारत न केवल अध्यात्म व शिक्षा, वरन् विज्ञान और प्रौद्योगिकी के क्षेत्र में भी अग्रसर था। ऐसा कुछ भी नहीं था, जो यहाँ उपलब्ध नहीं था। भारतीय सभ्यता भी विश्व की अन्य सभ्यताओं में पुरानी मानी जाती है।

आज अनेक लोगों की भ्रामक धारणा है कि विश्व को विज्ञान मात्र पश्चिमी देशों की देन है, जो सर्वथा गलत है। प्राचीन काल से ही हमारे त्रिकालदर्शी भारतीय मनीषियों, यथा—धन्वंतरि, भरद्वाज, सुश्रुत, चरक, शालिहोत्र, आर्यभट, कणाद, ब्रह्मगुप्त, रेवण, आत्रेय, वराहमिहिर, भास्कराचार्य, नागार्जुन, यशोधर, वेदव्यास आदि ने विज्ञान के विविध क्षेत्रों में इतना गहन अनुसंधान किया है कि उनका नाम सहस्राब्दियों से चल रहा है और आगे भी अनवरत चलता रहेगा। विदेशी वैज्ञानिक भी उनके शोध-कार्य को महत्त्वपूर्ण मानते हैं।

वस्तुतः गणित का विकास विश्व में सबसे पहले भारतवर्ष में ही हुआ, जिसका उल्लेख वैदिक गणित में मिलता है, जैसेकि कलन (कैलकुलस)। पश्चिमी देश यह मानते हैं कि कलन सबसे पहले उन्हीं देशों ने विकसित किया, परंतु यदि हम आर्यभट तथा भास्कराचार्य द्वारा लिखित कृतियों पर नजर डालें तो हम पाते हैं कि कलन गणित उनकी पुस्तकों में पहले से ही वर्णित हैं। इसी प्रकार रोमन लोग, जो उस समय बहुत विकसित थे, उनको भी शून्य (जीरो) या उसके महत्त्व के बारे में पता नहीं था। प्राचीन भारतीयों को बड़ी संख्याओं के बारे में जानकारी थी। हमारे वराहमिहिर ऋषि आर्यभट के समकालीन थे। उनके द्वारा रचित 'बृहत्संहिता' एक अतिप्रसिद्ध एवं प्रामाणिक ग्रंथ है, जिसमें भवन निर्माण, भूकंप, उल्कापात एवं कृषि विषयक जानकारी उपलब्ध है।

भारत में वैदिक काल से ही रसायन विज्ञान में गवेषणाओं की सुव्यवस्थित और वैज्ञानिक प्रणाली विकसित हो गई थी। रसायन के क्षेत्र में सबसे महत्त्वपूर्ण कार्य किया महान् रसायनाचार्य 'आचार्य नागार्जुन' ने। उनको धातुवाद अर्थात् कीमियागीरी का प्रवर्तक माना जाता है। उनका 'रस-रत्नाकर' ग्रंथ एक प्रामाणिक ग्रंथ है, जो वर्तमान में भी उपादेय है। वैदिक काल में भारत में सात धातुओं के संबंध में विस्तृत जानकारी ज्ञात थी। इसकी पुष्टि सिंधु-घाटी सभ्यता के खुदाई में प्राप्त अवशेषों से होती है। इसी प्रकार धातु-निष्कर्षण, शोधन संबंधी तकनीकी ज्ञान की पुष्टि करते हैं। दिल्ली में कुतुबमीनार के पास लगा लौहस्तंभ 'जंग रहित आश्चर्य' कहा जा सकता है।

वैदिक शास्त्रों में वनस्पतियों के बारे में व्यापक विवरण मिलता है। 'स्कंद पुराण' में वृक्षायुर्वेद का विस्तृत उल्लेख किया गया है। आयुर्वेदीय सिद्धांतों को व्यवस्थित रूप देने में सर्वाधिक योगदान महर्षि चरक का रहा है। चिकित्सा के क्षेत्र में महर्षि सुश्रुत, विश्व के पहले शल्य चिकित्सक माने जाते हैं। उनके द्वारा रचित 'सुश्रुत संहिता' में जीवों के अंग-प्रत्यंग के साथ उनकी शल्य क्रिया की विधियाँ भी वर्णित की गई हैं। प्राचीन भारत के शालिहोत्र महर्षि पशु चिकित्सा के जनक माने गए हैं।

इतना ही नहीं, नौका प्रौद्योगिकी, रक्षा तथा विमान प्रौद्योगिकी, पर्यावरण विज्ञान के बारे में भी बृहत् जानकारी प्राचीन भारत के मनीषियों को भलीभाँति थी। इसी प्रकार कणाद ऋषि का परमाणुवाद, भारतीय काल-गणना और ज्योतिष-कैलेंडर (पंचांग) आज भी बहुत प्रासंगिक हैं। प्राचीन भारत में विज्ञान और प्रौद्योगिकी के सभी क्षेत्रों में बहुत ही उच्च स्तरीय शोध एवं आविष्कार हुए हैं, जिनका पता लगाने में विश्व के अनेक देशों को हजारों वर्ष लग गए। हमारा वैज्ञानिक आधार वेद हैं, जिसमें विज्ञान के ज्ञात सत्यों के अतिरिक्त अनेक सत्य ऐसे भी हैं, जिन्हें विज्ञान अभी खोज नहीं पाया है। वैसे तो पश्चिमी जगत् सदा से ही भारतीय दर्शन का प्रशंसक रहा है। वहाँ के शीर्षस्थ वैज्ञानिक, यथा—हाइजेनबर्ग, बोर, श्रोडिंगर आदि ने भी अपने वैज्ञानिक सिद्धांतों को मूर्त रूप देने में भारतीय वेदांत के प्रभावों को स्वीकारा है। आज विश्व के सभी विकसित देश मानने लगे हैं कि ज्ञान और दर्शन की तरह ही विज्ञान और प्रौद्योगिकी के क्षेत्रों में भी भारत का अतीत अत्यंत उज्ज्वल रहा है। परंतु आश्चर्य इस बात का है कि हमारे ही देश के लोग हमारे प्राचीन भारत के विज्ञान ऋषियों के अवदान के बारे में तथा भारत की प्राचीन गौरवशाली वैज्ञानिक और तकनीकी उपलब्धियों से अनभिज्ञ हैं और पाश्चात्य वैज्ञानिकों को ही अधिक महत्त्व देते हैं।

वर्तमान समय में यदि जनमानस को पुरातन भारत के मनीषियों के विज्ञान और प्रौद्योगिकी के विविध विषयों में प्रदान किए गए उत्कृष्ट अवदान को सरल एवं बोधगम्य हिंदी भाषा में उपलब्ध कराया जाता है तो भारत के जनमानस में स्वदेशी विज्ञान एवं वैज्ञानिकों के योगदान के बारे में निश्चित रूप से जानकारी की अभिवृद्धि होगी। अतएव, लेखकों ने इस पुनीत एवं राष्ट्रहित के कार्य को देश की जनता तक पहुँचाने हेतु '**प्राचीन भारत में विज्ञान**' पुस्तक का प्रणयन किया है, जिससे कि देशवासियों को अपने ही देश के पुरातन वैज्ञानिकों के विज्ञान के विभिन्न क्षेत्रों में प्रदान की गई सेवाओं के बारे में बृहत् जानकारी प्राप्त हो सके।

इस जनोपयोगी पुस्तक में विज्ञान के अनेकानेक विषयों, यथा—प्राचीन भारत में विज्ञान और प्रौद्योगिकी का ऐतिहासिक परिदृश्य, प्राचीन भारत में गणित, ज्योतिष, रसायन विज्ञान, कृषि, पशु चिकित्सा, धातु विज्ञान, चिकित्सा विज्ञान, अग्नि एवं मौसम विज्ञान, सैन्य विज्ञान, ऊर्जा, जल विज्ञान आदि के बारे में सरल एवं बोधगम्य भाषा में यथोचित चित्रों सहित जानकारी प्रदान करने का प्रयास किया गया है।

इस बहुपयोगी पुस्तक का सफल लेखन कार्य परम पूज्यपाद अनंत श्रीविभूषित आचार्य महामंडलेश्वर '**स्वामी श्री महेशानंदजी गिरि महाराज**' के आशीर्वाद और अनुकंपा से ही हुआ है। अतः यह पुस्तक उन्हीं के श्रीचरणों में सादर समर्पित है। इस पुस्तक के लेखन में '**स्वामी स्वयंप्रकाशजी गिरि महाराज**' ने बहुमूल्य सुझाव देकर इसको जनोपयोगी बनाया। अतएव, लेखक उनके हृदय से कृतज्ञ हैं। पुस्तक के लेखन में हम प्रो. के.बी. पांडेय, श्री सुरेश सोनी सहित उन सभी कृतिकारों के भी हृदय से आभारी हैं, जिनकी कृतियों का यत्किंचित् उपयोग इस जनोपयोगी ज्ञान यज्ञ में समिधा के रूप में किया गया है। हमें विश्वास है कि यह कृति भारतीयों को स्वदेशी विज्ञान के बारे में जानकारी प्रदान करने में उपयोगी होगी।

—डॉ. दुर्गादत्त ओझा

—रवींद्र कुमार

अनुक्रम

1

प्राचीन भारत में विज्ञान और प्रौद्योगिकी का ऐतिहासिक परिदृश्य

वैसे विज्ञान और प्रौद्योगिकी के क्षेत्र में हमारा देश बहुत प्रगति कर चुका है और आगे भी अनवरत रूप से करता रहेगा। परंतु यह प्रगति यकायक नहीं हुई है, वरन् प्राचीन काल में ही भारत में वैज्ञानिक क्षेत्रों में महत्त्वपूर्ण प्रगति हुई है। यदि हम भारतवर्ष के विभिन्न राज्यों में फैली हुई वास्तुकला को देखें तो उसमें हमें विज्ञान ही नजर आता है। गणित, ज्योतिष और चिकित्साशास्त्र में भारत के महत्त्वपूर्ण तकनीकी अवदान को तो कोई नकार ही नहीं सकता है। इसी कारण से विज्ञान के क्षेत्र में भारतवासियों की उपलब्धियाँ किसी भी पश्चिम देश से कम नहीं हैं।

भारत से ही सर्वप्रथम गणित, खगोल विज्ञान और चिकित्सा विज्ञान का महत्त्वपूर्ण विकास होकर आगे अन्य देशों में पहुँचा, जिसके फलस्वरूप अन्य देशों में भी वैज्ञानिक प्रगति हुई। वस्तुतः जब यूरोपवासियों ने एशिया के आसपास के क्षेत्रों में कब्जा किया था, तब उससे पहले ही भारत, चीन और मध्य एशिया, पश्चिमी एशिया में निरंतर विज्ञान और प्रौद्योगिकी का विकास हो गया था। भारतवर्ष से बौद्ध भिक्षुओं ने चीन जाकर वहाँ के प्रवासियों को सॉल्टपीटर के बारे में जानकारी प्रदान की, फलस्वरूप गन पाउडर का विकास हुआ। बौद्ध मत के लोग हिंदुस्तान में रेशमी कपड़े पर भगवान् बुद्ध की मूर्ति की चित्रकारी करते थे, ब्लॉक प्रिंटिंग से छपाई करते थे और इसी के माध्यम से चीन में छपाई की शुरुआत हुई।

इसी प्रकार से नौवीं सदी में जब विज्ञान का विकास पश्चिम एशिया में शुरू हुआ और बगदाद में दारूल हिक्मा (हाउस ऑफ विज्डम, एक विश्वविद्यालय,

जहाँ बुद्धिमान शिक्षक, महान् वैज्ञानिक मिल-जुलकर पढ़ाने और अन्वेषण संबंधी कार्य करते थे) बना तो वहाँ पर भारत में संस्कृत भाषा में लिखी गई गणित, खगोल विज्ञान, चिकित्सा विज्ञान की पुस्तकों का अनुवाद अरबी में किया गया। ये अनुवाद ब्रामखा के खानदान के लोगों ने किया। वैसे तो ये लोग अरबी खानदान के थे, परंतु पहले अपने को बौद्ध मानते थे और समूह में रहते थे। समूह के प्रमुख ने (क्योंकि अरबी में प और ख अक्षर नहीं है, इसलिए प्रमुख से ब्रामुख हो गए) इन पुस्तकों का अनुवाद किया और इसी अनुवाद के फलस्वरूप पश्चिम एशिया में विज्ञान का विकास हुआ। अलबरूनी जब दसवीं सदी में हिंदुस्तान आया तो उसने लिखा कि 'हिंदुस्तान में जितनी विज्ञान में प्रगति हुई है, उतनी और कहीं नहीं हुई है। विशेषकर गणित के क्षेत्र में हुई प्रगति तो सराहनीय है ही, पर खगोलशास्त्र में भी जितनी प्रगति हिंदुस्तान में हुई, उतनी आज तक कहीं नहीं हुई है।' मात्र 23 वर्ष की अवस्था में आर्यभट ने गणित और ज्योतिष पर ग्रंथ लिखे। 522 ई. में भास्कर को भारत के द्वितीय विश्वप्रसिद्ध गणितज्ञ होने का सम्मान प्राप्त हुआ। वराहमिहिर की 'वृहत्संहिता' और ब्रह्मगुप्त के 'ब्रह्म सिद्धांत' ग्रंथों में सूर्य ग्रहण की गणना और भविष्यवाणियाँ की गई थीं। अरब और यूरोपवासियों ने इन विद्याओं को भारतीयों से ही सीखा।

अलबरूनी ने वराहमिहिर और भास्कर की पुस्तकों का अनुवाद संस्कृत से अरबी भाषा में किया और इन अनुदित पुस्तकों का पश्चिम और मध्य एशिया में बहुत प्रयोग हुआ। 'इब्नेसीना' ने अपनी जीवनी में लिखा है कि जब मैं गणित सीखना चाहता था तो मेरे पिताजी ने मुझे गणित सीखने के लिए एक सब्जी विक्रेता के पास भेजा, क्योंकि उसको हिंदुस्तानी गणित आता था। अतः इससे स्पष्ट होता है कि भारतीय गणित और विज्ञान का वहाँ इतना बोलबाला था कि दिन-प्रतिदिन के काम में वहाँ के लोग हिंदुस्तानी गणित का ही प्रयोग करते थे। हमारी बीजगणित और अंकगणित का प्रचलन वहाँ इतना बढ़ गया था कि उसके बिना वहाँ के लोगों का व्यवसाय ही नहीं चलता था।

आठवीं सदी में हमारे आचार्य शंकर (शंकराचार्य) ने जब अपने दर्शनशास्त्र का प्रचार किया तो उनके दिमाग की उपज और दर्शनशास्त्र का ज्ञान इतना गूढ़ था कि उसकी मिसाल आज तक देखने को नहीं मिलती है। यहाँ एक बात विशेष ध्यान देने की है कि दर्शनशास्त्र की इतनी प्रगति के बावजूद भारत में विज्ञान की प्रगति निरंतर होती ही रही। आचार्य शंकर का दर्शनशास्त्र और उसका महत्त्व इतना तीव्र और उत्कृष्ट था कि उसका मुकाबला कोई कर ही नहीं सकता था।

आठवीं-नौवीं सदी से अरबवासी भारत आने लगे और इससे विज्ञान और प्रौद्योगिकी का आदान-प्रदान हुआ। परंतु वहाँ के सूफी मूवमेंट ने इस दिशा में हो रही प्रगति को रोका। ऐसा उल्लेख है कि चंगेज खाँ ने जब मध्य एशिया पर आक्रमण करके हर शहर को बरबाद कर दिया तो तत्कालीन वैज्ञानिकों और बुद्धिजीवियों तथा विज्ञान और प्रौद्योगिकी के समर्थकों को इतनी बुरी तरह से मारा-पीटा कि वहाँ से बहुत बड़ी संख्या में विद्वान् एवं वैज्ञानिक, बुद्धिजीवी भागकर भारत आ गए और दसवीं से बारहवीं सदी में जब उन्होंने संस्कृत में विज्ञान की पुस्तकों को देखा तो हर विषय की पुस्तकों का अरबी में अनुवाद किया। इस ज्ञान-विज्ञान के आदान-प्रदान से भी उन देशों में आशान्वित प्रगति नहीं हुई; परंतु भारत में तो विज्ञान की प्रगति निरंतर होती रही, जबकि यूरोप में इतनी प्रगति नहीं हुई।

प्रसिद्ध वैज्ञानिक एवं इतिहासकार प्रो. जोजफ नीढम ने चीन की वैज्ञानिक प्रगति पर लिखी पुस्तक में कहा है कि सत्रहवीं सदी तक हिंदुस्तान वैज्ञानिक प्रगति में यूरोप से बहुत आगे था। यदि यह बात सही है तो किन कारणों से 18वीं सदी में पिछड़ गया, इस पर हमें चिंतन करना चाहिए। 18वीं सदी में हमें एक उदाहरण मिलता है, जयसिंह द्वितीय का, उन्होंने जयपुर (चित्र-1) दिल्ली (चित्र-2) उज्जैन और वाराणसी में वेधशालाएँ बनाईं। उन्होंने इस बात का प्रयास किया कि हिंदुस्तानी खगोलशास्त्र को पश्चिम एशिया, मध्य एशिया और अंग्रेजों के खगोलशास्त्र को मिलाकर हिंदुस्तान में खगोलशास्त्र की नई नींव रखी जा सके। परंतु वे इस प्रयास में सफल नहीं हुए। उन्होंने ईंट-पत्थर से दिल्ली का जंतर-मंतर बनवाया, क्योंकि उनका मानना था कि धातुओं से बनाए गए यंत्र समय के साथ-साथ घिस जाते हैं और उनकी शुद्धता (एकुरेसी) समाप्त हो जाती है। इसलिए उन्होंने ऐसे बड़े-बड़े यंत्र बनवाए, जिससे उनकी यथार्थता या एकुरेसी समाप्त न हो। इस बात को उन्होंने स्पष्ट रूप में लिखा है कि मैंने ये यंत्र इस कारण से बनाए; और आज भी ये यंत्र इन स्थानों पर प्राचीन भारत में विज्ञान के इतिहास की प्रगति को निरंतर दोहरा रहे हैं। विज्ञान के इतिहास में जो सबसे बड़ी बात मिलती है, वह यह कि माप-जोख जो भी हो, वह बिल्कुल सही थे। यही एक प्राचीन भारत के विज्ञान की विशेषता है।

भारत में विज्ञान की प्रगति इस प्रकार हुई है कि वह हमारी संस्कृति का अभिन्न अंग बन गया। आयुर्वेद में चरक और सुश्रुत का नाम बड़े आदर के साथ लिया जाता है। सुश्रुत शल्य चिकित्सक थे और चरक एक काय चिकित्सक (फिजीशियन)। इन दोनों की पुस्तकें भी अरबी-फारसी में अनूदित हुईं और उनकी चिकित्सा का भरपूर उपयोग हुआ। मध्य एशिया में यूनानी चिकित्सा की नींव इन दोनों के कार्य से

ही पड़ी। चिकित्साशास्त्र और आयुर्वेद में जो प्रगति हुई, उसमें मौसम के अनुसार भोजन लेना होता था, जैसेकि बरसात के मौसम में अलग, सर्दी और गरमी में अलग और फिर रोगियों का इलाज भी मौसम के अनुसार ही किया जाता था। यह एक साधारण सी बात थी और इससे रोगी ठीक भी हो जाते थे।

चित्र–1 : जयपुर वेधशाला

चित्र–2 : दिल्ली वेधशाला

खगोल एवं ज्योतिष विज्ञान का उपयोग भी भारत में बहुत होता था। इसी प्रकार योग भी किया जाता था। योगासन चाहे अपने को स्वस्थ रखने के लिए किया जाता था, परंतु संगीतज्ञों के लिए अलग प्रकार के आसन थे, जिससे उनकी आवाज मधुर हो सके। इसी प्रकार नर्तक-नर्तकियों के लिए उनके अंगों को लचक देनेवाले आसन होते थे। सामान्य प्रौद्योगिकी का ज्ञान भी लोगों को था, जिसके द्वारा घरेलू दवाइयाँ बनती थीं और लगभग हर माँ को पता होता था कि जुकाम-बुखार में क्या दवा देनी है और पेट दर्द में कौन सी दवाई देनी है? इतना ही नहीं, कौन से मौसम में क्या दवाई देनी है, इसका ज्ञान भी घरेलू महिलाओं को होता था। घर में कपड़ा बनाया जाता था और उसे रँगने के लिए कच्चे और पक्के रंगों का प्रयोग होता था। कच्चे रंग को पक्का बनाने की तकनीक का भी उन्हें पता था। इसी प्रकार खाने के लिए विभिन्न अचार-मुरब्बे आदि बनाने का ज्ञान उन्हें होता था। डॉ. आचार्य की पुस्तक 'फूड टेक्नोलॉजी इन एनसिएंट इंडिया' में उल्लेख किया गया है कि खाना खाने और बनाने की कला, खनन और धातु प्रौद्योगिकी भी भारत में प्राचीन काल से ही थी।

अकबर ने 'आइन-ए-अकबरी' में लिखा था कि जस्त धातु के बारे में दुनिया में किसी को ज्ञान नहीं था, परंतु भारत में इस धातु का खनन एवं प्रयोग तब भी होता था। जावर माइंस (उदयपुर), जहाँ आज संग्रहालय भी बनाया गया है, में इस धातु पर बहुत काम होता था। वहाँ पर आज भी पुराने पात्र रखे हैं, जिनमें जस्त जमा किया जाता था। हमारे यहाँ सप्त और अष्ट धातु के बहुत से बरतन एवं आभूषण भी बनते थे। इसका तात्पर्य यह हुआ कि हमारे देश में धातुओं का खनन एवं उनकी धात्विकी (मैटलर्जी) का ज्ञान प्राचीन काल से ही था। दिल्ली में कुतुबमीनार के पास स्थित लौहस्तंभ इसका प्रतीक है। यह लौहस्तंभ यद्यपि इस्पात का नहीं है, उसको बनाने के तरीके और दिल्ली की जलवायु आदि के कारण इस पर जंग नहीं लगता है। इसके निर्माण के बारे में विस्तृत जानकारी इस पुस्तक में आगे वर्णित की गई है।

हमारे देश के आदिवासी आज भी पुराने तरीके से लोहा बनाना जानते हैं और अब इस पर पुस्तकें भी लिखी जा चुकी हैं। धातु विज्ञान में हमारे यहाँ बहुत प्रगति पहले ही हो चुकी थी। इसी तरह कृषि क्षेत्र में भी बहुत विकास हुआ है। कपास का उत्पादन होने से कपड़ा उद्योग का भी अच्छा विकास हुआ। तरह-तरह के अनाज और सब्जियाँ विकसित सिंचाई प्रौद्योगिकी का परिणाम हैं। हमारे देश के विभिन्न क्षेत्रों में पर्याप्त सिंचाई के लिए तरह-तरह के तालाब आदि भी बनवाए

गए। उन्नीसवीं सदी में एक अंग्रेज वैज्ञानिक हमारे देश में निरीक्षण करने आए कि हिंदुस्तान में कृषि प्रौद्योगिकी में क्या कमी है? निरीक्षण के बाद उन्होंने अपनी पुस्तक में लिखा कि 'हम इन्हें क्या बताएँगे, हमें तो स्वयं इनसे सीखना पड़ेगा'! हमारी पुरातन कार्बनिक खेती का आज समूचा विश्व अनुसरण कर रहा है।

हमारे देश की प्रौद्योगिकी की विशेषता यह रही है कि यह विकेंद्रित कम ऊर्जा वाली प्रौद्योगिकी (डिसेंट्रलाइज्ड लो एनर्जी टेक्नोलॉजी) थी। हमारे यहाँ के कलाकारों और कारीगरों ने तो महारत हासिल कर ली थी कि वे अच्छी-से-अच्छी चीजें बना सकें। इसी बात को ध्यान में रखते हुए गांधीजी ने कहा था कि हिंदुस्तान की सभ्यता को देखते हुए इस बात की आवश्यकता है कि देहाती कारीगरों को तरक्की करने दें और वे जो चीजें बनाते हैं, उनका उपयोग करें। यदि हम ऐसा करते रहते तो शायद हमें प्रदूषण, शहरीकरण आदि की समस्याओं से न जूझना पड़ता।

भारतवर्ष में कला और संस्कृति का अनूठा संगम है। प्राचीन वास्तुकला हो या चित्रकला (चित्र-3 व 4) या फिर कोई अन्य कला, आज भी प्राचीन काल में बने महलों, मंदिरों, किलों, मसजिदों, मकबरों और गुफाओं की चित्रकारी सभी का मन मोह लेती है।

चित्र-3 : प्राचीन चित्रकला का उत्कृष्ट नमूना

चित्र-4 : समुद्रगुप्त का सिक्का

अजंता एलोरा की विलक्षण चित्रकला

भारत के महाराष्ट्र राज्य में औरंगाबाद जिले में स्थित अजंता-एलोरा की गुफाएँ हैं, जहाँ की कला प्राचीन चित्रकारी की अद्‌भुत प्रमाण हैं। एलोरा ठोस शिलाखंडों में निर्मित मंदिरों के लिए विश्वविख्यात है तो अजंता गुफा की दीवारों में बने अपने चित्रों के लिए प्रसिद्ध है। वस्तुत: दोनों में अंतर यह है कि अजंता विशेष रूप से चित्र प्रधान है और एलोरा मूर्ति प्रधान है। एलोरा में तो प्राचीन इंजीनियरों की इंजीनियरी का अद्‌भुत उदाहरण आज भी ज्वलंत दिखाई देता है। कैलाश पर्वत के एक मंदिर में पतली सरिता की धारा को तत्कालीन इंजीनियरों ने मोड़कर कैलाश के निकट ऐसा घुमाया है कि उसका जल बूँद-बूँद कर शिवलिंग पर आज भी वैसे ही टपकता रहता है, जैसे विगत 12 सदियों से निरंतर टपकता आ रहा है।

इसके अतिरिक्त सबसे विचित्र बात, जो आज भी लोगों का ध्यान खींचती है, वह यह कि वहाँ के चित्रों में जो रंग उनके निर्माण में उपयोग किए गए थे, वे आज भी वैसे ही चमक रहे हैं, अर्थात् फीके नहीं पड़े हैं। अत: आखिर पुरातन काल में ऐसी कौन सी तकनीक से वे रंग बनाए और चित्रों पर किए गए हैं, जो इतनी शताब्दियों के बाद भी अपनी चमक यथावत् रखे हुए हैं? इस पर आधुनिक वैज्ञानिकों ने अध्ययन भी किए हैं। अजंता की दीवारों पर बने चित्रों को पुरातत्त्वविद् 'म्यूरल' यानी 'भित्तिचित्र' कहते हैं। ये सभी चित्र महात्मा बुद्ध के जीवन पर आधारित हैं (चित्र-5)।

चित्र-5 : अजंता की गुफा में अनुपम चित्र

पुरातत्त्वविदों ने जब इनका अध्ययन किया तो उन्होंने पाया कि इनके निर्माण में प्रयुक्त पदार्थ में चार कारक मुख्य थे—कैरियर, ग्राउंड, वर्णक (पिगमेंट) और बाइडिंग मैटीरियल। गुफाओं की दीवारों में निर्मित बुद्ध से संबंधित चित्रों में कई तरह के वर्णकों यानी पिगमेंटों का प्रयोग हुआ है। इन वर्णकों में पीले, लाल, नीले, सफेद, काले और हरे वर्णक मुख्य एवं महत्त्वपूर्ण हैं। इन रंगों की विविध छटा निखारने के लिए रंगों को मिलाकर, मिश्रित रूप में भी प्रयोग में लाया गया।

इन सभी में, काले रंग को छोड़कर, शेष रंग खनिजों से प्राप्त किए गए। लाल और पीले वर्णकों के लिए लाल और पीला गेरू अर्थात् ओकर और काले रंग के लिए कालिख चूर्ण को प्रयोग में लाया गया। सफेद रंग के लिए केओलिन चूने और जिप्सम का प्रयोग किया गया, तो हरे रंग के लिए ग्लूकोनाइट का प्रयोग किया गया। नीले रंग के लिए लाजवर्द यानी 'लेपिस लाजुली' का प्रयोग किया जाता था। ऐसा अनुमान है कि लाल, पीले, सफेद और हरे रंग के वर्णक ज्वालामुखी पर्वतों के अवशिष्ट उत्पादों से आसपास ही मिल गए होंगे। ग्लूकोनाइट, जोकि फैरस सल्फेट का हरा यौगिक है, बेसॉल्ट के अपक्षयन से प्राप्त द्वितीयक उत्पाद है। लाल और पीली गेरूई मिट्टी भी पर्वतों के अपक्षयन से प्राप्त चिकनी मिट्टियाँ हैं। पुरातत्त्वविदों के अनुसार अजंता की गुफाओं की दीवारों में कई रंगीन चित्रकारी इन वर्णकों में कोई आसंजनशील या चिपचिपे पदार्थ को मिलाकर की गई है। ये वर्णक क्योंकि

पानी के साथ अत्यंत नरम हो जाते हैं, इसलिए वर्णकों में जलविलेय आसंजक (Adhesive) पदार्थ की उपस्थिति का संकेत देते हैं। वैज्ञानिकों ने इसकी पुष्टि के लिए रासायनिक एवं सूक्ष्मदर्शी अध्ययन भी किए तथा रासायनिक विश्लेषण के अनुसार चित्रों को रँगते समय वर्णकों में संभवत: जान्तुक सरेस (एनिमल ग्लू) मिलाने की पुष्टि की है। अजंता की गुफाओं में हुई चित्रकारी को क्रमश: चित्र-6 एवं चित्र-7 में दरशाया गया है।

चित्र-6 : अजंता की गुफा संख्या एक की दीवार पर चित्रकारी (साभार वि.प्र. 1996)

चित्र-7 : अजंता की गुफा संख्या दो की छत पर चित्रकारी (साभार वि.प्र. 1996)

एक नजर अतीत पर

आज हमको अनेक क्षेत्रों में ऐसे उदाहरण मिलते हैं, जिनसे हम अंदाज लगा सकते हैं कि विज्ञान कहाँ से शुरू होकर कहाँ तक पहुँच गया है। उदाहरण के तौर पर, मौसम के बिना कृषि क्षेत्र का काम बिल्कुल भी नहीं चलता है। प्राचीन काल में यही कार्य घाघ और भड्डरी काव्यात्मक व जनमानस रूप में करते थे और आज मौसम भवन में आधुनिक टेक्नोलॉजी की सहायता से मौसम संबंधी जानकारी दी जाती हैं, परंतु पुरातन प्रदत्त जानकारी के बारे में मौसम विज्ञानी भी आश्चर्य करते हैं। प्राचीन समय में विज्ञान की शिक्षा केवल नालंदा व तक्षशिला में दी जाती थी, किंतु आज बड़े-बड़े विज्ञान और प्रौद्योगिकी के संस्थान हैं। गणित में बात गिनतारा से शुरू होकर आज सुपर कंप्यूटर तक पहुँच गई है। इसी प्रकार सिविल इंजीनियरिंग के अंतर्गत पहले खँडहर व अन्य दूसरी वास्तुकलाएँ थीं, आज इसी आधार पर विद्यासागर सेतु, बड़े-बड़े बाँध जैसी रचनाएँ विद्यमान हैं। पुरातन काल में मिट्टी के

बरतन में खाना पकाया जाता था, परंतु आज ऐसे-ऐसे धातु और अब नॉन-स्टिक बरतन भी बाजार में आ चुके हैं। महाभारत काल में महर्षि वेदव्यास ने धृतराष्ट्र, पांडु व विदुर में होनेवाले दोषों के बारे में पहले ही बताया था और वैसा ही हुआ। इसी आधार पर आज आनुवंशिक अभियांत्रिकी ने प्रगति कर गर्भस्थ शिशु को भविष्य में कौन-कौन सी बीमारियाँ होंगी, के बारे में जानकारी प्रदान करने में सक्षमता हासिल की है। समय के बारे में नई दिल्ली स्थित जंतर-मंतर में आदिकाल में धूप या छाँव से समय का पता लगता था, कोर्णाक के सूर्य मंदिर (चित्र-8) में इस तरह के बारह चक्र गड़े हुए हैं, जो एक वर्ष के बारह महीनों को दरशाते हैं, (चित्र-8अ)। किंतु आज इसी कार्य हेतु परमाणु घड़ी की मदद ली जा रही है।

चित्र-8 : कोर्णाक का सूर्य मंदिर

इस प्रकार के कई उदाहरण यह स्पष्ट दरशाते हैं कि आज का युग प्राचीन काल की ही धरोहर है। चित्र-9 एवं 9अ में अतीत से अर्वाचीन विज्ञान के कुछ उदाहरण दरशाए गए हैं।

आज आवश्यकता इस बात की है कि हमें अपनी सभ्यता एवं संस्कृति को, इतिहास, उसके दर्शन

चित्र-8 (अ) : कोर्णाक के सूर्य मंदिर का घड़ी चक्र

और महत्त्व को वर्तमान विज्ञान और प्रौद्योगिकी के विकास से मिलाना चाहिए। यदि आज भी हम विज्ञान और प्रौद्योगिकी की प्रगति के महत्त्व को अपने रहन-सहन, संस्कृति और सभ्यता से नहीं जोड़ेंगे तो वह हमारी संस्कृति का अभिन्न अंग नहीं बन पाएगी और हमारा वैज्ञानिक और प्रौद्योगिकी विकास अधूरा ही रह जाएगा। इसलिए यह अत्यावश्यक है कि विज्ञान हमारी संस्कृति का एक हिस्सा बने।

चित्र-9 : अतीत से अर्वाचीन विज्ञान की झलक

चित्र-9 (अ) : अतीत से अर्वाचीन विज्ञान की झलक

□

2

रसायन एवं धातु विज्ञान

भारतवर्ष में रसायन विज्ञान का इतिहास अति प्राचीन है तथा रसायन की परंपरा का प्रारंभ भी तीन दृष्टियों से हुआ—आयुर्वेद, उद्योग-धंधों तथा दार्शनिक सिद्धांतों के आधार पर। इतिहास के काल विभाजन (सारणी-1) तथा प्राचीन भारत में रसायन विज्ञान के विकास (सारणी-2) से विदित होता है कि भारतीयों को हड़प्पा पूर्व काल (4000 बी.सी.) से ही रसायन विज्ञान तथा रसायन प्रौद्योगिकी का ज्ञान था।

सारणी-1

		काल विभाजन
1.	प्रागैतिहासिक भारत	हड़प्पा-पूर्व काल (4000 बी.सी-2000 बी.सी.) हड़प्पा काल (सिंधु घाटी सभ्यता) (2500 बी.सी.-1800 बी.सी.) हड़प्पा अनंतर काल (1800 बी.सी.-1500 बी.सी.)
2.	वैदिक एवं आयुर्वेदिक काल (1500 बी.सी.-800 ए.डी.)	आयुर्वेदिक काल कौटिल्य (600 बी.सी.-800 ए.डी.) (अर्थशास्त्र, 321-296 बी.सी.) चरक (चरक संहिता, 2 शताब्दी ए.डी.) सुश्रुत (सुश्रुत संहिता) वाग्भट्ट (अष्टांग संग्रह अष्टांगहृदय 800-850 (ए.डी.)

3.	संक्रमण काल (800 ए.डी.–1100 ए.डी.)	वृंद (सिद्धयोग) चक्रपाणिदत्त (चक्रदतत्ता)
4.	तांत्रिक काल (700 ए.डी.–1300 ए.डी.)	रसरत्नाकर (नागार्जुन), रसार्णव (गोविंदाचार्य) सर्वेश्वर रसायन, धातुवाद, रसहृदय (भिक्षु-गोविंद), काकचंडेश्वरीमत, रसेंद्रचूणामणि (सोमदेव), रसप्रकाशसुधाकर (यशोधर), रसचिंतामणि (मदनांतदेव), रसकल्प (रुद्रायमाल)
5.	औषधि रसायन काल (1300 ए.डी.–1600 ए.डी.)	रसरत्नसमुच्चय (सिंहगुप्त के पुत्रवाग्भट्ट), रसराजलक्ष्मी (विष्णुदेव), रसनक्षत्रमालिका (माथनसिंह), रसरत्नाकर (सिद्धनित्यनाथ), रसेंद्रचिंतामणि, रससार (गोविंदाचार्य), सारंगधर संग्रह (सारंगधर), रसेंद्रकल्पद्रुम, धातुरत्नमाला, रसप्रदीप, रसकौमुदी, रसेंद्रसारसंग्रह (गोपालकृष्ण), रसेंद्रकल्पद्रुम, धातुरत्नमाला, भावप्रकाश (भावमिश्र) अर्कप्रकाश, धातुक्रिया, रसमंजरी (शालिनाथ) रसरंजन, गंधककल्प।

सारणी-2

भारत में रसायन विज्ञान का विकास	
D. Banerjee, J. Indian Chem. Soc.88, 2011	
2500BC to 2000BC	Gold, Silver, Copper, Lead, bronze, electrum (Au-Ag), Some minerals, glazed potteries, porcelain, Terra-Cota, faience, art of dyeing with extract of madder root (Alizarin), mortar
1500BC to 800BC	Tin, iron, glass, fermentation (for alcoholic drinks and Curds), tanning, Emergence of medicinal chemistry (Ayurveda).

600BC to 400BC	Brass, steel, coloured glasses, solder (pb-sn), ink, vegetable dyes, amalgams, diamond and gem stones, Atomic theory and concept of compound formation.
100AD to 400AD	Theory of chemical Combination, preparation of alkalis, use of minerals in medicine. Relation between heat and chemical change.
400AD to 600AD	Iron Pillar (Delhi pure wrought iron). Statue of Gautam Buddha (Pure Copper 99.7% Sultanganj).
800AD to 900AD	Extraction of Zinc from calamine (first in the world) use of mercury Sulphide (red and black) in medicine, gem stones.
1000 AD	Paper making
1100AD to 1200AD	Soap indelible ink, Sulphuric acid, antimony from stibnite.
1300AD to 1600AD	Medicinal uses of calomel, blended perfume. Aquaregia, gun powder, pyrotechny, essential oils, tinctures, opium etc. in medicine, bidery (cu-pb-zn-sn)

यदि हम यूरोप को देखें तो वहाँ रसायन विज्ञान का प्रारंभ 12वीं शताब्दी ए.डी. में थियोफ्रेस्टस के साथ माना जाता है। 13वीं शताब्दी में प्रसिद्ध कीमियागर रोजर बैकन (1214-1294 ए.डी.) ने पहली बार प्रयोगों पर जोर दिया। 15वीं-16वीं शताब्दी में पैरासेल्सस (1493-1541 ए.डी.) ने औषधि रसायन के क्षेत्र में शोध-कार्य किया। 16वीं-17वीं शताब्दी में रॉबर्ट बॉयल (1627-1691) ने गैसों के सिद्धांत का प्रतिपादन किया। 18वीं शताब्दी में प्रसिद्ध फ्रांसीसी रसायन वैज्ञानिक लवाजिये (1733-1804 ए.डी.) ने ज्वलन में ऑक्सीजन की भूमिका को उजागर किया।

काल विभाजन (सारणी-1) के अनुसार रसायन विज्ञान की पुरातन परंपरा का विवरण निम्नवत् है—

1. प्रागैतिहासिक काल (4000-1500 बी.सी.)

सारणी–1 के अनुसार प्रागैतिहासिक काल को तीन भागों में विभक्त किया गया है। हड़प्पा पूर्व काल में भारतीयों को मिट्टी के बरतन पकाने तथा उन पर सुंदर बहु–रंगीन चित्र बनाने का ज्ञान था। पुरातत्त्वीय खुदाई से प्राप्त इस काल के मिट्टी के बरतनों के कुछ नमूने चित्र–10 में दरशाए गए हैं।

चित्र–10 : पॉलीक्रोम नाल मृदभांड (Piggot, Prehistoric)

हड़प्पा काल में भारतीयों को ताम्र अयस्कों (Copper Ores) से ताम्र के निष्कर्षण की विधि भी ज्ञात थी।

हड़प्पा काल अर्थात् सिंधु घाटी सभ्यता काल (2500–1800 बी.सी.) में भारत में सोना, चाँदी, ताँबा, सीसा, काँसा आदि धातुओं तथा मिश्रधातुओं का उपयोग होता था। इस काल के ताँबे और काँसे के बरतनों के कुछ नमूने चित्र–11 में दरशाए गए हैं। उसी कालखंड में कुछ खनिज, चमकदार मिट्टी के बरतन (ग्लेंड पॉटरीज), पोर्सलेन तथा टेराकोटा का उपयोग भी भारत में होता था। रँगाई हेतु रसायन तथा मॉर्टर का उपयोग भी किया जाता था।

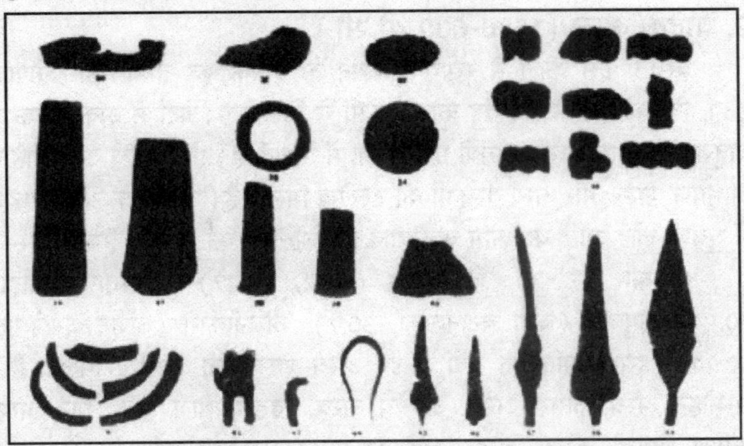

चित्र–11 : हड़प्पा में प्राप्त ताम्र व काँसे की वस्तुएँ (Vats, Excavations at Harappa, 1940)

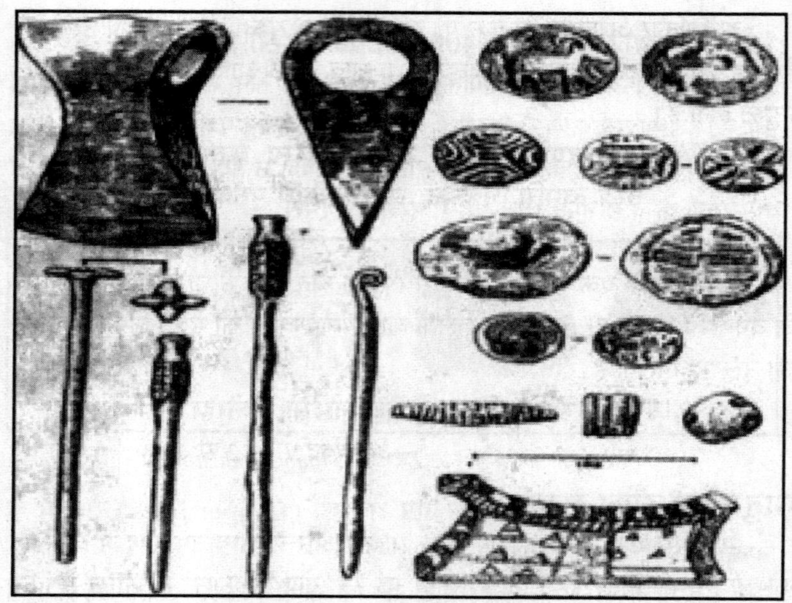

चित्र-12 : झुकार से प्राप्त ताम्र वस्तुएँ
(Mackay, Further Excavations at Mohenjo-daro, 1938)

इसी प्रकार हड़प्पा काल अनंतर काल (1800–1500 बी.सी.) में ताँबे के बरतनों तथा अस्त्र-शस्त्र के अत्यंत उन्नत उत्पाद प्राप्त होते हैं (चित्र-12)।

2. वैदिक काल (1500-600 बी.सी.)

वस्तुतः इस काल में रसायन विज्ञान के अनेक गूढ़ तथ्यों का प्रतिपादन हुआ, जिनकी झलक हमें वेद की ऋचाओं में मिलती है। वेदों में अकार्बनिक या धातुज रसायन से संबद्ध सामग्री प्रचुर मात्रा में मिलती है। सोने, चाँदी और लोहे के आभूषण, शस्त्र और अन्य वस्तुओं का उल्लेख मिलता है। यजुर्वेद के 30वें अध्याय में सुवर्ण, लोहे आदि का काम करनेवाले इन शिल्पियों का उल्लेख मिलता है—

मणिकार (30.7), हिरण्यकार (सुनार, 30.17), अयस्ताप (लौहार, 30.14), इषुकार (बाण बनानेवाला, 30.7), अंजनीकारी (अंजन बनानेवाली 30.14)। इसके अतिरिक्त वेदों में इन अस्त्र-शस्त्रों का उल्लेख मिलता है— सम्मोहन अस्त्र, तामस अस्त्र, आग्नेय अस्त्र, खड्ग, बाण, हेति, मेनि, परशु, कृपाण, धूमाक्षी, कवच, विल्स (लोहे का टोप, Helmet) आदि।

इसी प्रकार अथर्ववेद के एक पूरे सूक्त (लाक्षा-सूक्त) में लाख का उल्लेख है। यह रसायन टूटी हड्डी को जोड़ने तथा घाव, चोट आदि को ठीक करने में प्रयुक्त होता है।

'यद् दण्डेन यदिवा वद् वारुर्हरसा कृतम्।
तस्य त्वमसि निष्कृतिः सेमं निष्कृधि पूरुषम्॥

—अथर्ववेद 5.5.4

अथर्ववेद के एक पूरे सूक्त में सीसे (सीसा धातु) का उल्लेख है। इसमें सीसे के बने छर्रे (Lead Shots) या गोलियों का प्रयोग शत्रुओं को मारने के लिए करने का उल्लेख मिलता है।

तं त्वा सीसेन विध्यामो यथा नोऽसो अवीरहा।

—अथर्ववेद 1.16.2 से 4

धातुओं में टाँका लगाना

गोपथ ब्राह्मण, जैमिनीय उपनिषद्, ब्राह्मण और छांदोग्य उपनिषद् में धातुओं को जोड़ने या टाँका लगाने की विधि दी गई है। 'गोपथ ब्राह्मण' में बताया है कि लवण (क्षार) से सोने को सोने से, चाँदी को चाँदी से, लोहे को लोहे से और सीसा को सीसे से जोड़ना चाहिए।

'छांदोग्य उपनिषद्' में थोड़ा अंतर से इस विधि को बताया है, जिसके अनुसार लवण (क्षार) से सुवर्ण को जोड़ा जाता है। इसी प्रकार सोने से चाँदी को, चाँदी से त्रपु (रांगा, Tin) को, रांगा से सीसा को, सीसा से लोहे को, लोहे से लकड़ी को और लकड़ी को चमड़े को जोड़ा जाता है। क्षार, पदार्थ को मृदु बना देता है, अतः उससे धातुएँ एक-दूसरे से जुड़ जाती हैं।

'लवणेन सुवर्णं संदध्यात् सुवर्णेन,
रजतं रजतेन, लोहं लोहेन, सीसं सीसेन।'

—गोपथ पू. 1.14, जै.उ.ब्रा. 3.17.3

'लवणेन सुवर्ण संदध्यात्, सुवर्णेन रजतं, रजतेन त्रपु,
त्रपुणा सीसं, सीसेन लोहं, लोहेन दारु, दारूणा चर्म।'

—छांदोग्य उप. 4.17.7

3. आयुर्वेद काल (1500 बी.सी.-800 ए.डी.)

आयु (Life) से संबंधित ज्ञान तथा दीर्घायु के उपायों की चर्चा ही आयुर्वेद है, जिसके दो उद्देश्य हैं—व्याधि प्रशमन एवं स्वास्थ्य संरक्षण। रसायन तंत्र अष्टांग

आयुर्वेद का एक अंग है। अतः आयुर्वेद में औषधि-निर्माण के क्रम में अनेकानेक रसायनों का वर्णन किया गया है।

आयुर्वेद काल में जिन प्रमुख रसायन विज्ञानियों की कृतियाँ प्राप्त होती हैं, वे हैं—कौटिल्य, चरक, सुश्रुत एवं वाग्भट्ट। इस कालखंड की दो प्रमुख संहिताएँ हैं, यथा—'चरक संहिता' एवं 'सुश्रुत संहिता'। कौटिल्य, चरक एवं सुश्रुत के पूर्ववर्ती हैं, जिनकी प्रमुख रचना 'कौटिल्य अर्थशास्त्र' है तथा वाग्भट्ट की प्रमुख रचना 'अष्टांगहृदय' है।

'कौटिल्य अर्थशास्त्र' में रसायन विज्ञान

'कौटिल्य अर्थशास्त्र' की रचना ईसा पूर्व चौथी शताब्दी में हुई, जिसमें मौर्य सम्राट् चंद्रगुप्त के प्रधानमंत्री कौटिल्य (चाणक्य) ने आर्थिक, राजनैतिक, सामाजिक, औद्योगिक, नागरिक तथा सैन्य संगठन के संबंध में अत्यंत विद्वत्तापूर्ण वर्णन किया है। इस पुस्तक में स्वर्ण, रजत, ताम्र, लेड, टिन तथा लौह के अयस्कों का विस्तृत वर्णन है। इन अयस्कों के गुणधर्म, उनसे धातु का निष्कर्षण तथा धातु-संकरों के निर्माण का वर्णन है। चाणक्य ने विभिन्न प्रकार के मद्यों, यथा—मेदक, प्रसन्न, आसव, अरिष्ट, मैरेय तथा मधु आदि के निर्माण का भी वर्णन किया है।

चरक एवं सुश्रुत संहिता में रसायन विज्ञान

उपर्युक्त दोनों संहिताएँ आयुर्वेद के महान् ग्रंथ हैं, जिनमें औषधियों के निर्माण एवं उपयोग का विस्तृत विवरण है। 'चरक संहिता' में औषधि की दृष्टि से 341 वनस्पतिजन्य, 177 प्राणिजन्य तथा 64 खनिज रसायनों का उल्लेख है। इसी प्रकार 'सुश्रुत संहिता' में 385 वनस्पतिजन्य, 57 प्राणिजन्य तथा 64 खनिज रसायनों के औषधीय प्रयोग एवं निर्माण विधियों का वर्णन है।

सुश्रुत ने द्राक्षा (अंगूर), खजूर, जौ, बहेड़ा, गुड़, शक्कर, जामुन आदि से मद्य बनाने की विधि बताई है तथा इसका सेवन भी निंदनीय कहा गया है।

चरक ने छह धातुओं, यथा—सोना, चाँदी, ताँबा, सीसा, टिन तथा लौह एवं उनके यौगिकों का औषधि के रूप में उपयोग हेतु वर्णन किया है। 'सुश्रुत संहिता' के 'सूत्रस्थानम्' खंड के द्रवद्रव्यविधि अध्याय के धातुवर्ग में स्वर्ण, रूप्य, ताम्र, काँस्य, लौह, त्रपु एवं सीस के साथ-साथ मुक्ता, विद्रुम, बज्र, वैदूर्य और स्फटिक के गुणों का वर्णन किया है। स्वर्ण मधुर, हृद्य (Cardiotonic), बृंहण (Nourishing), रसायन (Restorative) है और त्रिदोषहर, शीत, नेत्रों के

लिए हितकर तथा विषनाशक है। रूप्य (Silver) अम्ल, रेचन, शीत, स्निग्ध और पित्त तथा वायु को नष्ट करती है। ताम्र (Copper) कषाय, मधुर, लेखन, शीतल और रेचक है। काँस्य (Bellmetal) तिक्त लेखन, चक्षुष्य और वात तथा पित्तहर है। लौह (Iron) वातवर्धक, शीतल है तथा तृष्णा, पित्त, कफ आदि को दूर करता है। त्रपु (Tin) और सीस (Lead) कटु कृमिहर, लवणरस और लेखन है। मुक्ता (Pearl), विद्रुम (Coral), वज्र (Diamond), वैदूर्य (Ruby) और स्फटिक (Quartz), ये नेत्रों के लिए हितकर, शीतल, लेखन (Anti obesics), विषहर, पवित्र, धारण करने योग्य है तथा पाप, अलक्ष्मी आदि दोषों को दूर करते हैं।

'सुश्रुत संहिता' के 'सूत्रस्थानम्' खंड के लवण वर्ग में लवणों एवं क्षारों का गुण सहित विस्तार से वर्णन किया गया है—

चक्षुव्यं सैन्धवं हृद्यं रुच्यं लध्वग्रिदीपनम्।
स्निग्धं समुधरं वृष्यं दोषध्नमुत्तमम्॥
'सामुद्रं मधुरं पाके नात्युष्णमविदाहि च।
भेदनं स्निग्धमीषच्च्व शूलध्नं नातिपित्तलम्॥'
साक्षारं दीपनं सूक्ष्मं शूलहृद्रोगनाशनम्।
रोचनं तीक्ष्णमुष्णं च विडं वातानुलोमनम्।
लघु सौवर्चलं पाके वीर्योष्णं विशदं कटु।
गुल्मशूलविबन्धघ्नं हृद्य सुरभि रोचनम्॥

सैंधव लवण नेत्रों के लिए हितकर, हृद (Pleasant), रुचिकर, लघु, अग्निवर्धक, स्निग्ध, मधुर, वृष्य, शीत और उत्तम दोषध्न है। सामुद्र लवण मधुरपाकी, अति उष्ण नहीं, विदाह न करनेवाला, भेदन, कुछ स्निग्ध, शूलहर है और अधिक पित्तवर्धक नहीं है। विड लवण क्षारयुक्त, दीपन, सूक्ष्म, शूल हृद्रोगनाशन, रोचन, तीक्ष्ण, उष्ण और वातानुलोमन है। सीवर्चल लवण पाक में लद्यु, उष्णवीर्य, विशद, कटु, शूल, गुल्म, विबंध को दूर करनेवाला, हृद, सुगंधि और भोजन में रुचि उत्पन्न करनेवाला है। इसी प्रकार अन्य लवणों का भी वर्णन किया गया है।

वाग्भट्ट कृत अष्टांगहृदयम् में रसायन विज्ञान

'अष्टांगहृदय' अष्टांग आयुर्वेद का एक प्रामाणिक ग्रंथ है, जो छह भागों में विभक्त है—सूत्रस्थान, शरीरस्थान, निदानस्थान, चिकित्सास्थान, कल्पस्थान एवं उत्तरस्थान। उत्तरस्थान में रसायन तंत्र के प्रतिपादक चार अध्याय है, जिनमें अनेकानेक औषधियों के निर्माण एवं उपयोग का रसायन-प्रौद्योगिकीय वर्णन है।

इनमें प्रमुख चार प्रकार के लोकप्रिय रसायन हैं, यथा—च्यवनप्राश, त्रिफलारसायन, नारसिंह घृत तथा भृंगराज प्रवाल रसायन।

4. तांत्रिक काल (700-1300 एवं ओषधिरसायनकाल (1300-1600 ए.डी.)

तांत्रिक काल के संक्रमण काल (800–1100 ए.डी.) की दो प्रमुख रचनाएँ उपलब्ध हैं, यथा—'सिद्धयोग' (वृंद) तथा 'चक्रदत्त' (चक्रपाणिदत्त)। इन दोनों में धातुओं से निर्मित औषधियों का वर्णन है। वृंद के 'सिद्धयोग' में रसामृत चूर्णम् नामक रसायन के बनाने की विधि इस प्रकार बताई गई है—

'कर्षद्वयं गन्धकस्य तदर्ध पारदस्य च।
विड़ालापदमात्रन्तु लिह्यात्तन्मधुसर्पिषा॥'

एक भाग सल्फर तथा इसका आधा भाग मरकरी लेकर दोनों को परस्पर घोटते हैं। इस क्रिया में प्रमुख रूप से मरकरी सल्फाइड बनता है। इसका सेवन मधु तथा मक्खन के साथ करते हैं। तांत्रिक काल में वृंद तथा चक्रपाणिदत्त के अलावा अनेक अन्य रसायन विज्ञानियों तथा उनकी रचनाओं का विवरण मिलता है। उनमें से प्रमुख के नाम एवं रचनाएँ निम्नलिखित हैं—

(i) नागार्जुन – रस रत्नाकर, कक्षपुट तंत्र, आरोग्यमंजरी, योगसार, योगाष्टक
(ii) वाग्भट्ट (सिंहदेव के पुत्र) – रसरत्नसमुच्चय
(iii) भगवद्गोविंदपाद – रसहृदय, काकचंडेश्वरीमत
(iv) गोविंदाचार्य – रसार्णव
(v) सोमदेव – रसेंद्रचूड़ामणि
(vi) यशोधर – रसप्रकाशसुधाकर
(vii) नित्यनाथ – रसरत्नाकर
(viii) रामचंद्र – रसेंद्रचिंतामणि
(ix) मदनांतदेवसूरि – रसचिंतामणि, रसकल्प
(x) विष्णुदेव – रसराजलक्ष्मी
(xi) मथनसिंह – रसनक्षत्रमालिका
(xii) गोपाल कृष्ण कविराज – रसेंद्रसार संग्रह

रसायन विज्ञान में नागार्जुन का योगदान

रसायनशास्त्र का प्रारंभ प्रायश: वैदिक काल से ही माना गया है। प्राचीन भारतीय रसायन के इतिहास में सबसे बड़ा व्यक्तित्व नागार्जुन का है, जिसने

चरकादि की मान्य पद्धति के समकक्ष में धातु-रसायन के प्रयोग पर विशेष बल दिया। नागार्जुन (चित्र-13) को भारतीय रसायन विज्ञान का प्रवर्तक माना जा सकता है। प्राचीन ग्रंथों में रसायनशास्त्र के 'रस' का अर्थ होता था—पारद। इसके अतिरिक्त इस शास्त्र में विभिन्न प्रकार के खनिजों का भी अध्ययन किया जाता था। नागार्जुन बौद्ध संप्रदाय से थे तथा उनका काल लगभग 280-320 ईसवी था। यह कहना थोड़ा संशयात्मक है कि वे कब हुए? नागार्जुन बौद्ध विद्वान् थे तथा उन्होंने एक नई खोज की, जिसमें पारे के प्रयोग से ताँबा इत्यादि धातुओं को सोने में बदला जा सकता था। नागार्जुन की ख्याति भारत के बाहर चीन और तिब्बत तक भी हुई थी। नागार्जुन की प्रमुख कृति 'रसरत्नाकर' है, जो बहुत लोकप्रिय हुई है।

चित्र-13 : नागार्जुन

'रसरत्नाकर' में रासायनिक विधियों का वर्णन नागार्जुन, मांडव्य, वटयक्षिणी, शालिवाहन और रत्नघोष के संवादों के रूप में दिया गया है। रत्नघोष और मांडव्य के नाम अन्य रसग्रंथों में भी आते हैं। इस ग्रंथ के पहले अधिकार में महारस (Main Chemicals) शोधन की विधि दी हुई है, जिसकी संक्षिप्त जानकारी इस प्रकार है—

(i) राजावर्त्तशोधन

किमत्र चित्रं यदिराजवर्त्तकम् शिरीषपुष्पाग्ररसेन भावितम्।
सितं सुवर्णं तर्णरूणार्कसन्निभम् करोति गुञ्जाषतमेकगुंजया॥

अर्थात् इसमें आश्चर्य की क्या बात यदि शिरीष पुष्प के रस से भावित राजावर्त एक गुञ्जाभार की चाँदी को सौ गुञ्जा भार के सोने में परिवर्तित कर देता है, जिसमें बालसूर्य की सी आभा होती है!

(ii) गंधक शुद्धि

किमत्र चित्रं यदि पीतगन्धकः पलाशनिर्यासरसेन शोधितः।
आरण्यकैरुत्पलकैस्तु पाचितः करोति तारं त्रिपुटेन काञ्चनम्॥

अर्थात् इसमें आश्चर्य ही क्या, यदि पीला गंधक पलाशनिर्यास रस से शोधित होने पर तीन बार गोबर के कंडों पर गरम करने पर चाँदी को सोने में परिवर्तित कर दे!

(iii) रसक (Calamine) शोधन

किमत्र चित्रं रसको रसेन
क्रमेण कृत्वाम्बुधरेण रञ्जितः करोति शुल्बं त्रिपुटेन काञ्चनम्

इसमें आश्चर्य ही क्या यदि ताँबे को रसक रस द्वारा तीन बार तपाएँ तो यह सोने में परिणत हो जाए।

(iv) दरद (Cinnabar) शुद्धि

'किमत्र चित्रं दरदः सुभावितः पयेन मेष्या बहुशोऽम्लवर्गैः।
सितं सुवर्णं बहुघर्म्मभावितम् करोति साक्षाद्धरकुकमप्रभम्॥'

अर्थात् इसमें आश्चर्य ही क्या, यदि भेड़ के दूध से और अम्लों से कई बार भावित दरद द्वारा प्रतिकृत चाँदी कुमकुम के समान चमकनेवाला सोना बन जाए!

इन चारों योगों द्वारा ताँबे या चाँदी से सोना बनाने की बात की गई है। अन्य शोधन इस प्रकार हैं—

(v) माक्षिक (Pyrites) शोधन

कुलत्थकोद्रव क्काथे नरमूत्रेण पाचयेत्।
वेतसाद्यम्लवर्गेण दत्त्वा क्षारं पुटत्रयम्॥
किमत्र चित्रं कदलीरसेन सुपाचिंत सूरणकन्दसंस्थम्
वातारितैलेन घृतेन ताप्यम् पुटेन दग्धं वरशुद्धमेति॥

अर्थात् खनिजों को कुलथी और कोदों के क्वाथ, नरमूत्र और वेतसादि अम्लों द्वारा गरम करें और फिर इनमें क्षार मिलाकर तीन आँच दें। इसमें आश्चर्य ही क्या, यदि कदली रस द्वारा और सूरण कंद द्वारा सुपचित एवं अरंडी के तेल और घी के साथ एक आँच गरम करने पर माक्षिक पूर्णतः शुद्ध हो जाए, अर्थात् माक्षिक से ताँबा बन जाएगा।

(vi) चाँदी का शोधन (तारशुद्धि)

'नागेन क्षारराजेन ध्मापितं शुद्धिमृच्छति।
तारं त्रिवारनिक्षिप्तं पिशाची तैल मध्यमम्॥'

अर्थात् चाँदी, सीसा के साथ गलाने और भस्मों के साथ गलाने पर शुद्ध होती है। आजकल इस विधि की तुलना 'क्यूपेलीकरण' (Cupellation) से की जा सकती है।

(vii) रसक से यशद (जस्ता धातु तैयार करना)

नागार्जुन ने रसक (Calamine) से जस्ता बनाने की विधि का इस प्रकार उल्लेख किया है—

क्षारस्नेहैश्च धान्याम्लै रसकं भावितं बहु।
ऊर्णा लाक्षा तथा पथ्या भूलता धूमसंयुतम्॥
मूकमूषागतं ध्मातं टङ्कणेन समन्वितम्
सत्वं कुटिलसङ्काषं पतते नात्र संशय॥

रसक को क्षार, स्नेह (तैल), धान्याम्ल (Vegetables Acids), ऊन, लाख आदि के साथ और सुहागा (टङ्कण) मिलाकर मूकमूषा (Crucible) में गरम करें तो रसक का सत्त्व प्राप्त होता है, अर्थात् यशद धातु बनती है।

रसबंध (Fixation of Mercury) : वस्तुतः पारे का नाम रस है, पारे को ही रसराज, रसनृप आदि कहा गया है। इसके बँध की विधि अर्थात् एमलगम (संरस) बनाने की विधि नागार्जुन ने इस प्रकार दी है—

जम्बीरजेन नवसारघनाम्लवर्गैः क्षाराणि पंचलवणानि कटुत्रयंच।
शिग्रदूकं सुरभिसूरण कन्द एभिः संमर्दितो रसनृपश्चरतेष्टलोहान्॥

अर्थात् रसनृप (पारे) को नींबू के रस, नवसार (नौसादर—Salammoniac), अम्ल, क्षार, पंच, लवण, त्रिकटुक (सोंठ, गोलमिर्च और पीपल), शिग्रु के रस और सुरभिसूरण (Amorphophallus Campanulatus) कंद के साथ सम्मर्दित करें तो यह आठों धातुओं के साथ बँध प्राप्त करता है।

पारे और स्वर्ण के योग से निरोग देह प्राप्त करने की विधि

मकरध्वज के समान का एक योग दिव्य निरोग देह प्राप्त करने हेतु नागार्जुन के 'रसरत्नाकर' में उल्लेख किया गया है कि पारे में बराबर भाग सोना मिलाकर रगड़ें, फिर इसमें गंधक, सुहागा या टंकण (Borax) आदि मिलाकर रगड़ें। इस प्रकार नष्ट, पिष्ट (पिसा), मुष्क (Massy) भाग को अंध मूषा (Closed Crucible) में हलकी आँच पर तब तक गरम करें, जब तक भस्म न हो जाए। इसके सेवन से दिव्य एवं निरोग देह प्राप्त होती है।

यंत्र विवरण : नागार्जुन कृत 'रसरत्नाकर' में अनेक अन्य यंत्रों का भी वर्णन है, जिनकी सूची निम्नवत् है—

- शिलायंत्र
- पाषाणयंत्र
- भूधरयंत्र
- वंशयंत्र
- गजदंत यंत्र
- नलिका यंत्र
- दोल यंत्र
- चाकी यंत्र
- अग्निसोम यंत्र
- मूषा यंत्र
- कम भाजन यंत्र
- गुडाभ्रक यंत्र
- जालिका यंत्र
- अद्य: पातन यंत्र
- भुव: पातन यंत्र
- पातन यंत्र
- नियामक यंत्र
- गमन यंत्र
- तुला यंत्र
- कच्छप यंत्र
- बालुका यंत्र
- गंधकत्राहिक यंत्र
- हण्डिका यंत्र
- घोणा यंत्र
- नारायण यंत्र
- चारण यंत्र

इनमें से अनेक यंत्रों का आधुनिक रसायन प्रयोगशालाओं में भी निरंतर प्रयोग किया जाता है। कुछ यंत्रों को चित्र-14 एवं 15 में दरशाया गया है।

रसरत्नसमुच्चय, रसहृदय एवं रसार्णव में रसायन विज्ञान

इन ग्रंथों के रसायन विज्ञानियों, यथा—वाग्भट्ट, भगवद्गोविंदपाद तथा गोविंदाचार्य ने विभिन्न प्रकार के रसों (Chemicals) का विभाजन और नामकरण निम्न प्रकार से किया है। रस कुल 10 प्रकार के हैं—महारस (Mainchemicals), उपरस (Subsidiary Chemicals), सामान्य रस (Common Chemicals), रत्न (Gems), धातु (Metals), विष (Poisons), क्षार (Alkalkis), अम्ल (Acids), लवण (Salts), लौह भस्म (Metallic Powders Compounds)। महारस कुल 8 प्रकार के हैं—'माक्षिकं विमलं शैल' चपलं रसकस्तथा। सस्यको दरदश्चैव स्त्रोतोऽञ्जनमथाष्टकम्। माक्षिक (Iron) Pyrites, FeS, Iron Sulphide), विमल (Cubic Sulphide of Iron, Fe_2s_8), शिलाजतु (Asphalt, Bitumen) सस्यक (Copper Sulphate, Blue Vitriol), स्त्रोतोऽञ्जन (Collyrium)। उपरस भी कुल 8 प्रकार के हैं—गंधक (Sulphur Allotropes), गैरिक (Hematite (Fe_2O_3) + Laterite + Clay), कशिस

(Iron Sulphate, $FeSO_4$), तुवरि (Alum k_2SO_4, $Al_2(SO_4)_3$ 24. H_2O), तालक (Orpiment $AS_2 S_3$), मनः शिला (Realgar AS_2S_3), अंजन (Collyrium), कंकुष्ठ (Excerta of baby elephant)। इसी प्रकार सामान्य रस कुल 9 प्रकार के हैं—कांपिल्ला (Mallotus Philipensis), गौरी पाषाण (Arsenic Oxide), नवसार (Ammonium Chloride, NH_4Cl), वराटक (Marine Shell, Cowri), अग्निजार (Ambergris from Fish), लाजवर्त (Lapis Lazuli, Aquamarine Blue), गिरि सिंदूर (Vermilion, (HgS) from rocks), हिंगलु (Cinnabar, HgS, Mercuric Sulphide), मुर्दा श्रृंगकम् (Litharge PbO, Leadmonoxide)।

अम्ल (Acids)

प्राचीन भारत में कार्बनिक अम्लों का निर्माण अनेक फलों, पुष्पों, पत्तियों तथा अन्य पदार्थों से किया जाता था। उदाहरण के तौर पर, नींबू प्रजाति के फलों से साइट्रिक अम्ल, टारटैरिक अम्ल, ऑक्सैलिक अम्ल तथा टैनिक अम्ल, बेंजोइन (उदस्यपुष्प) से बेंजोइक अम्ल, स्टोरेक्स (शिलारस) से सिनैमिक अम्ल, किण्वित अन्न से एसिटिक अम्ल, दही से लैक्टिक अम्ल तथा गोमूत्र से हिप्पुरिक अम्ल। खनिज अम्लों का ज्ञान क्रमशः बाद में हुआ। संस्कृत तथा तमिल ग्रंथों में सल्फ्यूरिक अम्ल (दाहजल), हाइड्रोक्लोरिक अम्ल तथा नाइट्रिक अम्ल का उल्लेख मिलता है। 'रूद्रायमल' में वर्णन है—

'ताम्र दाहजलैर्योग जायते तुत्थकम् शुभम्॥'

अर्थात् $Cu + 2H_2SO_4 \longrightarrow CuSO_4 + 2H_2O + SO_2$

अम्लराज (Aqua Regia)

गोविंदाचार्य के ग्रंथ 'रसार्णव' में उल्लेख किया गया है (रसार्णव 9/23) कि कसीस, सैंधव (Rocksalt) माक्षिक, सौवीर (Stibnite), व्योष (तीन मसाले—सोंठ, कालीमिर्च और मिरचा), गंधक, सौवर्चल (शोरा), मालती रस—इन सबको शिमु रस से सिक्त करके जो 'विड' बनता है, वह धातुओं को जला सकता है। इस योग में कसीस को गरम करके सल्फ्यूरिक एसिड बनता होगा, जो शोरा पर प्रतिक्रिया करके नाइट्रिक अम्ल और सैंधव पर प्रतिक्रिया करके हाइड्रोक्लोरिक अम्ल देता होगा। इन दोनों का मिश्रण 'अम्लराज' कहलाता है, जिसमें स्वर्ण और प्लेटिनम जैसी धातुएँ भी घुल जाती हैं।

क्षार (Alkalis)

इन रसायनों से ऊतकों का क्षरण हो जाता है, इसलिए इन्हें 'क्षार' नाम दिया गया है—'तत्र क्षरणात् क्षणनाद्वा क्षार:' 'रसार्णव' में तीन प्रकार के क्षारों का वर्णन है—

'त्रिक्षारा: टंकणक्षारो यवक्षारश्चसर्जिका' (रसार्णव 5/35)-1, टंकण क्षार (सुहागा, Borax), यवक्षार (Potassium Carbonate), सर्जिका क्षार तिल, अपामार्ग, कदली, पलाश, शिमु, मोचक, मूलाद्रक, चिंचा (इमली), अश्वत्थ (पीपल) इन वृक्षों की राख में वृक्ष क्षार होते हैं।

लवण (Salts)

'रसरत्नसमुच्चय' में छह प्रकार के लवणों का वर्णन किया गया है—

'लवणानि षडुच्यन्ते सामुद्रं सैन्धव बिडम्।
सौवर्चलं रोमकं च चुल्लिकालवणं तथा॥

1. सामुद्र (Sea Salt, $NaCl + MgCl_2$)
2. सैंधव (Rock Salt, Nacl + Na_2S traces)
3. बिड़ (लवणों का मिश्रण, जिनको गरम करने से अम्लराज बनता है)।
4. सौवर्चल (KNO_3)
5. रोमक लवण (सांभर)
6. चुल्लिका लवण (चूल्हे में लकड़ी के जलने से प्राप्त, NH_4Cl)

प्राचीन भारतीय ग्रंथों में निम्न तीन लवणों के औद्योगिक मात्रा में उत्पादन का भी उल्लेख किया गया है—

1. मकरध्वज (Cinnabar, HgS)
2. सौराष्ट्रजा (Alum, k_2SO_4, $Al_2\ (SO_4)_3$). $24H_2O$
3. सौवर्चल (Salt peter, KNO_3)

जे. बैंक्स नाम के अंग्रेजी अधिकारी ने 'रॉयल सोसायटी' (लंदन) के अध्यक्ष को 1790 में भारत में मकरध्वज (Cinnabar, HgS) के निर्माण की प्रशंसा करते हुए लिखा कि इंग्लैंड में इस लवण के उत्पादन के प्रयास में वे सफल नहीं रहे। बैंक्स ने यह भी लिखा कि भारत के लोग अच्छे $HgCl_2$ और Hg_2Cl_2 का उत्पादन भी करते हैं।

रसायन विज्ञान प्रयोगशाला

'रसरत्नसमुच्चय' में रसायन विज्ञान प्रयोगशाला के निर्माण हेतु निम्नलिखित उल्लेख किया गया है—

- रसायन विज्ञान प्रयोगशाला का निर्माण ऐसे स्थान पर करें, जहाँ औषधीय पौधों का बाहुल्य हो तथा समीप में जलाशय भी हो।
- रसायन विज्ञान की प्रयोगशाला में बहुओर कॉरिडोर हों, जिनमें भाँति-भाँति के उपकरण उत्तर, उत्तर-पूर्व अथवा पूर्व दिशा में रखे हों।
- प्रयोगशाला में पूर्व भाग में पारद रखें, दक्षिण-पूर्व में वह्निकर्म, दक्षिण में पाषाणकर्म, दक्षिण-पश्चिम में शस्त्रकर्म, पश्चिम में प्रच्छालन, उत्तर-पश्चिम में सुखाने हेतु तथा उत्तर में वेधकर्म उपकरण रखना चाहिए।

यंत्र वर्णन : 'रसरत्नसमुच्चय' के नौवें अध्याय में रसायन विज्ञान की प्रयोगशाला में उपयोग में आनेवाले अनेक यंत्रों का भी विस्तार से वर्णन है—दोलायन्त्रम्, श्वेदनीयन्त्रम्, पातनायन्त्रम्, अधः पातनायन्त्रम्, दीपिकायन्त्रम्, ढेकी यन्त्रम् (चित्र-14 एवं 15) नालिकायन्त्रम्, तिर्यकपातनयन्त्रम् (चित्र-14 एवं 15), धूपयन्त्रम् इत्यादि।

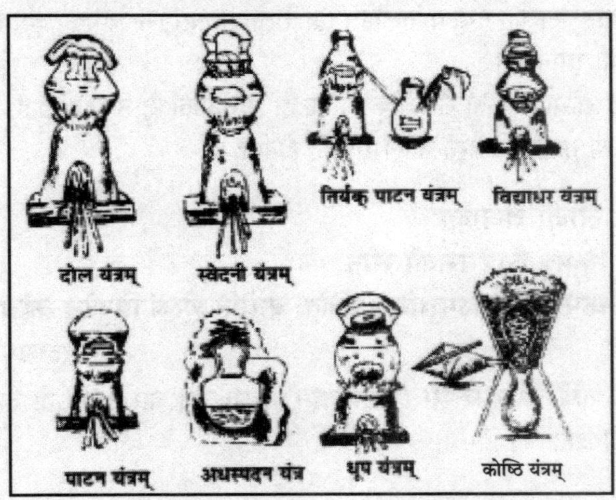

चित्र-14 : रसायन प्रयोगशाला में प्रयुक्त विभिन्न यंत्र

चित्र-15 : रसायन प्रयोगशाला में प्रयुक्त विभिन्न यंत्र

धातुओं का वर्गीकरण

'रसरत्नसमुच्चय' (5/1, 5/67, 74, 83, 5/77, 7/67) में विभिन्न धातुओं का वर्गीकरण दिया गया है—

शुद्ध लोहं कनकरजतं भानुलोहाश्म सारम् पूतीलोहं द्वितयमुदितं नागवंगामिधानम्

मिश्रलोहं त्रितयमुदितं पित्तलं कांस्यवर्तम्, धातुलेहि लुह इति मतः सोऽप्यनेकार्थवाची

सुवर्ण, रजत तथा लोहा शुद्ध धातुएँ हैं, सीसा तथा टिन अशुद्ध धातुएँ हैं एवं पीतल, काँसा (Bronze) तथा वर्तलोह (Bell Metal) मिश्रधातुएँ हैं।

इसी प्रकार लौह भी तीन प्रकार के होते हैं—मुंड लौह (Cast Iron) मृदु, कुंड तथा कडार, तीक्ष्ण लौह (Wrought Iron)—खर, सार, ह्न्नाल, तारावट, वाजिर तथा काललोह तथा कांतलौह (Carbon Steel)—भ्रामक, चुंबक, कर्षक, द्रावक तथा रोमकांत।

शुद्ध सीसा सरलता से द्रवीकृत होता है, भारी होता है, नम्य होता है, दुर्गंधयुक्त होता है तथा ऊपर की परत काले रंग की होती है।

ताँबे से सोना बनाना

किमत्र चित्रं रसको रसेन

क्रमेण कृत्वाऽम्बुधरेण रंजितः करोति शुल्बं त्रिपुटेन कांचनम्

—रसरत्नसमुच्चय 1/3

यदि ताँबे को रसकरस (कैलामाइन) द्वारा तीन बार तपाएँ तो वह सोने में परिणित हो जाता है।

चाँदी से सोना बनाना

किमत्र चित्रं दरदः सुभावितः पयेन मेश्या बहुशोऽम्लवर्गैः।

सितं सुवर्ण बहुधर्मभावितम्, करोति साक्षाद् वरकुकुमप्र4भं॥

—रसरत्नसमुच्चय 1/4

चाँदी शुद्ध करना

नागेन क्षारराजेन ध्मापितंशुद्धिमृच्छति।

तारं त्रिवारनिक्षिप्तं पिशाची-तैल-मध्यमम्॥

—रसरत्नसमुच्चय 1/13

अशुद्ध चाँदी सीसा के साथ गलाने और भस्मों के साथ गलाने पर शुद्ध होती है। यह विधि 'क्यूपेलीकरण' (Cupellation) कहलाती है।

धातुओं की क्षरण-रोधता

सुवर्ण रजतं ताम्रं तीक्ष्णं वङ्गं भुजऽगमम्।
लोहन्तु षड्विधं तच्च यथापूर्व तदक्षयम्॥

—रसार्णव 7/96

छह प्रमुख धातुओं की क्षरणरोधता का क्रम निम्नवत् है—

सुवर्ण > रजत > ताम्र > लौह > सीस > जिंक

Au > Ag > Cu > Fe > Pb > Zn

आधुनिक रसायन विज्ञान की विद्युत् रासायनिक श्रेणी (Electro Chemical Series) इसी क्रम के अनुरूप है।

ज्वाला परीक्षण (Flame Test)

आवर्तमाने कनके पीता तारे सिता प्रमा।
शुल्बे नीलनिभा तीक्ष्णे कृष्णवर्णा सुरेश्वरी॥
वङ्गे ज्वाला कपोताभा नागे मलिनधूमका।
शैले तु धूसरा देवि आए कपिलप्रभा।
अयस्कान्ते धूम्रवर्णा सस्यके लोहिता भवेत्।
वज्रे नानाविधा ज्वाला खसत्वे पांडेरप्रभा॥

—रसार्णव 4/49-51

विभिन्न धातुओं की लौ का रंग निम्नवत् बताया गया है—

स्वर्ण-पीला, सिल्वर (रजत)-श्वेत, कॉपर (ताँबा) नीला, तीक्ष्णलौह-काला, टिन-राख का रंग, सीसा (लेड)-मद्धिम अग्नि रंग का, शुद्ध लोहा-राख का रंग।

विद्युत् रासायनिक सेल (Electro Chemical Cell)

अगस्त्य ऋषि द्वारा 14वीं शताब्दी में रचित ग्रंथ 'अगस्त्य संहिता' भी इस काल का एक महत्त्वपूर्ण ग्रंथ है। इस ग्रंथ में विद्युत् रासायनिक सेल का वर्णन है। यह वर्णन डैनियल सेल से पूरी तरह मेल खाता है, जिसे इतालवी वैज्ञानिकों ने 500 वर्ष बाद उद्घाटित किया है। ध्यातव्य है कि ऐसे अनेक भारतीय ऋषियों के वैज्ञानिक आविष्कारों को सैकड़ों-हजारों वर्ष बाद यूरोपियन वैज्ञानिकों ने अपना

बताकर प्रकाशित किया है। चित्र-16 में आधुनिक विद्युत् रासायनिक सेल को दरशाया गया है।

संस्थाप्य मृण्मये पात्रे ताम्रपत्रं सुसंस्कृतम्।
छादयेच्छिखिग्रीवेन चार्द्राभिः काष्ठपांसुभिः॥
दस्तालोष्टो निधातण्यः पारदाच्छादितस्ततः।
संयोगाज्जायते तेजो मित्रावरुणसंज्ञितम्॥

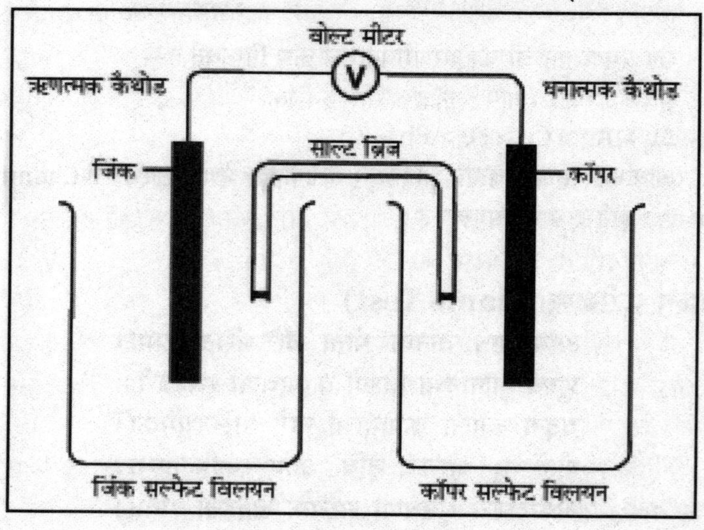

चित्र-16 : आधुनिक विद्युत् रासायनिक सेल

जल का विद्युत् विश्लेषण

अनेन जलभंगोस्ति प्राणोदानेशु वायुषु।
एवं शतानां कुंभानां संयोगकार्यकृत्स्मृतः॥
वायुबंधकवस्त्रेण निबद्धो यानमस्तष्के।
उदानः स्वलघुत्वे विभर्त्याकाशयानकम्॥

इन दोनों श्लोकों में जल के विद्युत् विश्लेषण से ऑक्सीजन तथा हाइड्रोजन प्राप्त होने का वर्णन है। यूरोप के वैज्ञानिक कैवेंडिश (Cavendish) ने 1781 ई. में जल के विद्युत् विश्लेषण का उल्लेख किया था।

कृत्रिमस्वर्णरजतलेपः सत्कृतिरुच्यते।
यवक्षारमयोधानौ सुशक्तजलसन्निधौ॥

आच्छादयति तत्ताम्रं स्वर्णेन रजतेन वा।
सुवर्णलिप्तं तत्ताम्रं शातकुंभमिति स्मतम्॥

कृत्रिम स्वर्ण अथवा रजत (चाँदी) के लेप को 'सत्कृति' कहा जाता है। लोहे के पात्र में सशक्त जल का सान्निध्य पाते ही यवक्षार (सोने या चाँदी का नाइट्रेट) ताम्र को स्वर्ण या रजत से ढक लेता है। स्वर्ण से लिप्त उस ताम्र को 'शातकुंभ' अथवा 'कृत्रिम स्वर्ण' कहा जाता है। यह विद्युत्लेपन (Electroplating) है, जिसका वर्णन यूरोपीय तथा रूसी वैज्ञानिकों यथा—Boris Jacobi, Peter Bagration, Heinrich Lenz, Vladimir Odoyevshy ने सन् 1839 में किया।

अवरक्त पारदर्शी पदार्थ

महर्षि भरद्वाज के ग्रंथ 'अन्शुबोधिनी' में 'प्रकाशस्तंभाभिद लौह्' नामक पदार्थ बनाने का वर्णन है, जो अवरक्त यानी इंफ्रारेड (IR) क्षेत्र में पारदर्शी है, किंतु दृश्य क्षेत्र में अपारदर्शी है। इस पदार्थ का सूत्र है—

$5(CaOSiO_2)(Fe_3O_4)(Ca_3P_2O_4)$

तथा इसके निर्माण में निम्नलिखित यौगिकों का प्रयोग किया जाता है—1.खचर, 2. भूचक्रसुरमित्रदिक्षार, (Cao), 3. अयस्कांत (Fe_3O_4) तथा 4. रूरूक ($Ca_3P_2O_4$)।

यौगिक 1, 2, 3 तथा 4 को क्रमशः 8, 5, 4 को तथा 6 भाग मिलाकर भलीभाँति घोंटकर 940 डिग्री सेंटीग्रेड तक भ्रामणिक मूषा (Rotating Crucible) में गरम किया जाता है। तत्पश्चात् शीघ्रता से एक डाई में उड़ेल दिया जाता है। इस पदार्थ का स्पैक्ट्रम चित्र-17 में दिखाया गया है, जिसमें इंफ्रारेड क्षेत्र में पारदर्शिता स्पष्ट है।

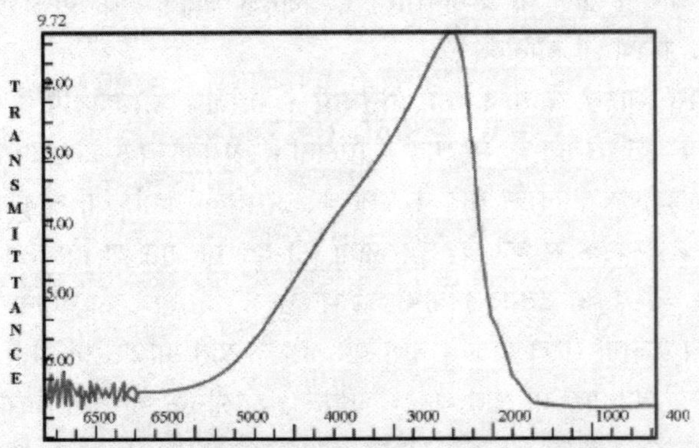

चित्र-17 : अवरक्त पारदर्शी पदार्थ (प्रकाशस्तंभानाभिद् लौह) का स्पैक्ट्रम

प्राचीन भारत में धातुकर्म (धात्विकी)

वैदिक साहित्य में 'धातु' शब्द जहाँ कहीं भी प्रयोग हुआ है, वह 'धातृ' के अर्थ में है। प्राचीन समय में 'अयस' और 'लौह' ये दोनों शब्द लोहे के अर्थ में भी प्रयुक्त होते थे और धातु के अर्थ में भी। धातुओं का उपयोग आभरणों, वाहनों, अस्त्र-शस्त्रों और घर-गृहस्थी के पात्रों को बनाने में किया जाता रहा है। यजुर्वेद के एक मंत्र में धातुओं तथा खनिज पदार्थों के बारे में जानकारी मिलती है—

'अश्मा च मे मृत्तिका च मे गिरयश्च मे पर्वताश्च
मे सिकताश्च मे वनस्पतयश्च मे हिरण्यं च
मेऽयश्च मे श्यामं च मे लोहं च मे सीसं च
मे त्रपु च मे यज्ञेन कल्पताम्'

इस मंत्र में अश्म (पत्थर), मृत्तिका (मिट्टी) और सिकता (बालू), हिरण्य (सोना), पर्वत, वनस्पति, अयस (लोहा अथवा काँसा), श्याम (ताँबा), लोह (लोहा), सीस (सीसा) तथा त्रपु (वंग या टिन) धातुओं का उल्लेख है तथा इनकी वृद्धि यज्ञ से होने की प्रार्थना की गई है। धातुकर्म ने मानव समाज में महत्त्वपूर्ण परिवर्तन किए, इससे हथियारों और उपकरणों की एक नई श्रेणी का जन्म हुआ। इनमें से कुछ हथियार और उपकरण पहले पत्थर के बनाए जाते थे, परंतु पत्थर के उपकरण बहुत भारी थे। वस्तुतः मानव सभ्यता का विकास धातुकर्म के विकास से भी जुड़ा हुआ है। लगभग 7000 से अधिक वर्षों तक भारत धातुकर्म के क्षेत्र में अग्रणी रहा। प्राचीन काल की सात धातुएँ, यथा—सोना, ताँबा, चाँदी, सीसा, टिन, लोहा और पारा (खोज के क्रमानुसार) हैं, जिनके धातुकर्म के प्राचीन भारत में पर्याप्त पुष्ट प्रमाण भी उपलब्ध हैं।

प्राचीन भारत में ताँबे का धातुकर्म : भारतीय उपमहाद्वीप में धातु का पहला साक्ष्य बलूचिस्तान के मेहरगढ़ में मिलता है। पुरातात्त्विक उत्खनन से विदित होता है कि हड़प्पा काल के धातु के स्मारक, अरावली पहाड़ियों, बलूचिस्तान से प्राप्त ताँबे के अयस्क से बने थे। उन लोगों को यह भी ज्ञात था कि टिन को ताँबे में मिलाकर काँस्य का उत्पादन किया जा सकता है, जो ताँबे की तुलना में कठोर होता है। इसे ढालना सरल होता है तथा यह जंग के प्रति अधिक प्रतिरोधी होता है। हड़प्पावासियों को यह भी ज्ञात था कि निकेल, आर्सेनिक या लेड जैसी विभिन्न अशुद्धियाँ मिलाकर काँसे को और अधिक कठोर बनाया जा सकता है, जिससे बनी छेनी का उपयोग पत्थर को ढालने में किया जा सकता है। ताँबे और काँसे को ढालने

के लिए फोर्जन, सिंकन, अतप्त अभिक्रिया, तापानुशीतन, दीपकर्म, रिविटिन और जोड़ना जैसी विधियों का प्रयोग किया जा सकता है।

हड़प्पावासियों द्वारा निर्मित धातु की कलाकृतियों में खोजी गई वस्तुएँ हैं—भाले की नोक, तीर की नोक, कुल्हाड़ी, छेनी, ब्लेड, सुई, हुक, बरतन, जैसे—जार, पॉट और कढ़ाई, काँस्य दर्पण आदि (चित्र-18)।

चित्र-18 : प्राचीन काल में ताँबे और काँसे से बनी वस्तुएँ

हड़प्पा के कारीगरों ने सही मायने में आरी का आविष्कार किया था, जिसमें दाँत ब्लेड के एक सिरे से दूसरे सिरे तक उपस्थित थे, जिससे लोग रोमन सभ्यता तक अनभिज्ञ थे। हड़प्पा स्थलों से औजार और हथियार के अलावा कई काँसे की वस्तुएँ या मूर्तियाँ, जैसेकि नृत्य करती हुई लड़की और जानवर आदि मिले हैं।

ये मूर्तियाँ लॉस्ट वैक्स प्रोसेस नाम की जटिल प्रक्रिया से बनाई जाती थीं, जिसमें शुरू में मोम का मूर्ति का मॉडल बनाया जाता था, जिसके ऊपर मिट्टी की मोटी परत चढ़ाई जाती थी। इसको आग में पकाने पर मिट्टी की परत कठोर हो जाती थी एवं अंदर का मोम पिघलकर बह जाता था, जिससे मूर्ति का साँचा तैयार हो जाता था, जिसमें पिघला काँसा, पीतल, ताँबा इत्यादि डालकर ढलाई की जाती थी और इच्छित मूर्तियाँ बनाई जाती थीं। यह प्रक्रिया आज भी जटिल आकार की मूर्तियाँ एवं सोने-चाँदी के आभूषण बनाने में इस्तेमाल होती है।

बिहार के सुल्तानगंज से प्राप्त 5-7वीं सदी की बुद्ध की विशाल काँस्य प्रतिमा (2.3 मीटर ऊँची, 1 मीटर चौड़ी 500 किलो की प्रतिमा, तमिलनाडु में चोल साम्राज्य की विश्वप्रसिद्ध नटराज की प्रतिमा एवं केरल में बनाए जानेवाले पीतल के शीशे यह बताते हैं कि प्राचीन भारत में यह तकनीकी बहुत विकसित थी।

तीन हजार ईसा पूर्व के प्राचीन सोने-चाँदी के आभूषण मोहनजोदड़ो की खुदाई में प्राप्त हुए हैं। इसी प्रकार विश्व की सबसे पुरानी सोने की गहरी खानें कर्नाटक में मस्की क्षेत्र में पहली शताब्दी ईसा पूर्व मिली हैं। ग्रीस के इतिहासकार हेरोदोतुस ने

भारत में सोना खोदनेवाली चींटियों का उल्लेख किया है, जो संभवत: अफगानिस्तान में पाए जानेवाले मर्मोट नाम के कृंतक है, जो नदी के किनारे वाली रेत को खोदते हैं, जिसमें से बाद में छानकर सोने के कण निकाले जाते हैं। पृष्ठ तनाव (Surface tension) का उपयोग पिघले हुए सोने के बुरादे को गोले में बदलने हेतु किया जाता था। पहली सहस्राब्दी के उत्तरार्ध में ईसाई युग के शुरुआती दिनों में भारत के उत्तर-पश्चिम अरावली क्षेत्र में चाँदी की खदानें विश्व की प्राचीनतम खदानें हैं।

प्राचीन भारत में लौह धातुकर्म

प्राचीन भारत में सिंधु सभ्यता काँस्य युग से संबंधित थी, जबकि इसके पूर्व पहली सहस्त्राब्दी ईसा पूर्व में उभरी गंगा घाटी की सभ्यता लौह युग से संबंधित थी। गंगा घाटी और पूर्वी विंध्य पहाड़ियों के मध्य भागों में उत्खनन से पता चलता है कि लोहे का उत्पादन 1800 ई.पू. से होता रहा है। लोहे का उपयोग भी लगभग 1000 ईसा पूर्व से व्यापक रूप से होता रहा है। वैदिक काल के बाद की रचनाओं में जो 'कृष्णायास' (डार्क मेटल) व वैदिक काल के पूर्व में (ऋग्वेद में) जो 'अयास' (Ayas) का वर्णन मिलता है, उसे ताँबा या पीतल के रूप में स्वीकार किया जाता है।

वुट्ज स्टील (Wootz Steel)

धातुकर्म के क्षेत्र में भारत एक प्रमुख अन्वेषक देश था। यहाँ लोहे के दो उन्नत प्रकार का उत्पादन होता था, यथा—वुट्ज स्टील एवं दूसरा उन्नत किस्म का लोहा। वुट्ज स्टील का उत्पादन दक्षिण भारत में 300 ईसा पूर्व में होता था। वुट्ज स्टील से प्रसिद्ध दमिश्क तलवार का निर्माण होता था, जोकि अपने धार और कठोरता के लिए प्रसिद्ध थी (चित्र-19)। वुट्ज स्टील मुगल युग के दौरान हथियारों के लिए पसंदीदा धातु बनी रही तथा इससे निर्मित तलवार, चाकू और कवच पर पीतल, चाँदी और सोने की परत की नक्काशी करने से इसकी शोभा बढ़ जाती थी।

वस्तुतः वुट्ज स्टील मुख्य रूप से उच्च अनुपात कार्बन (1.0-1.9 प्रतिशत) युक्त लोहा होता है, जिसको क्रूसिबल प्रणाली से बनाया जाता है। इस प्रक्रिया में पहले स्पॉस आयरन का उत्पादन किया जाता है। बाद में इसको गरम करके पीटते हैं, जिससे अंदर जमा धातुमल (स्लैग) बाहर आ जाता है। इसके पश्चात् इसके चारों तरफ कोयला भरकर गरम करने से यह अतिरिक्त कार्बन अवशोषित कर वुट्ज स्टील में परिवर्तित हो जाता है।

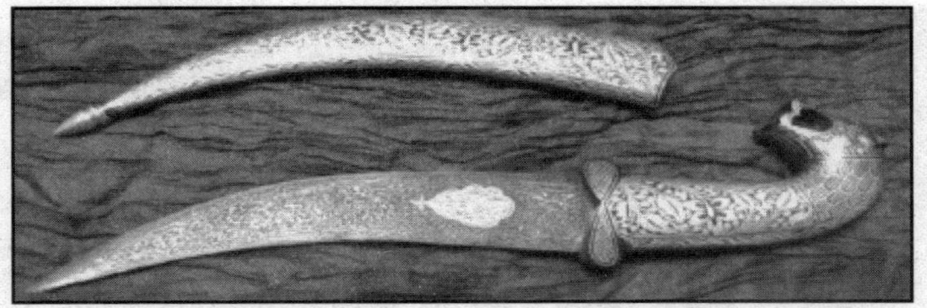

चित्र-19 : वुट्स स्टील से निर्मित दमिश्क तलवार

सत्रहवीं शताब्दी से ही कई यूरोपीय यात्रियों ने भारत की लोहे और स्टील बनानेवाली विविध भट्टियों का वर्णन किया तथा इस विषयक अनेक प्रयोग भी किए। दूसरे उन्नत प्रकार के लोहे का उपयोग लगभग 1600 वर्ष पूर्व विश्वप्रसिद्ध दिल्ली के लौहस्तंभ के निर्माण में किया गया, जिसके बारे में विस्तृत जानकारी इस प्रकार है—

प्राचीन प्रौद्योगिकी का कमाल—दिल्ली लौहस्तंभ का निर्माण

हमारे देश की राजधानी दिल्ली के कुतुब क्षेत्र में स्थित 'लौहस्तंभ' प्राचीन विश्व की विशालतम इंजीनियरी संरचना के रूप में विश्वविख्यात यह लौहस्तंभ सोलह सौ वर्ष पूर्व बना था। वस्तुतः भारतीय इतिहास के स्वर्णयुग कहे जानेवाले गुप्त राजाओं के शासनकाल में बना यह लौहस्तंभ समूचे विश्व के इतिहास—पुरातत्त्वविदों, वैज्ञानिकों, इंजीनियरों और पर्यटकों के लिए एक रहस्य बना हुआ है (चित्र-20)

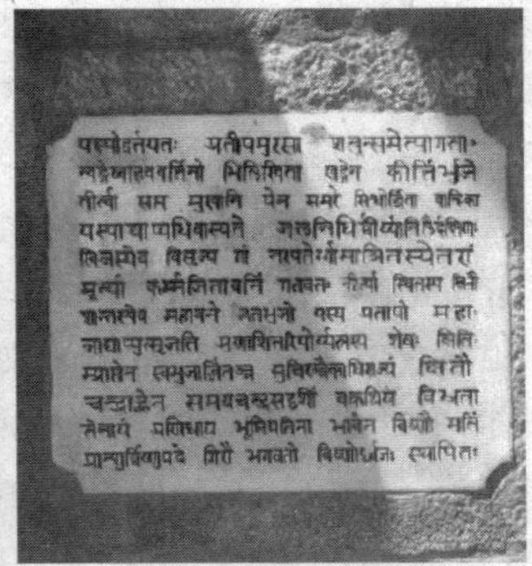

स्तंभ पर अंकित ब्राह्मी लिपि (संस्कृत) में लिखा अभिलेख

चित्र-20 : लौहस्तंभ

चित्र-21 : चबूतरे पर लौहस्तंभ

यह लौहस्तंभ 7.39 मीटर (24.3 फीट) लंबा है। इसके शीर्ष का व्यास 30.60 से.मी. (12.05 इंच) है। तली पर इसका व्यास 41.65 से.मी. (16.4 इंच) है और इसका भार लगभग 6 टन है। यह लौहस्तंभ फर्श के नीचे तीन फीट गहरा जमा हुआ है। स्तंभ एक पत्थर के चबूतरे से घिरा हुआ है। इसे 1871 में एक ब्रिटिश पुरातत्त्वविद् ने बनवाया था तथा 1997 में भारतीय पुरातत्त्व सर्वेक्षण (आर्कियोलॉजिकल सर्वे ऑफ इंडिया) ने इसकी व्यवस्थित देखभाल हेतु चबूतरे पर एक गोलाकार लोहे की बाड़ लगाई, जिसे वर्ष 2004 में हटाकर एक बड़ी वर्गाकार ग्रिल लगवाई गई (चित्र-21)।

स्तंभ निर्माण की अद्‌भुत कला

वस्तुतः विशाल बेलन के आकार के और आकाश की ओर घटती मोटाई वाले स्तंभ को कैसे बनाया होगा? यह सभी के लिए रहस्य का विषय है। यह स्तंभ अपने सिर पर मुकुट की भाँति एक कलात्मक अलंकरण से सुसज्जित है। स्तंभ पर अंकित ब्राह्मी लिपि (संस्कृत) में लिखा अभिलेख 1817 में 'एशियाटिक सोसाइटी' के सचिव एवं भारतीय ज्ञान-विज्ञान के अनन्य खोजी, जेम्स प्रिंसेप द्वारा पहली बार प्रकाशित हुआ (चित्र-22)। स्तंभ के अभिलेख के अध्ययन और अन्य प्रमाणों से ज्ञात हुआ था कि 402 ई.पू. में सम्राट् चंद्रगुप्त द्वितीय 'विक्रमादित्य' ने यह स्तंभ मालवा क्षेत्र के उद्यगिरि नामक स्थान पर स्थापित किया था। उस समय यह उद्यगिरि, 'विष्णुपदगिरि' के नाम से जाना जाता था। यह मध्यप्रदेश में भोपाल से पचास किलोमीटर दूर है।

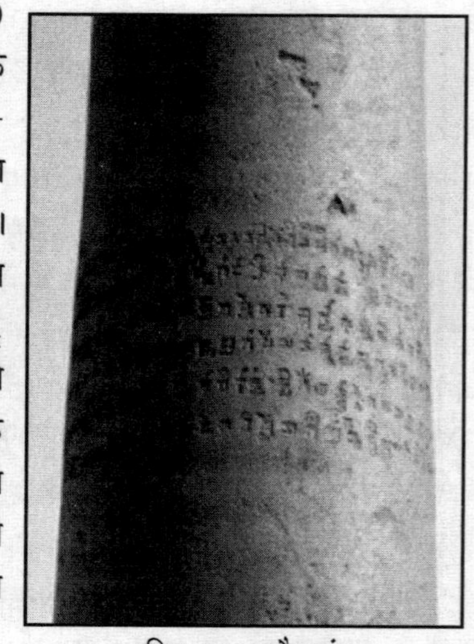

चित्र-22 : लौहस्तंभ

उन्नीसवीं शताब्दी में प्राचीन भारतीय विज्ञान और प्रौद्योगिकी के पुनरुद्धारक और भारतीय पुरातत्त्व प्रेमी सर अलेक्सेंडर जॉन कनिंगम 'आर्कियोलॉजिकल सर्वे ऑफ इंडिया' के प्रथम अध्यक्ष थे। उन्होंने रुड़की इंजीनियरिंग कॉलेज के डॉ. मुरे थॉमसन और स्कूल ऑफ माइंस के डॉ. पर्सी से इस स्तंभ का विश्लेषण करवाकर ज्ञात किया कि यह पिटवाँ लोहे से बनी 7.66 आपेक्षिक घनत्व वाली संरचना है। तत्पश्चात् भारतीय वैज्ञानिक 'पंचानन नियोगी' ने इस लोहे के संघटन के कारण उसके जंगरोधी गुणों को उजागर किया।

गुप्तकाल में विष्णुपदगिरि पर खगोलशास्त्र आदि के अध्ययन की एक वेधशाला एवं अत्यंत महत्त्वपूर्ण देवस्थान विष्णु मंदिर था। वहाँ स्थित इस लौहस्तंभ का नाम 'विष्णुध्वज' था। गुलाम शासक इल्तुतमिश ने मालवा की विजय के बाद उदयगिरि से लाकर यह लौहस्तंभ दिल्ली की कुण्वतुल इस्लाम मसजिद में स्थापित करवाया। तभी से इसे लोग 'दिल्ली लौहस्तंभ' के नाम से जानने लगे हैं।

लौहस्तंभ निर्माण की प्रौद्योगिकी

प्राचीन भारतीयों का असाधारण इंजीनियरी कौशल इस बात से सिद्ध होता है कि विश्व की महान् सभ्यताएँ जब लोहे को अपेक्षाकृत थोड़ी मात्रा में भी बनाना नहीं जानती थीं, तब भारतीयों द्वारा लोहे की विशाल वस्तुओं के निर्माण की उनकी सामर्थ्य निश्चय ही वृहद् निर्माण की दृष्टि से एक महान् उपलब्धि में गिनी जाने योग्य व स्मरणीय है।

जैसाकि विदित ही है कि लोहे की इंजीनियरी संरचना को बनाने की विधि के अंतर्गत लोहे को पिघलाया जाता है और फिर इस पिघले लोहे को पहले से बने हुए साँचों में ढाल लिया जाता है। इसके अंतर्गत पिघला हुआ लोहा साँचों में ढलकर ठंडा होकर ठोस बनकर साँचागत आकार ग्रहण करता है। लोहा 1540° से. पर पिघलता है, जो कि बहुत ही उच्च तापमान है। गुप्तकाल में कुशल भारतीय लौहकर्मियों द्वारा पहले से गरम किए हुए लौह अयस्क की एक तह और उससे अगली तह लकड़ी के कोयले की इस प्रकार परत-दर-परत, एक के बाद एक जमा करके उसे भट्टी में व्यवस्थित किया जाता था। भट्टी को जलाकर धीरे-धीरे धातु को अवकरण ताप तक गरम किया जाता था। भट्टी के नीचे लगी चमड़े की धौकनियाँ नियंत्रित गति से संचालित की जाती थीं। अवकरण हो जाने के पश्चात् बननेवाला तरल धातुमल एक छेद से बाहर निकाल दिया जाता था और भट्टी की तली से अवकृत लोहे के ठोस पिंड निकाल लिये जाते थे।

देश की स्वतंत्रता के पश्चात् भारतीय पुरातत्त्व सर्वेक्षण द्वारा इस लौहस्तंभ का विस्तृत अध्ययन का कार्य 'राष्ट्रीय धातुकर्म प्रयोगशाला' (एन.एम.एल.), जमशेदपुर और टाटा लौह एवं इस्पात कंपनी द्वारा वर्ष 1960 में किया गया। आधुनिक विश्लेषण के अनुसार, स्तंभ के लोहे में औसतन प्रतिशत कार्बन 0.15, फॉस्फोरस 0.25, सल्फर (गंधक) 0.005, सिलिकन 0.05, नाइट्रोजन 0.02, मैगनीज 0.05, ताँबा 0.03 और निकिल 0.051 है तथा शेष भाग लोहा है। इसमें फॉस्फोरस की अधिक मात्रा तथा स्लग की अधिक मात्रा अकेले तथा सामूहिक रूप से जंग प्रतिरोधक क्षमता बढ़ा देती हैं। इसके अतिरिक्त 50 से 600 माइक्रॉन मोटी ऑक्साइड की परत भी स्तंभ को जंग लगने से बचाती है।

स्पंज जैसे लाल गरम लोहे को भट्टी से निकाल लिये जाने पर इसे धातुमल और ऐसे लौह ऑक्साइड, जिनका अवकरण नहीं हुआ (जैसे—वुस्टाइट, FeO), दोनों को हटाने के लिए तुरंत हथौड़ों से पीटा जाता था।

फॉर्ज वैल्डिंग

यह ज्ञात ही है कि गरम किए जाने पर लोहा अधिक तन्य अर्थात् अधिक मोड़ने योग्य बन जाता है। तब इसकी ढलाई करना आसान होता है। इस प्रकार लोहे को वांछित आकार प्रदान करने के लिए उच्च तापमान पर विरूपित किया जा सकता है।

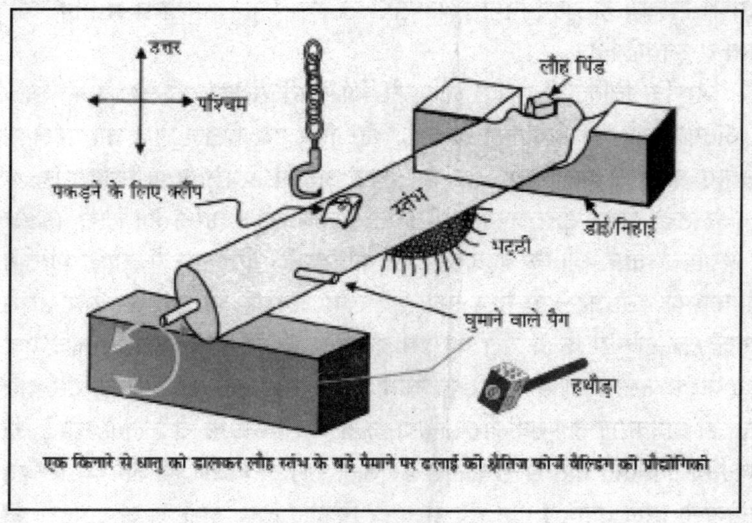

एक किनारे से धातु को डालकर लौह स्तंभ के बड़े पैमाने पर ढलाई की क्षैतिज फोर्ज वैल्डिंग की प्रौद्योगिकी

चित्र–23 : फॉर्ज वैल्डिंग

इंजीनियरी उत्पादों को वांछित रूप और आकार देने के लिए यद्यपि अनेक विधियाँ हैं। इसी प्रकार धातु को आकार देने की एक महत्त्वपूर्ण विधि है फॉर्जन (जोड़ना)। इसमें गरम धातु का एक हिस्सा एक ऐसी कठोर वस्तु के ऊपर रखा जाता है, जिसमें वांछित तैयार उत्पाद की आकृति की आवश्यकतानुसार परिरेखायुक्त स्थान (कोंटूर) बना रहता है। इस कठोर वस्तु को 'डाई' कहते हैं। गरम पदार्थ को इसमें रखकर भारी हथौड़े से ठोका जाता है। इसके परिणामस्वरूप गरम धातु स्थायी तौर पर विरूपित हो जाती है और डाई में कटे हुए परिरेखीय स्थान का आकार ग्रहण कर लेती है।

डाई के स्थान पर यदि धातु के एक गरम पिंड को धातु के एक-दूसरे पिंड पर रखकर संघट्ट बल लगाया जाए तो ये दोनों पिंड जुड़ जाएँगे। इस प्रक्रिया को 'फॉर्ज वैल्डिंग' (मिलाकर जोड़ना) कहते हैं (चित्र-23)।

दिल्ली लौहस्तंभ के निर्माण में क्षैतिज फार्ज वैल्डिंग

दिल्ली लौहस्तंभ के निर्माण के लिए प्रयोग किए गए फार्ज वैल्डिंग प्रक्रम में लोहे के पिंडों को पहले अपेक्षाकृत उच्च तापमान पर लकड़ी के कोयले (चारकोल) की शैया पर गरम किया जाता था, जिससे वे कोमल और विरूपण के योग्य बन सकें। फिर एक टुकड़े को दूसरे पर रखकर उनको ठोस अवस्था में वैल्डित करने के लिए गतिकीय बल लगाया जाता था। वस्तुतः यह सभी चुनौती भरे कार्य हैं, जो प्राचीन भारतीयों ने किए हैं।

इस स्तंभ का वजन 6096 कि.ग्रा. है तथा इसकी यांत्रिक क्षमता बहुत उत्तम है (पराभव सामर्थ्य 23.5 टन प्रति वर्ग इंच, चरम तनन सामर्थ्य 23.9 टन प्रति वर्ग इंच व दीर्घीकरण 5 प्रतिशत है)। यह अपेक्षाकृत उच्च सामर्थ्य वाले लोहे की एकजुट संरचना को लक्षित करते हैं। इस स्तंभ की उच्च क्षमता का आकलन उस समय हुआ, जब 18वीं शताब्दी में (1739 ई.) दिल्ली में नादिर शाह द्वारा दागे गए तोप के गोले भी इस स्तंभ को तोड़ने में असफल रहे। आज भी इस ऐतिहासिक लौहस्तंभ के दाहिने भाग में अंकित तोप के गोलों के निशान देखे जा सकते हैं।

अतः पूर्ण विश्वास है कि आधुनिक भारत के तरुण वैज्ञानिक पुरातन भारतीय रसायन विज्ञान के ऋषियों के योगदान से अवश्य प्रेरणा प्राप्त करेंगे तथा भारत की गौरवमयी रसायन विज्ञान की परंपरा को अधिक समृद्ध बनाएँगे।

□

3

भारत में सैन्य विज्ञान

प्राचीन भारत में सैन्य विज्ञान अपने युग के हिसाब से बहुत विकसित था तथा आज भी थलसेना में उसकी प्रत्यक्ष-अप्रत्यक्ष रूप से उपादेयता हो सकती है। वैदिक वाङ्मय में भरद्वाज ऋषि इस विज्ञान के प्रणेता माने जाते हैं। 'शुक्रनीति' में अस्त्र और शस्त्र का अंतर स्पष्ट किया गया है कि जो मंत्र या यंत्र के द्वारा फेंका जाता है, उसे अस्त्र या मिसाइल कहते हैं तथा जिन्हें हाथ में लेकर लड़ा जाता है, उन्हें शस्त्र कहते हैं, जैसे—असि (तलवार), कुंत (भाला) आदि।

अस्त्र भी दो प्रकार के होते हैं—मंत्र शक्ति से छोड़े जानेवाले (यांत्रिक, दिव्य अस्त्र) और दूसरे यांत्रिक (किसी यंत्र या मशीन से छोड़े जानेवाले) अथवा नालिक (नलीवाले यंत्र से छोड़े जानेवाले)। नालिक के भी दो भेद हैं, यथा—लघुनालिक (छोटी नालीवाले, बंदूक आदि), बृहत्-नालिक (बड़ी नालीवाले, तोप आदि) लघुनालिक का छेद छोटा होता है और यह थोड़ी दूर तक के लक्ष्य का भेदन करता है। बृहत् नालिक का छेद बड़ा होता है और यह बहुत दूर तक लक्ष्य का भेदन करता है (शुक्रनीति 47 से 185)।

दिव्य अस्त्र : वेदों में अस्त्र (मिसाइल) के लिए 'हेति' और 'मेनि' शब्द हैं। दिव्य अस्त्रों का प्रभाव असाधारण होता था। ये प्राकृतिक शक्तियों से जन्य होते थे, जैसे—विद्युत्, अग्नि, वायु आदि से अथवा किसी देवता या ऋषि द्वारा प्रदत्त होते थे। इन दिव्य अस्त्रों का विवरण वेदों में मिलता है तथा इस विषयक सक्षिप्त जानकारी निम्नलिखित है—

(i) **आग्नेय अस्त्र या अग्नि बाण :** आग्नेय अस्त्र को अग्निबाण भी कहते थे। इसके प्रयोग से जलती हुई आग चारों और फैल जाती थी। यह अग्नि के साथ धुआँ भी फेंकता था, जिससे शत्रु बेहोश हो जाते थे। अथर्ववेद

में वर्णन है कि आग्नेय अस्त्र के प्रयोग से शत्रु बेहोश हो गए और इंद्र ने उनके सिर काट लिये। इनके प्रयोग से आँख से अंधा होने का भी वर्णन है। शत्रु अंधे हो गए और सेना पराजित हो गई।

'तेषां वो अग्निमूढानाम् इंद्रो हन्तु वरंवरम्

—अथर्ववेद 6.67.2

'चक्षूंषि-अग्निरादत्तां पुनरेतु पराजिता

—अथर्ववेद 3.1.6

(ii) **वायव्य अस्त्र :** इसको मारूत अस्त्र भी कहते हैं। इसके प्रयोग से आँधी जैसी तेज हवा चलने लगती थी और शत्रु किंकर्तव्य विमुख हो जाते थे। अथर्ववेद में वर्णन है कि इंद्र ने इस अस्त्र के प्रयोग से शत्रुओं को इधर-उधर भगा दिया—

अग्नेर्वातस्य ध्राज्या तान् विषूचो वि नाशय

—अथर्ववेद 3.1.5

(iii) **पाशुपत अस्त्र :** इसको रुद्रास्त्र भी कहते हैं। पशुपति या रुद्र भगवान् शिव का ही नाम है। ऋग्वेद और यजुर्वेद में रूद्र के इस अस्त्र का वर्णन है। (यजु. 16.50)

परि णो हेती रुद्रास्य वृज्या।

—ऋग्वेद 2.33.14

(iv) **ब्रह्मास्त्र :** यह ब्रह्म का अस्त्र माना जाता था। इसकी प्रहारक शक्ति असाधारण थी। इसकी कोई काट नहीं थीं। अथर्ववेद में कहा गया है कि यह सबसे बड़ा प्रहारक है। यह अस्त्र घोर तपस्या द्वारा प्राप्त होता है—

ब्रह्मणो हेते तपसश्च हेते
मेन्या मेनिरसि

—अथर्ववेद 5.6.9

(v) **आथर्वण अस्त्र :** यह अस्त्र अथर्वन ऋषि द्वारा आविष्कृत था। इसका प्रयोग चोर, हिंसक पशु आदि पर किया जाता था। अथर्ववेद में वर्णन है कि इसके प्रयोग से व्यक्ति या पशु निश्चेष्ट हो जाता था और पकड़ा जाता था—

न संयमो न वि यमो. आथर्वणमसि व्याघ्रजम्भनम्

—अथर्ववेद 4.3.7

(vi) **वारुण अस्त्र या वरुण के पाश :** ऋग्वेद, यजुर्वेद और अथर्ववेद में इसका उल्लेख मिलता है। ये नागपाश अर्थात् साँप की तरह मनुष्य को लिपटकर बाँध लेते थे और शत्रु को जकड़कर मार देते थे—

ये ते पांशा वरुण सप्तसप्त।

—अथर्ववेद 4.16.6

(vii) **सम्मोहन अस्त्र :** अथर्ववेद में उल्लेख है कि इस अस्त्र के प्रयोग से शत्रु सेना को बेहोश कर दिया जाता था और उसके हाथ काट लिये जाते थे—

अग्निः स सेनां मोहयतु परेषां निर्हस्तान् च कृणवत्

—अथर्ववेद 3.1.1

(viii) **तामस अस्त्र :** इस अस्त्र का चारों वेदों में उल्लेख किया गया है। यह अस्त्र अश्रु गैस (Tear gas) के तुल्य होता था। वह चारों ओर धुआँ फैला देता था। धुएँ से चारों ओर अँधेरा हो जाता था। शत्रु सेना के सैनिकों का दम घुटने लगता था और वे किंकर्तव्यविमूढ़ होकर इधर-उधर भागने लगते थे। इसके लिए कहा गया है कि इससे शत्रु सेना के सैनिक एक-दूसरे को पहचान नहीं पाते थे। इस अस्त्र का दूसरा नाम 'अप्वा' भी था। यह अंगों को शिथिल कर देता था। त्रिषंधि सेनापति ने इस अस्त्र के प्रयोग से सारी शत्रु सेना को नष्ट किया था—

तां विध्यत तमसापव्रतेन, यथैषामन्यो अन्यं न जानात्।

—अथर्ववेद 3.2.6, यजुर्वेद 17.47

आजकल पुलिस द्वारा अत्यधिक अशांति फैलानेवाले लोगों की भीड़ को शांत करने हेतु अश्रु गैस का उपयोग किया जाता है, जिसमें नाइट्रिल ब्रोमाइड या एथिल आयोडोएसिटेट होता है।

(ix) **ऐंद्र अस्त्र या वज्र :** चारों वेदों के सैकड़ों मंत्रों में वज्र की चर्चा की है। यह इंद्र का प्रमुख अस्त्र है। यह अयस् अर्थात् उत्तम कोटि के लोहे या फौलाद का बना हुआ होता था। इंद्र के वज्र में तीन संधि या जोड़ थे, अतः इन्हें 'त्रिषंधि' कहते थे। इंद्र के वज्र को एक हजार नोक वाला बताया गया है—

अभ्येनं वज्र आयसः सहस्त्रभृष्टि

—ऋग्वेद 1.80.12

वज्रेण त्रिषन्धिना

—अथर्ववेद 11.10.3

अथर्ववेद में उल्लेख किया गया है कि 100 गाँठवाला भी वज्र होता था और इससे एक सौ व्यक्तियों का वध किया जा सकता था।

अग्निपुराण में वर्णित शस्त्रास्त्र : 'अग्निपुराण' में शस्त्रास्त्रों के 5 भेदों का वर्णन किया गया है, यथा—(1) **यंत्रमुक्त**—यंत्रों से फेंके जानेवाले, जैसे—प्रक्षेपक यंत्र बंदूक आदि से छोड़े जानेवाले गोले आदि, (2) **पाणिमुक्त**—हाथ से फेंके जानेवाले, जैसे—भाला आदि (3) **मुक्तसंधारित**—फेंककर फिर वापस किए जानेवाले, नुकीला आयुध, जिसके द्वारा वस्तु खींचकर पास लाई जाए, जैसे—काँटेदार जाल आदि। (4) **अमुक्त**—हाथ में रखे जानेवाले, जैसे—खड्ग आदि। (5) **बाहुयुद्ध**—बाहुयुद्ध वाले उपकरण—

यन्त्रमुक्तं पाणिमुक्तं, मुक्तसंधारितं तथा।
अमुक्तं बाहुयुद्धं च, पंचधा तत् प्रकीर्तितम्॥

—अग्निपुराण, अध्याय 248.2

कौटिल्य अर्थशास्त्र में वर्णित शस्त्रास्त्र

कौटिल्य ने 'अर्थशास्त्र' में शस्त्रास्त्रों के विषय में कुछ उपयोगी बातों का उल्लेख किया है। यंत्रों द्वारा चालित अस्त्रों को दो भागों में बाँटा है—स्थित यंत्र और चल यंत्र। स्थित यंत्र वे अस्त्र हैं, जिसकी मशीन एक ही स्थान पर रहती है। चल यंत्र वे अस्त्र हैं, जिनकी मशीन इधर-उधर ले जाई जा सकती है।

स्थित यंत्र के 10 भेदों में से कुछ निम्नवत् हैं—

(i) **सर्वतोभद्र :** जिससे चारों और गोला आदि फेंका जा सके, जैसे—मशीनगन

(ii) **जामदग्न्य :** बाण बरसानेवाला बड़ा यंत्र।

(iii) **विश्वासघाती :** दुर्ग के द्वार के पास खाई के ऊपर आर-पार एक दंड होता था। शत्रु जब खाई पार करने को उतरते, तब यह दंड उन पर गिर पड़ता और उन्हें मार डालता।

(iv) **पर्जन्यक :** यह वारुण अस्त्र है। आग बुझानेवाला यंत्र, दमकल या फायर ब्रिगेड। यह जल यंत्र आते हुए शत्रुओं पर प्रहार करता (कौटिल्य अर्थशास्त्र, पृ. 209)।

कौटिल्य ने चल यंत्र 16 गिनाए हैं। इनमें से कुछ मुख्य हैं—

(i) **पांचालिक :** बढ़िया लकड़ी पर तेज धारवाला नुकीला यंत्र। यह दुर्ग के बाहर जल के अंदर रखा जाता था। इसे 'जल सुरंग' भी कह सकते हैं।

(ii) **शतघ्नी :** किले की दीवार पर रखा स्तंभ की आकृति का यंत्र, जिसमें तीक्ष्ण कीलें लगी होती थीं।

(iii) **त्रिशूल :** वर्तमान त्रिशूल की आकृति का अस्त्र।

(iv) **उद्घाटिम या औद्घाटिम :** बुर्जों और स्तंभों को गिराने का यंत्र।

(v) **चक्र :** तीक्ष्ण धारवाला चक्र। इसी अस्त्र के प्रयोग के कारण श्रीकृष्ण को 'चक्रधर' कहते थे।

कवच और आवरण : कौटिल्य ने 6 प्रकार के वर्म (कवच) बताए हैं। ये हैं—

(i) **लोहजाल :** सिर से पैर तक ढकने का लोहे का आवरण।

(ii) **लोहजालिका :** सिर को छोड़कर अन्य अंगों को ढकनेवाला आवरण।

(iii) **लोहपट्ट :** हाथों को छोड़कर शेष सारे शरीर ढकनेवाला आवरण।

(iv) **लोह कवच :** केवल छाती और पीठ को ढकनेवाला आवरण।

(v) **सूत्रकंकट :** पक्के सूत का बना कवच, कमर से कूल्हे तक की रक्षा के लिए।

(vi) **मिश्रित कवच :** यह शिंशुमार (सूंस जलजन्तु) और गैंडा आदि के चमड़े, खुर और सींग के मिश्रण से बनाया जाता था।

इनके अतिरिक्त 7 प्रकार के अन्य आवरण बताए हैं, जो शरीर के किसी विशेष अंग की रक्षा के लिए होते थे। इनके नाम हैं—शिरस्त्राण, कंठत्राण, कूर्पास, कंचक, वारवाण, पट्ट, नागोदरिका।

मानवीय अस्त्र-शस्त्र

वेदों में अस्त्र और शस्त्र के लिए 'आयुध' शब्द का प्रयोग है। वेदों में अनेक आयुधों का वर्णन किया गया है। उनमें से कुछ विशिष्ट शस्त्रास्त्रों का विवरण निम्नवत् हैं—

(1) **धनुष :** सभी वेदों के अनेक मंत्रों में धनुष का वर्णन मिलता है। यजुर्वेद में भगवान् शिव के धनुष का नाम 'पिनाक' दिया गया है। कौटिल्य ने बताया कि धनुष 4 प्रकार से बनाए जाते थे—ताल (ताड़ से), चाप (बास से) दारव (बढ़िया लकड़ी) तथा शाङ्र्ग (सींग) से। धनुष को कार्मुक, कोदंड, द्रूण भी कहते हैं।

(2) **बाण :** वेदों में बाण के लिए बाण, इषु, शर, शख्या, शल्य, सायक आदि शब्दों का प्रयोग हुआ है। बाण का अगला भाग लोहे, हाथी दाँत या अन्य

कठोर पदार्थ से बनता था। ऋग्वेद में उल्लेख है कि बहुत बड़े बाणों में सौ तक नोक होती थीं और उनमें सैकड़ों पंख लगे होते थे। यजुर्वेद में धनुष बनानेवाले को धनुष्कार, बाण बनानेवाले को इषुकार और प्रत्यंचा (डोरी) बनानेवाले को ज्याकार कहा गया है।

(3) **इषुधि, तूणीर :** युद्ध के समय बाणों को रखने के लिए एक विशेष प्रकार का खोल प्रयोग में लाया जाता था, इसे इषुधि, तूणीर और निषंग कहते थे।

(4) **प्रहेति :** प्रक्षेप्य अस्त्रों में जो अधिक भयंकर और प्रभावशाली अस्त्र (मिसाइल) होते थे, उन्हें 'प्रहेति' कहते थे। यजुर्वेद में 'हेति' और 'प्रहेति' दोनों शब्दों का साथ-साथ प्रयोग हुआ है।

(5) **अशनि :** यह वज्र के लिए है तथा जलता हुआ प्रक्षेपास्त्र है, जिससे शत्रुओं को भस्म कर दिया जाता था।

(6) **सीसे की गोली :** चोर और डाकुओं को मारने के लिए सीसे की गोली का प्रयोग होता था। इसे वेद में 'सीस' कहा गया है।

(7) **असि :** यह तलवार होती थी, जो पक्के लोहे से बनती थी। इसका प्रयोग भी चोर, डाकुओं और शत्रुओं के नाश के लिए होता था। यह पक्के लोहे की बनती थी। कौटिल्य ने तीन प्रकार के खड्ग (तलवारों) का वर्णन किया है। ये हैं—(i) निस्त्रिंश, जिसका अनुभाग बहुत टेढ़ा हो, (ii) मंडलाग्र, जिसका अनुभाग कुछ गोलाकार हो, (iii) असियष्टि, जिसका आकर पतला व लंबा हो।

(8) **शूल :** यह नुकीले लोहे का बना हुआ शस्त्र था, जो सीधे पेट आदि में मारा जाता था। इसके लगते ही उस स्थान से खून बहने लगता था।

(9) **चक्र :** ऋग्वेद में चक्र का आयुध के रूप में उल्लेख है। यह लोहे का तीक्ष्ण धारवाला चक्र होता था। इसको उँगलियों पर तेजी से घुमाकर शत्रु पर फेंका जाता था। इंद्र ने भी शत्रुओं को मारने के लिए इसका प्रयोग किया था।

(10) **वज्र :** ऋग्वेद के एक मंत्र में वज्र शब्द से डाइनामाइट का संकेत है। वज्र से पहाड़ तोड़कर नदियों का मार्ग बनाया गया। इससे डाइनामाइट का संकेत मिलता है। 'वज्रेण खानि-अतृणन् नदीनाम् (ऋग्वेद 2.15.3)'।

(11) **हलमुख यंत्र :** भाले की तरह के आयुधों को हलमुख यंत्र कहा गया है। कौटिल्य ने इनके ये नाम दिए हैं—(i) शक्ति—कनेर के पत्ते की आकृति वाला, 4 हाथ लंबा लोहे का बना अस्त्र। (ii) प्रास—24 उँगल लंबा,

दोनों ओर धारवाला अस्त्र। (iii) कुंत—पाँच, छह या सात हाथ लंबा हथियार। (iv) हाटक—कुंत के समान तीन काँटोंवाला हथियार। (v) भिंडिपाल—भारी सिरवाला हथियार। (vi) शुल—नुकीला हथियार। (vii) तोमर—बाण के समान तेज मुखवाला, साढ़े चार या 5 हाथ लंबा हथियार। अन्य हलमुख यंत्रों के नाम हैं—वराहकर्ण, कणप, कर्पण और त्रासिका। ये सभी हल के अग्रभाग के समान तेज हथियार हैं (कौटिल्य अर्थ., पृ. 210)

(12) **स्वधिति :** यह तलवार या छुरी है। पशुओं आदि को मारने में इसका उपयोग होता था।

(13) **परशु :** यह चौड़ी धार की कुल्हाड़ी है। यह बढ़िया लोहे से बनाई जाती थी। यह अतितीक्ष्ण शत्रुनाशक आयुध है। कौटिल्य ने इसको क्षुरवर्ग के आयुधों में रखा है।

(14) **क्षुर :** यह चौड़े फालवाले छुरे के तुल्य शस्त्र है। यह लोहे का बना होता था।

(15) **वाशी :** यह परशु या वसूले के तुल्य शस्त्र है। यह लोहे का बना होता था और मरुतों का प्रिय शस्त्र था।

(16) **कृपाण :** ऋग्वेद में कृपाण युद्ध का वर्णन है। यह वर्तमान कृपाण के तुल्य शस्त्र था। इंद्र ने कृपाण युद्ध के लिए सैनिकों को प्रोत्साहित किया था।

(17) **उल्का :** ऋग्वेद और यजुर्वेद में इसका उल्लेख है। यह जलता हुआ आग का गोला होता था। यह एक साथ चारों ओर शत्रुओं पर फेंका जा सकता था और उन्हें जलाया जा सकता था।

रासायनिक युद्ध एवं शत्रुनाशन

ऋग्वेद, यजुर्वेद और अथर्ववेद में तामस अस्त्रों और सम्मोहन अस्त्रों का भी वर्णन है। विषैला अस्त्र चारों ओर धुआँ देता था, सम्मोहन अस्त्र से शत्रु सेना को बेहोश कर दिया जाता था, इसी प्रकार धूमाक्षी अस्त्र जब शत्रु पर फेंका जाता था तो शत्रुओं की आँखों में बहुत धुआँ घुस जाता था और वे युद्ध नहीं कर पाते थे।

कौटिल्य के 'अर्थशास्त्र' में रासायनिक द्रव्यों की सहायता से शत्रुओं को हानि पहुँचाने का वर्णन मिलता है। इनमें सद्यः प्राणहारक धूम योग, विषाक्त धूम, हवा के साथ विष फैलाना, अंधा करनेवाला धूम, जल को विषाक्त करना तथा रोगोत्पादक योगों का भी उल्लेख किया गया है।

पुरातन काल में प्रयुक्त की गई खंजर तथा पुरानी बंदूक को क्रमशः चित्र-24 व 25 में दरशाया गया है।

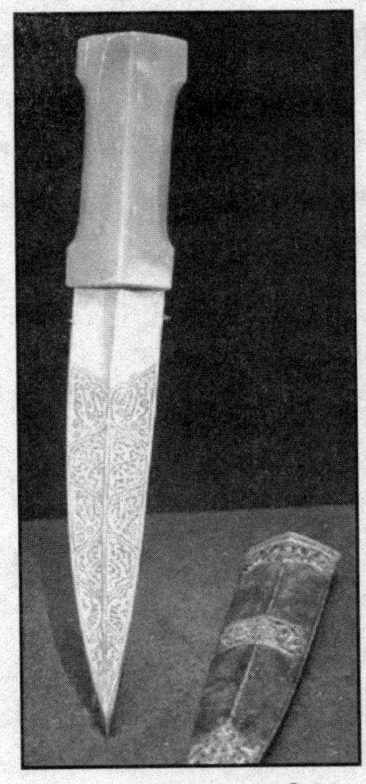

चित्र-24 : पुरातन काल की खंजर

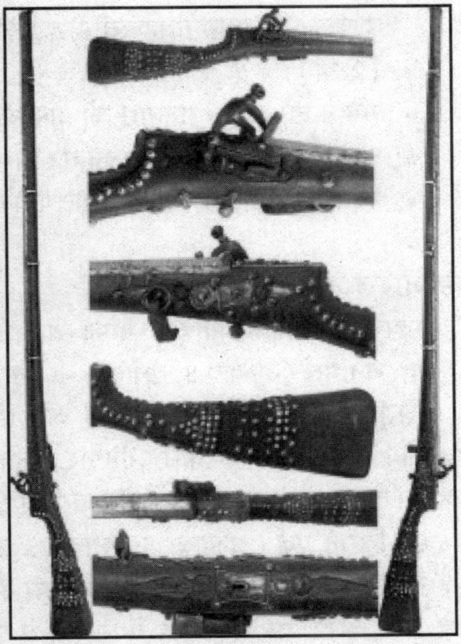

चित्र-25 : पुरातन काल की बंदूक

वाल्मीकीय रामायण में वर्णित अस्त्र-शस्त्र

'वाल्मीकीय रामायण' के 'युद्ध कांड' में उल्लेख है कि रावण की लंका के किले के फाटकों में यंत्र लगे हैं तथा उनके सामने बड़ी स्वच्छ भयंकर सैकड़ों तोपें धरी हैं, जिनको राक्षसों ने यथावस्थित टिकाया हुआ है—

द्वारेषु संस्कृताभीमाः कालाय समयाः शिताः।
शतशो रचितावीरैः शतध्नो रक्षसो गणैः॥

(युद्ध कांड 2/13)

- रावण ने सुग्रीव पर प्रथम महाबाण के समान एक वायुतुल्य वेगवाला चिनगारियाँ उड़ाता हुआ अग्नि के समान प्रकाशित और वज्रतुल्य बाण छोड़ा। (2/17)
- भगवान् राम ने वायव्य बाण से कुंभकरण के हाथ काट डाले तथा ऐंद्र बाण से उसका सिर। (2/30)

- लक्ष्मण ने आग्नेयास्त्र छोड़ा, जिसको अतिकाय राक्षस ने रौद्र बाण व सूर्यास्त्र से काट दिया। तब अतिकाय ने त्वाष्ट्र बाण छोड़ा। इसके प्रत्युत्तर में लक्ष्मण ने ब्रह्मास्त्र छोड़ा, जिससे अतिकाय का सिर उड़ गया। (2/34)
- राम ने खर के पुत्र मकराक्ष को आग्नेयास्त्र से मारा। (2/37)
- लक्ष्मण ने ऐंद्र बाण से मेघनाद का सिर काटा था। (2/43)
- स्वयं राम ने अगस्त्य बाण से रावण को मारा था। (2/49)

महाभारत में अस्त्र-शस्त्र

महाभारत में उपयोग किए गए अस्त्र-शस्त्र के बारे में जानकारी निम्नवत् है—

1. वन पर्व (अध्याय 5, श्लोक 3-6 तक)

शिशुपाल के पुत्र शाल्व ने कृष्ण की द्वारिका पर आक्रमण किया और आकाशीय व्यूह की रचना की। अभिसार, उल्का, अलात, तोमर, अंकुश तथा शतहनी (तोप) और लांगल अस्त्रों से युद्ध किए गए।

2. विराट् पर्व (अध्याय 15, श्लोक 25-30, महाभारत)

विराटों की ओर से लड़ते हुए घिर जाने पर अर्जुन ने गांडीव धनुष से ऐंद्र नामी दिव्य अस्त्र छोड़ा। तब धनुष मेघ में बिजली व पर्वत पर अग्नि की भाँति चमका और सारा आकाश प्रकाशित हुआ। सभी हाथी, घोड़े मूर्च्छित हो गए और योद्धा चित्त खो बैठे।

3. भीष्म पर्व में कौरवों तथा पांडवों द्वारा व्यूह-रचना का उल्लेख है। कौरवों ने 18 दिन में निम्न 15 सैन्य व्यूह रचनाएँ की थीं—

   महाव्यूह, गरुड़, व्याल, मकर, क्रौञ्च अजेय मंडल, सर्वतोभद्र, शकट, चक्रव्यूह, गर्भव्यूह, मकर व उत्तम।

   पांडवों ने इसी प्रकार क्रौञ्चारण, चंद्र, मकर वज्र, शृंगाटक, मंडलार्ध, अर्धचंद्र प्रभृति सेना के व्यूह रचकर युद्ध किया था।
4. द्रोण पर्व अ. 20/ श्लोक 15 में उन शस्त्रों का उल्लेख भी है, जिनसे युद्ध हुआ था। वे ये हैं—

   कर्णी, नालीक (बंदूक), विषबुझे, वस्तिक, सुई वाले सूची अस्त्र, कपिष:, गवास्थि, गजास्थि, संश्लिष्ट, पूति और जिह्वाग।
5. कर्ण पर्व अध्याय 12 में कर्णार्जुन युद्ध में प्रयुक्त हुए बाणों का वर्णन इस प्रकार है—

अर्जुन द्वारा प्रयुक्त-नारायणालीक, बराह, कर्णक्षुर, सांजलिक-अर्धचंद्र। परंतु यह बाण कर्ण के रथ में ही अटक गए थे। तब अर्जुन ने आग्नेयास्त्र छोड़ा। उस अस्त्र के प्रकाश से सारा मार्ग प्रदीप्त हो गया। वस्त्र जलने लगे—बड़ा घोर शब्द हुआ। तब कर्ण ने सर्प के मुखवाला जलता हुआ रौद्र बाण छोड़ा। इसका आविष्कार ऐरावत के वंश में हुआ था। उस समय कृष्ण ने रथ नीचा कर दिया, सो वह बाण अर्जुन के मुकुट को ही पार कर पाया। तब अर्जुन ने इंद्र द्वारा दिया अञ्जीलक बाण फेंका, मानो सूर्य की चमकती किरण छोड़ी गई हो!

इनसे एक-एक अस्त्र से सैकड़ों अस्त्र निकलकर तत्क्षण ही आकाश में व्याप्त हो गए। साथ ही अर्जुन ने फिर त्वाष्ट्र शस्त्र का प्रयोग किया, जिससे शत्रु आपस में एक-दूसरे को अर्जुन समझकर परस्पर लड़कर समाप्त हो गए।

6. महाभारत की समाप्ति के समय अश्वत्थामा के द्वारा पांडवों के पुत्रों के हनन के पश्चात् द्रौपदी के द्वारा प्रेरित अर्जुन, भीम, कृष्ण आदि ने अश्वत्थामा को पकड़ने की चेष्टा की, तब उसने इषीकास्त्र का प्रयोग किया—

ततस्तस्यामिषीकायां पावकाः समजायत।
प्रधक्ष्यन्निव लोकांस्तान् कालान्तक यमोपमः॥

अर्थात् उसके छूटने पर एक ऐसी भीषण अग्नि निकली, जैसे तीनों लोकों को भस्मसात् करने के लिए प्रलय कालीन यमाग्नि हो।

7. तब महारथी अर्जुन ने उसे शांत करने के लिए ब्रह्मशिर अस्त्र का प्रयोग किया—

ततस्तदस्त्रं सहसा सृष्टं गाण्डीव धन्वना।
प्रजज्वाल महर्चिष्मधुधान्तानिल सन्निभम्॥

और तब उस महारथी द्वारा छोड़े उस अस्त्र से युगांत अग्नि के समान दूसरी भीषण ज्वाला की लपटें निकलने लगीं और वह पूर्वास्त्र व्यर्थ हो गया।

8. भगवान् कृष्ण के सुदर्शन चक्र की यह विशेषता थी कि वह एक नहीं, सहस्त्रों व्यक्तियों के सिरों को काटकर वापस प्रयोक्ता के पास आ जाता था।

9. जब जटासुर का निहंता घटोत्कच कर्ण से युद्ध कर रहा था और विमान के द्वारा कौरवों की सेना का संहार कर रहा था, उस समय अपनी सेना

का सर्वनाश देखकर कर्ण को विवश होकर अपने अमोघ 'शक्ति' शस्त्र का प्रयोग करना पड़ा।

10. प्राचीन समय में 'खगवाण' एक ऐसा भीषण अस्त्र होता था, जो आकाश से गिरते बाणों, गोलों और अन्यान्य भीषण शस्त्रों को क्षण भर में तोड़-फोड़कर वापस तूणीर में आ जाता था—

तानाशुगैरा पततोऽधमाषु, निवार्ण हन्तु खगमानखएव,
द्विधा त्रिधा चाच्छिन्न दाशु शुलस्ततोऽन्तरिक्ष निनदोबभूव।

विराट् की गाय चुराने पर कौरवों की भारी सेना के साथ अकेले अर्जुन ने युद्ध करते समय सम्मोहनास्त्र का प्रयोग किया था, जिससे शत्रु मरे नहीं, परंतु बेहोश हो गए थे।

11. इसी प्रकार जंभकास्त्र के प्रयोग करने से समस्त सेना स्थिर हो जंभाई लेने लग जाती थी—

यथाग्निधूमो दिवमेति रुद्ध्वा,
वर्णान् विभ्रत् तैजसांश्चित्रंरुपान्।
श्वेतास्तस्मिन् वातवेगाः सदश्वाः
दिव्यायक्ताश्चित्ररथेन दत्ताः।

—*विराट् पर्व*

अतः पुरातन काल में हुए युद्धों में सशक्त अस्त्र-शस्त्रों का उपयोग किया जाता था, जो इस तथ्य की संपुष्टि करते हैं कि प्राचीन भारत में सैन्य विज्ञान भी बहुत विकसित था।

□

4

कृषि विज्ञान

पृथ्वी पर कृषि विज्ञान का किस प्रकार विकास हुआ, इस संबंध में जानकारी हमारे वैदिक ग्रंथों में मिलती है। ऋग्वेद में उल्लेख किया गया (ऋग्. 10.28.8) है कि सर्वप्रथम देवगण (पुरुषार्थी विद्वान्) आगे आए। उनके पास अपनी-अपनी कुल्हाड़ियाँ (परशु) थीं। उन्होंने जंगलों को काटकर साफ किया। उनके साथ उनके कुछ सहयोगी परिजन भी थे। उन्होंने उपयोगी लकड़ियों को नदियों के किनारे रख दिया और जहाँ कहीं घास-फूस (कृपीट) थी, उसे जला दिया। इससे ज्ञात होता है कि प्रारंभिक अवस्था में जंगलों की अधिकता थी, जंगलों को काटकर भूमि को समतल किया गया और फिर कृषि का कार्य प्रारंभ हुआ।

ऋग्वेद और अथर्ववेद से ज्ञात होता है कि राजा वेन का पुत्र राजा पृथी (पृथु) ने कृषि का आविष्कार किया। अथर्ववेद में (अथर्व. 8.10 (4).10) उल्लेख है कि वैवस्वत मनु की परंपरा में वेन का पुत्र पृथी राजा हुआ। उसने कृषि की और अन्न उत्पन्न किए। वस्तुतः 'कृषि' शब्द कृष् धातु से निकला है, जिसका अर्थ है—कूंड बनाना या जोतना। प्रारंभ में कृषि शब्द से 'हल चलाने' का ही बोध होता था। आचार्य पतंजलि ने इस शब्द का विस्तार किया तथा बताया कि कृषि का अर्थ मात्र हल चलाना ही नहीं, वरन् कर्मकार आदि के लिए भोजन का प्रबंध करना भी होता है। अतः कृषि को मानव कल्याण का साधन माना गया है। उपनिषदों में भी कृषि को महत्त्वपूर्ण व्यवसाय के रूप में वर्णित किया गया है। तैत्तिरीय उपनिषद् के अनुसार—

अन्नं ब्रह्मेति व्यजानात्। अन्नाद्ध्येव खल्विमानिभूतानिजायन्ते।
अन्नेन जातानि जीवन्ति। अन्नं प्रयन्त्याभि संविशन्तीति॥

—तै.उ. 3.3.21

अर्थात् अन्न ही ब्रह्म है, क्योंकि अन्न से ही सब प्राणी उत्पन्न होते हैं और उत्पन्न होने पर अन्न से ही जीवित रहते हैं। पाणिनीकृत 'अष्टाध्यायी' में भी सभी कृषि क्रियाओं का वर्णन किया गया है।

सर्वप्रथम कृषिकर्ता इंद्र और मरुत

अथर्ववेद का कथन है कि सरस्वती नदी के किनारे की उपजाऊ भूमि में मार्धुययुक्त जौ की खेती हुई। इसमें इंद्र कृषिकर्म के अधिष्ठाता थे और मरुत देवों ने किसान का काम किया। इस मंत्र (इमं देवा मधुना संयुतं यवं, सरस्वत्यामधि मणावचर्कृषुः) का आशय यह है कि कृषि के लिए सर्वप्रथम सरस्वती नदी के किनारे की भूमि चुनी गई, जो कि अत्यंत उपजाऊ थी। इससे यह भी ज्ञात होता है कि भारत में सबसे पहले जौ ही बोया गया था।

कृषि कर्म : कृषि के लिए सबसे पहली आवश्यकता भूमि की होती है। यजुर्वेद के अनुसार कृषि कार्य में भूमि ही बीज बोने के लिए सर्वोत्तम स्थान है। कृषि का आधार भूमि है। इसे ही हम मृदा या मिट्टी कहते हैं। भूमि, क्षिति और पृथ्वी पर्याय माने गए हैं। 'हलायुध कोश' में पृथ्वी के 37 पर्याय दिए गए हैं। इतना ही नहीं, इस कोश में काली मिट्टी (कृष्ण मृत्तिका), पीली मिट्टी (पांडुभूमः), उर्वर मिट्टी (उद्कभूमः), उर्वरा (सर्वसस्या), ऊसर आदि का भी उल्लेख है। अथर्ववेद के 'पृथिवी सूक्त' में भूमि के अनेकानेक गुणों का विवेचन किया गया है। सामान्यतया 'भूमि' शब्द से उसकी सतह का ही बोध कराया जाता रहा है। अंग्रेजी में इसके लिए Land, Soil आदि शब्द प्रचलित मिलते हैं। वर्तमान काल में लॉर्ड कुक ने 'भूमि' को Land कहते हुए उसकी वैधानिक व्याख्या की है कि कोई भूभाग, सतह या तत्संबंधी चरागाह, परती, ऊसर, बंजर, तलहटी, यहाँ तक कि गृह, किसी प्रकार का भवन के रूप में की है। मोनियर विलियम्स ने भूमि के पर्यायों में अंग्रेजी शब्द Earth, Soil और Ground दिए हैं। अतः वर्तमान कृषि विज्ञान में Soil शब्द ही प्रचलित है, जिसके लिए मृदा या मिट्टी शब्द प्रयुक्त होते हैं। पूर्व में Soil के लिए 'मृतिका' शब्द प्रयुक्त होता था, जो अब Clay (चिकनी मिट्टी) का समानार्थी बन चुका है।

मिट्टी का वर्गीकरण : वैदिक काल में भूमि का वर्गीकरण उसकी उपयोगिता, उर्वरता या उपजाऊपन के आधार पर किया गया। इस प्रकार 'उर्वर' तथा 'अनुर्वर' भूमियों का उल्लेख है। उत्पादन क्षमता के आधार पर भी तीन श्रेणियों में विभक्त किया गया, यथा—'आर्तना', (परती/अनुर्वर), अप्नस्वती (उर्वर) तथा

उर्वरा (सर्वाधिक उपयुक्त)। अनुर्वर भूमि के अंतर्गत ऊसर, खिल (बंजर, परती) और जांगल (ग्रामों से दूर) उपविभाग भी पाए जाते हैं। इस प्रकार यह स्पष्ट होता है कि आर्तना भूमि में यदा-कदा, अप्नस्वती में अधिकतर, जबकि उर्वरा भूमि में प्रायश: नियमित खेती होती थी।

वैदिक कालीन मृदा का उपर्युक्त विभाजन पूर्ण रूप से वैज्ञानिक कहा जा सकता है। आधुनिक काल की तरह पुरातन ऋषियों को उर्वरता और उत्पादकता का ज्ञान था, क्योंकि यह आवश्यक नहीं है कि जो भूमि उर्वर हो, उसमें अधिक उत्पादन की प्राप्त संभव हो। उत्पादकता का सीधा संबंध भूमि की उर्वरता के साथ ही उसके प्रबंधन से भी होता है। क्षारीय भूमि, जिसमें घास-पात नहीं उगते थे, ऊसर कहलाती थी। बंजर भूमि को वेदों में 'खिल' अथवा 'खिल्य' कहा गया है। 'नारद स्मृति' में उल्लेख है कि एक निश्चित अवधि तक हल द्वारा न जोते जाने पर कृषित भूमि भी 'खिल्य' या बंजर हो जाती है तथा लगातार नहीं जोते जाने पर कृषित भूमि भी अरण्यतुल्य हो जाया करती है। 'शतपथ ब्राह्मण' में ऐसी भूमियों का उपयोग पशुओं के चरागाह बनाने के लिए किए जाने का उल्लेख मिलता है। वस्तुत: यह वर्गीकरण वर्तमान भू-सर्वेक्षण पद्धति के अनुरूप है।

पाणिनीकृत 'अष्टाध्यायी' के अनुसार खेती योग्य समस्त भूमि सामान्यतया 'कर्ष' कही जाती थी, जबकि जितनी भूमि वास्तव में हल की जोत के अंतर्गत आ गई हो तो उसे 'हल्य' कहते थे। प्रसिद्ध ग्रंथ 'अमरकोश' में भूमि के निम्नलिखित प्रकार दिए गए हैं—

(i) उर्वर (उपजाऊ) भूमि
(ii) ऊसर (लवणीय-क्षारीय) भूमि
(iii) मरु (रेगिस्तानी) भूमि
(iv) अप्रहत (बंजर या परती) भूमि
(v) शाद्वल या शाद्वल (तृणाच्छादित या हरी) भूमि
(vi) पंकिल (कीचड़ युक्त) भूमि
(vii) जल प्रायम्नुपम् (नम, आर्द्र) भूमि
(viii) कच्छ (मछारी) भूमि
(ix) शर्करा (कंकरीली-पथरीली) भूमि
(x) नदी मातृक (नदियों द्वारा लाई गई) भूमि
(xi) प्राकृत माकृत भूमि

मिट्टी के रंग : वराहमिहिर ने मिट्टी के रंगों के आधार पर भूमि को

निम्न चार श्रेणियों में वर्गीकृत किया है—सफेद, लाल, पीली एवं काली। वस्तुतः आधुनिक मृदा विज्ञान के अनुसार भी यह वर्गीकरण विज्ञान सम्मत है। मिट्टी के रंग का उसकी गुणवत्ता एवं पोषक तत्त्वों की उपलब्धता से सीधा संबंध होता है। लाल व काली मिट्टियाँ सफेद व पीली मिट्टियों से अधिक उपजाऊ होती हैं।

अथर्ववेद के द्वादश कांड के अंतर्गत 'पृथिवी सूक्त' में 63 मंत्र हैं, जिनमें कम-से-कम 32 ऐसे हैं, जो आज के ज्ञात वैज्ञानिक तथ्यों के अनुकूल हैं। 'पृथिवी सूक्त' के बारहवें मंत्र से सभी मृदा वैज्ञानिक परिचित हैं—

माता भूमिः पुत्रोऽहं पृथिव्याः।
पर्जन्यः पिता स उ नः पिपर्तु॥

अर्थात् भूमि/पृथ्वी हमारी माता है, हम उस पृथिवी के पुत्र हैं। जल की वृष्टि करनेवाले मेघ हमारे पिता हैं। वे हमारा निश्चय पालन करें। इसी प्रकार एक अन्य मंत्र में कहा गया है—

सा नो भूमिर्विसृजतां मातापुत्राय मे पयः

अर्थात् जैसे माता पुत्र को दूध देती है, वैसे ही पृथ्वी हम सब पुत्रों को खाने-पीने की वस्तुएँ प्रदान करे। इसी ऋण से उऋण होने या कृतज्ञता प्रकट करते हुए ऋषि प्रार्थना करते हैं—

यद्वदामिमधुमत्तदवदामियदीक्षेतद्वनंतिमा।
त्विपीमानस्मि जूतिमानवान्यान हन्मि दोधतः॥
शान्ति वा सुरभिः स्योना कीलालोध्नी पयस्वती।
भूमिरधि ब्रवीतु मे पृथिवी पयसा सह॥

'हम जो कुछ भी भाषण करेंगे, वह सब हमारी मातृभूमि के लिए हितकारी होगा, जो कुछ देखेंगे, वह सब भी मातृभूमि के लिए सहायक होगा। इसी प्रकार हमारे सारे कार्य मातृभूमि ही को अर्पण होंगे। हम तेजस्वी और बुद्धिमान हो, जो शत्रु हमारी मातृभूमि का दोहन करेंगे, उनका हम नाश करेंगे। शांति, सुख, अन्न, जल आदि देनेवाली हमारी मातृभूमि हमें भोग के सभी पदार्थ और ऐश्वर्य देनेवाली हो और इस तरह हमारी रक्षा करती रहे।'

कृषि और यज्ञ

वेदों में कृषि के लिए बहुत महत्त्व दिया गया है। यज्ञ को विष्णु (परमात्मा) का रूप माना गया है तथा उसे संसार का केंद्र या नाभि कहा गया है। (यज्ञो वै विष्णुः, शत 1.1.2.13, 'यज्ञो वै भुवनस्य नाभिः', तैत्ति, ब्रा. 3.9.5.5)। सारा

सृष्टिचक्र यज्ञ के द्वारा ही चल रहा है। वस्तुतः यह प्रकृति में स्वाभाविक रूप से हो रहा है। इसमें वसंत ऋतु घी का कार्य कर रही है, ग्रीष्म ऋतु समिधा का और शरद ऋतु सामग्री (हवि) का (वसन्तोऽत्स्या) सीदाज्यं ग्रीष्म इध्मः शरद्हविः, यजु. 31.14)।

यजुर्वेद के 18वें अध्याय में 'यज्ञेन कल्पन्ताम' कहते हुए 1 से 27 मंत्र तक यज्ञ से होनेवाले लाभों का विस्तृत वर्णन है। इसमें कृषि से संबद्ध ये तथ्य दिए गए हैं—

1. यज्ञ से अन्न और फल-फूल की वृद्धि (वाजश्च मे प्रसवश्च मे, यजु. 18.1)
2. बीज का अंकुरित होना और फल धारण करना। हल से धान्य की उत्पत्ति और अच्छी फसल के बाधक तत्त्वों का विनाश (सूश्च मे प्रसूश्च मे सीरं च मे लयश्च मे। यजु. 18.7)
3. उत्तम कृषि और वृष्टि का होना (कृषिश्च मे वृष्टि च मे (यजु. 18.9)
4. अक्षय अन्न और धान्य आदि की प्राप्ति (अक्षितं च मेऽन्नं च मे (यजु. 18.10)
5. यज्ञ से जल और अग्नि की प्राप्ति। उससे वृक्ष-वनस्पतियों की वृद्धि। दो प्रकार की उपज, यथा—कृषि के द्वारा उत्पन्न धान्य आदि। इन्हें 'कृष्टपच्य' कहते हैं तथा बिना कृषि के ही उत्पन्न होनेवाले जंगली चावल (नीवार) आदि। इन्हें 'अकृष्टपच्य' कहते हैं (अग्निश्च मे आपश्च मे वीरुधश्च मे औषधयश्च मे कृष्टपच्याश्च मे अकृष्टपच्याश्च मे, यजु. 18.14)
6. यज्ञ के द्वारा इंद्र (वर्षा) और मरुत वायु का होना (इन्द्रश्च मे मरुतश्च मे, यजु. 18.17) कृषि के लिए जिस प्रकार की वर्षा की आवश्यकता है, उसी प्रकार वायु की आवश्यकता है।
7. यज्ञ के द्वारा अग्नि की ऊष्मा, सूर्य की ऊष्मा, सूर्य की किरणों का प्रकाश और उत्तम भूमि का प्राप्त होना (अग्निश्च मे घर्मश्च मे ऽर्कश्च मे सूर्यश्च मे पृथिवी च मे (यजु. 18.22)। कृषि के लिए उत्तम भूमि, पृथिवी की आंतरिक अग्नि या ऊष्मा और सूर्य का प्रकाश आवश्यक है।

अन्न के प्रकार : यजुर्वेद और तैत्तिरीय संहिता में अन्न दो प्रकार का बताया गया है—पहला 'कृष्टपच्य', जो कृषि से उत्पन्न होता है, जैसे—गेहूँ, धान आदि तथा दूसरा 'अकृष्टपच्य', जो बिना कृषि के उत्पन्न होता है, जैसे—जंगली धान्य

आदि। अन्न के और भी भेद किए गए हैं, जैसे 'वर्ष्य', वर्षा से उत्पन्न होनेवाले और 'अवर्ष्य', जो कुएँ, नहर आदि की सिंचाई से उत्पन्न होते हैं।

पाणिनी ने निम्न तीन फसलों का उल्लेख किया है—

(i) **वासंतक :** बसंत ऋतु में बोई जानेवाली, अर्थात् जायद की फसलें।

(ii) **ग्रैष्मक :** गरमी में बोई जानेवाली, अर्थात् खरीफ की फसलें।

(iii) **आश्वयुजक :** आश्विन में बोई जानेवाली, यानी रबी की फसलें।

वैदिक काल में भी खेतों की बुवाई से पूर्व उन्हें भलीभाँति जुताई करके तैयार किया जाता था। भूमि की जुताई को पतंजलि ने 'हलस्य-कर्षः' कहा है।

अन्नों के नाम : यजुर्वेद और तैत्तिरीय संहिता में बारह अनाजों के नाम प्राप्त होते हैं, ये हैं—(i) व्रीहि (धान), (ii) यव जौ), (iii) माष (उड़द), (iv) तिल (तिल), (v) मुद्ग (मूँग), (vi) खल्व (चना), (vii) प्रियंगु (कंगुनी), (viii) अणु (पतला या छोटा चावल), (ix) श्यामाक (साँवा), (x) नीवार (कोदों या तिन्नी धान), (xi) गोधूम (गेहूँ), (xii) मसूर (मसूर)। तैत्तिरीय संहिता में कुछ अन्य अनाजों के नाम भी मिलते हैं। ये हैं—

(1) **कृष्ण व्रीहि :** काला धान। यह संभवतः बगरी धान है। इसका छिलका काला होता है, परंतु चावल लाल होता है।

(2) **आशु व्रीहि :** जल्दी पकनेवाला धान, संभवतः यह साठी धान है। पाणिनि ने इसको 'षष्टिका' (60 दिन में पकनेवाला) कहा है।

(3) **महाव्रीहि :** यह बड़े दानेवाला चावल है। यह बासमती चावल भी कहा जा सकता है।

(4) **गवीधुक :** यह जंगली गेहूँ है। शतपथ ब्राह्मण में इसे 'गवेधुक' कहा गया है। इसको हिंदी में गड़हेरुआ या गोभी कहते हैं। बृहदारण्यक उपनिषद् में दस प्रकार के ग्राम्य धान्यों का वर्णन है। ये हैं—व्रीहि, यव, तिल, माष, अणु, प्रियंगु, गोधूम (गेहूँ) मसूर, खल्वा (चना), खलकुल (कुलत्थ, कुलथी)।

अन्नों को अन्न, दाल, तिलहन इन भागों में बाँटा जाता है। इन तीनों के प्रतीक हमें यजुर्वेद की सूची में मिलते हैं। (1) अन्न—चावल, गेहूँ और जौ। (2) दाल—मूँग, उड़द और मसूर। (3) तिलहन—तिल।

खाद का उपयोग : वेदों में कृषि को उपजाऊ बनाने के लिए खाद के उपयोग का उल्लेख भी मिलता है। खाद के लिए करीष, शकन् और शकृत (गोबर) शब्दों का प्रयोग हुआ है। शतपथ ब्राह्मण (2-1, 1-7) में उल्लेख किया गया है

कि गोमय (गाय का गोबर) भूमि को उपजाऊ बनाता है। इसी प्रकार अथर्ववेद में भी उल्लेख किया गया है कि—

तदस्या इवैनमेतत् पृथिव्यै रसेन समृद्धयन्ति,
तस्मात् अखु करीषं संभरति पुरोष्य इति।

गोबर का मिट्टी में उपयोग करने से मिट्टी की कृषि उत्पादन क्षमता बढ़ती है। अथर्ववेद में गौशाला से गोबर को एकत्र किए जाने का प्रमाण भी प्राप्त होता है तथा खाद को 'फलवती' कहा है—'करीषिषीं फलवती स्वधाम' (अथर्ववेद 19.31.3)।

गाय के गोबर का वैज्ञानिक दृष्टि से महत्त्व

शाङ्र्गधर पद्धति के वृक्षायुर्वेद प्रकरण में 'कुणपजल' नामक एक द्रव खाद (Liquid Compost) का भी वर्णन मिलता है, जो सभी पेड़-पौधों के लिए लाभदायक होती है। गाय के गोबर में पौधों के पोषक तत्त्वों के अलावा अनेक औषधीय गुण भी विद्यमान रहते हैं, जोकि मिट्टी की भौतिक दशा को सुधारने में सक्षम होते हैं। वैज्ञानिकों ने इसमें फिनोल, अमोनिया, मिथेनॉल, इन्डोल, फार्मेलिन एवं बैक्टीरियोफेज आदि की उपस्थिति देखी है। अतएव यह बहुत उपयोगी माना गया है।

पुरातन एवं वर्तमान काल में भी भारत के गाँवों में घरों की दीवारों और फर्श की लिपाई-पुताई में गाय के गोबर का उपयोग होता रहा है। रूस के वैज्ञानिकों के अनुसार गाय का गोबर सूर्य के विकिरण को अवशोषित करता है। इटली के वैज्ञानिकों के अनुसार गाय के ताजे गोबर की गंध से मलेरिया बुखार और अन्य प्रकार की जीवाणुजनित बीमारियों का उपचार संभव होता है। केवल गाय के गोबर से ही कंडा (सूखा गोबर) बनता है।

वर्तमान समय में भी अधिकांश पूर्वोत्तर भारत में गायों के झुंड को खेतों में रात्रि में विश्राम कराया जाता है। इससे जहाँ एक ओर खेत में गाय के गोबर का कंडा (करिषिणीम्) बनता है, वहीं दूसरी ओर गायों का मूत्र (गोमूत्र) भी मिलता है, जो गोबर की भाँति बहुगुणकारी होता है। बरसात में ये कंडे पानी सोखकर फूल जाते हैं तथा मिट्टी में मिलकर उसकी उर्वरता में वृद्धि के साथ ही उसके भौतिक गुणों में सुधार लाते हैं।

वैदिक कालीन युग में कृषक हरी खाद के उपयोग से भी भलीभाँति परिचित थे। अथर्ववेद में जौ की भूसी, अर्जुन (टर्मिनेरिया अर्जुन) और तिल में पत्तीदार ऊपरी भाग को हरी खाद के रूप में उपयोग करने का स्पष्ट संकेत मिलता है।

बृहत्संहिता में भी इस बात का स्पष्ट उल्लेख मिलता है कि खेत की तैयारी के प्रथम कर्म के रूप में उसमें तिल की बुवाई की जाए तथा जब वे तिल फूल जाएँ, तब उनको उसी भूमि में मर्दन कर देवें। वर्तमान समय में भी पूर्व की तरह कई स्थानों पर हरी फसल को बड़े पैमाने पर वर्षा ऋतु के आगमन के पूर्व फूल आने से पूर्व उसी खेत में जुताई करके मिट्टी में दबा देते हैं, जो बाद में सड़कर हरी खाद के रूप में मृदा को प्राप्त हो जाती है। हरी खाद के लिए पत्तीदार, मुलायम दलहनी फसलों को प्राथमिकता दी जाती थी। इससे जहाँ ये फसलें वायुमंडल से नाइट्रोजन का स्थिरीकरण अपनी बैक्टीरिया वाली जड़ों से करती थीं, वहीं मृदा को बड़ी मात्रा में कार्बनिक पदार्थ और अन्य पोषक तत्त्व प्राप्त होते थे।

वस्तुतः यह विज्ञान सम्मत तरीका था, जिसके कारण मृदा या मिट्टी की पारगम्यता, सरंध्रता एवं जल शोषण क्षमता सहित भौतिक अवस्था अच्छी बनी रहती थी, जिसके फलस्वरूप उसे आवश्यक पोषक तत्त्वों की आपूर्ति भी संतुलित मात्रा में होती रहती थी। आज विश्व के सभी विकसित एवं विकासशील देश कार्बनिक खेती (Organic Farming) की अनुशंसा करते हैं, परंतु हमारे देश में तो यह कृषि परंपरा पुरातन काल से चली आ रही है। आज रासायनिक खेती (Chemical Farming) के कई दुष्प्रभाव दृष्टिगोचर हो चुके हैं।

सिंचाई के साधन : ऋग्वेद, यजुर्वेद, अथर्ववेद और तैत्तिरीय संहिता में सिंचाई का भी पर्याप्त विवरण मिलता है। (क) वर्षा के जल से सिंचाई, (ख) नहरों से सिंचाई, (ग) नदियों के जल से सिंचाई, (घ) तालाबों के जल से सिंचाई, (ङ) कुएँ आदि से सिंचाई।

ऋग्वेद में सिंचाई में काम आनेवाले चार प्रकार के जल का वर्णन है, यथा—(क) दिव्या—वर्षा का जल, (ख) खनित्रिमा—कुओं आदि का जल, (ग) स्वयंजा—स्रोत आदि का जल, (घ) समुद्रार्था—समुद्र में मिलनेवाली नदियों का जल। यजुर्वेद और तैत्तिरीय संहिता में सिंचाई के इन साधनों का उल्लेख है, यथा—कुआँ, नहर, तालाब, नदी, जलाशय और स्रोतों का जल (यजु. 22.25, तैत्ति. सं. 4.5.7.1 और 2)।

फसल सुरक्षा एवं कीट नियंत्रण : वेदों में कृषि को हानि पहुँचानेवाले तत्त्वों को 'ईति' कहते हैं। वस्तुतः वैदिक लोग फसलों में कीट-व्याधियों के नियंत्रण के लिए औषधियों को व्यापक पैमाने पर उपयोग करना जानते थे। प्राचीन काल में प्रचलित कीट व्याधियों के व्यावहारिक नियंत्रण की विधियों को निम्न रूप में प्रस्तुत किया जा सकता है—

सस्य क्रियाओं के द्वारा नियंत्रण

(i) ग्रीष्मकालीन जुताई (अथर्व. 8/18/9)

(ii) खेत की गहरी जुताई (अथर्व. 5/23/9)

(iii) फसलों को हेर-फेर करके उगाना (उचित फसल चक्र)

(iv) मिश्रित खेती

(v) खरपतवार नियंत्रण एवं सफाई

(vi) उपयुक्त मात्रा में देशी खादों का उपयोग

(vii) जल प्रबंधन की उचित तकनीक

(viii) यज्ञानुष्ठान द्वारा (अथर्व. 5/23/2)

(ix) तेज ध्वनि उत्पन्न करना (अथर्व. 4/37/2)
'यत्राधाटा' कर्कय संवदन्ति (5/23/1)

(x) जल के प्रवाह द्वारा

(xi) **औषधियों के प्रयोग द्वारा :** वैदिक ग्रंथों में विभिन्न प्रकार की औषधियों का उल्लेख भी मिलता है, जिनके प्रयोग द्वारा कीट-व्याधियों पर नियंत्रण स्थापित किया जाता था। अथर्ववेद में अजशृंगी नामक औषधि को सभी कीट-व्याधियों को नष्ट करनेवाला बताया गया है तथा कई जगह मुख्य कीट को विनष्ट करने के उपाय सुझाए गए हैं। आधुनिक कीट विज्ञानी भी कीटों के लार्वा, प्यूपा आदि को विनष्ट करने के ही पक्षधर हैं।

(xii) **अग्निहोत्र भस्म द्वारा नियंत्रण :** प्राचीन काल में कृषकों ने कीट व्याधियों के नियंत्रण की सर्वाधिक विशिष्ट विधि अग्निहोत्र (यज्ञ) के भस्म के प्रयोग की आरंभ की थी, जो वर्तमान समय में भी कई देशों में हुए परीक्षणोपरांत सफल पाई गई है। पश्चिमी देशों में इसे 'होमा कल्चर' (अग्निहोत्र खेती) के नाम से भी जाना जाता है।

समन्वित कृषि का प्रचलन

भारत में प्राचीन काल से ही कृषि, पशुपालन और वानिकी को समन्वित ढंग से लेने का प्रचलन परंपरागत रूप से चला आ रहा है। इन तीनों में परस्पर निर्भरता बनी रहती थी और तीनों एक-दूसरे के संपूरक कार्य करते थे। प्राचीन समय के जंगलों और बाग-बगीचों को आधुनिक समय की कृषि वानिकी के रूप में देखा जा सकता है। प्राचीन समय की समन्वित खेती ही वर्तमान समय में कृषि विकास को स्थायित्व प्रदान कर सकती है।

वस्तुतः समन्वित खेती के अंतर्गत जहाँ एक ओर उपलब्ध संसाधनों का समुचित उपयोग सुनिश्चित होता है, वहीं दूसरी ओर एक-दूसरे का उपोत्पाद आपस में प्रयोग में लाया जा सकता है। इस प्रकार संसाधनों का चक्रीय उपयोग स्थायी रूप से प्रबंध को सुगम बनाता है। वानिकी के चलते कृषि पारिस्थितिकी भी स्थायी रूप से संतुलित रहती है, मृदा क्षरण पर नियंत्रण बना रहता है एवं कृषि के लिए महत्त्वपूर्ण कार्बनिक पदार्थों की उपलब्धता भी स्वतः होती रहती है।

अतः यह निर्विवाद रूप से कहा जा सकता है कि भारत में कृषि के क्षेत्र में वैदिक काल में जितना विकास हुआ था, वह वैज्ञानिक दृष्टि से बहुत महत्त्वपूर्ण था। यद्यपि आज यंत्रिय कृषि हो रही है, अनेकानेक साधन उपलब्ध हो चुके हैं, तथापि आज भी हमारे देश में ऐसे क्षेत्र है, जिनमें वैदिक कालीन कृषि हो रही है। हमारी पुरातन जैविक खेती को आज के अंतरराष्ट्रीय स्तर के कृषि वैज्ञानिक भी सही मानने लगे हैं तथा वे रासायनिक कृषि से जैविक कृषि को अपनाने की संस्तुति करते हैं।

घाघ तथा भड्डरी का कृषि में योगदान

लोक में घाघ तथा भड्डरी के नाम अत्यधिक विख्यात हैं। घाघ-भड्डरी अथवा डाक-भड्डरी ने राजस्थान से लेकर उत्तर प्रदेश, मध्य प्रदेश, बंगाल, बिहार तथा असम के किसानों के बीच कृषि विषयक ज्ञान को चाहे जिस भाषा में प्रसारित किया हो, किंतु कालांतर में वह कहावतों और सूक्तियों के रूप में ही बचा रहा है। अवधी तथा राजस्थानी बोलियों में उनकी कहावतों के संकलन भी उपलब्ध हैं।

डाक-भड्डरी तथा घाघ कब और कहाँ पैदा हुए, इसके बारे में काफी मतभेद है। असमवाले डाक कवि तथा भड्डरी को अपने यहाँ पैदा हुआ मानते हैं और राजस्थानवाले अपने यहाँ मानते हैं। उत्तर प्रदेश में डाक के बजाय घाघ का नाम अधिक प्रचलित है।

बिहार में घाघ के कई नाम प्रचलित हैं—डाक, भाड, खोना आदि। भाड ही भड्डरी है। मारवाड़ में डाक के लिए डंक नाम अधिक प्रचलित है, किंतु मारवाड़ की भड्डरी घाघ की वाणी जाति की स्त्री थी।

कृषि सर्वोत्तम है

कृषिवेत्ता घाघ ने अपने समय के कृषकों में यह प्रेरणा भरी कि सभी व्यवसायों से कृषि उत्तम है और जो खेती के साथ-साथ व्यापार भी करना चाहता है, उसकी दुर्गति हो जाती है। उत्तम खेती तो वही है, जिसमें किसान स्वयं जोतता है। नीचे लिखी कहावतों से यह स्पष्ट हो जाता है—

उत्तम खेती, मध्यम बान, निकृष्ट चाकरी, भीख निदान।
खेती करै बनिज को धावै, ऐसा डूबै थाह न पावै।
उत्तम खेती जो हर गहा, मध्यम खेती तो संग रहा।
जो हल जोतै खेती वाकी और नहीं तो जाकी ताकी।
उत्तम खेती आप सेती, मध्यम खेती भाई खेती।
नौकरी खेती बिगड़ गई, तो बलाय सेती॥

अधिक परिश्रमी 'कुरमी' जाति के लिए उन्होंने लिखा है—

"भली जाति कुरमिन की खुरपी हाथ,
अपना खेत निरावै, पिय के साथ।"

खादों का महत्त्व

घाघ ने भारतीय कृषि की समुन्नति में खादों की महत्ता को स्वीकार करते हुए, जो योगदान दिया, वह अनिर्वचनीय है। हमारे किसानों की दरिद्रता, असंयम तथा अशिक्षा की दशा में घाघ की ही कहावतें उन्हें आधार तुल्य बनती दिखती हैं। गोबर, कूड़ा, हड्डी तथा सनई-नील आदि की खादों का विस्तृत वर्णन कर और उनके उपयोगों को जनता में प्रसारित कर घाघ ने नए युग का सूत्रपात उसी प्रकार किया, जिस प्रकार सन् 1840 ई. में यूरोप में सर बैरन लीबिग ने कृत्रिम खादों के सूत्रपात से किया था।

1. **खाद पड़े तो खेत, नहीं तो कूड़ा रेत।**
2. **खाद देय तो खेती होई,**
   नहीं तो रही नदी की रेती।
3. **खेती करै खाद से भरै,**
   सौ मन कोठिला में वह धरै।
4. **खेत पाँसा जब न किसान, उसके घरे दरिद्र समान।**

खाद का समय

किस समय खेतों में खाद डालनी चाहिए, इसको घाघ ने बताया। आज भी हमारे किसान उसी परंपरा में चल रहे हैं—

1. **खाद असाढ़ खेत मा डालै, तब फिर खूबहिं दाना पालै।**
2. **अषाढ़ में खाद खेत में जावै, तब भर मूठी दाना पावै।**

खादों के भिन्न रूप

जितने भी प्रकार की जीवांश खादें संभव हो सकती थीं, घाघ ने वर्णित कीं। यथा—

मूत्र	– "जेहि क्यारिन में मूतै ढोर, सब खेतन से वह सिरमौर।
राखी, गोबर	– गोबर राखी पाती सड़ै, तब खेती में दाना पड़े।
	जेकरे खेत पड़ा न गोबर, उस किसान को जानों दूबर।
चकौड़ा, रूस	– गोबर चोकर, चकबर, रूसा, इसको छोड़ै होय न भूसा।
सनई	– सन के डंठल खेत छिटावै, तिनसे लाभ चौगुनों पावै।
नीम की खली–मैला	– गोबर मैला, नीम की नली, वासे खेती दूनी फली।
गोबर की पाँस	– जामे डालो गोबर खाद, तब देखो खेती का स्वाद।

घाघ ने हड्डी के चूरे द्वारा फॉस्फेटीय खादों का भी उल्लेख किया है। यथा—

वही किसानों में है पूरा, जो छोड़े हड्डी का चूरा।

गहरी जोत

घाघ ने खादों के साथ–ही–साथ खेतों की गहरी जुताई पर भी ध्यान दिया।

(आज ट्रैक्टरों का उपयोग इसी बुनियाद पर किया जा रहा है, किंतु ध्यान रहे, इस प्रकार की जुताई से क्षणिक लाभ तो हो जाता है, क्योंकि प्रारंभ में नीचे की परतों के खनिज ऊपर आकर फसलों के भोज्य–पदार्थों की पूर्ति करते हैं, किंतु बाद में जीवांश की क्षति हो जाने के कारण भूमि सदा के लिए अनुर्वर हो जाती है।)

1. **बीज लगे फल अच्छा देत, जितना गहरा जोतै खेत।**
2. **छोटी नसी, धरती हँसी। हर लगा पाताल, तो टूट गया फाल।**
3. **जोत गहराई धूरि उधिरावै, घास–दूब कुछ रहन न पावै।**
4. **छोड़ै खाद, जोत गहराई, तब खेती का मजा दिखाई।**
5. **काह होय बहु बाहे, जोता न जाए थाहे।**
6. **बाह न कीना मोटा, बीज बतावैं खोटा।**
7. **नौ नसी एक कसी।**

(नसी का अर्थ छोटी फालवाला हल और कसी का अर्थ है—फावड़े से खोदना।)

मेड़ बाँधना

बाँधों की उपयोगिता यही है कि वे भूमि के पोषक तत्त्वों को पानी में बह जाने से रोकें और साथ ही वर्षा के पानी को रोककर पानी की कमी को दूर करें। घाघ ने बाँधों, क्यारियों या मेड़ों के बाँधने पर पर्याप्त प्रकाश डाला है—

1. **सौ की जोत पचासे जोतै, पै ऊँच कै बाँधे बारी।**
   जो पचास का सौ न तुलै, तो देव घाघ का गारी।
2. **मेढ़ बाँध दस जोतन दे, दस मन बीघा मोसे ले।**
3. **थोड़ा जोतै, बहुत हैंगावे, ऊँच न बाँधे आड़।**
   ऊँचे पै खेती करै, पैदा होवै भाड़॥
4. **तोड़ दीन्ह क्यारी, खेत का उजारी।**
5. **जब बरसै तो बाँधे क्यारी, बड़ा किसान जो हाथ कुदारी।**

फसलों के बोने का समय, बीज की मात्रा आदि

घाघ ने फसलों के बोने का उचित समय, बीज की मात्रा तथा खेतों की बुआई आदि पर विस्तृत प्रकाश डाला है। इन सबमें वैज्ञानिक रहस्य तो है ही, किसानों को बड़ा भारी सहारा भी मिलता है।

समय—

1. **जो न बाहे अषाढ़ एक बार, फिर क्या बाहे बारंबार।**
2. **तेरह कातिक तीन अषाढ़, जो चूका तो बिया न भार।**
3. **पुष्य पुनर्वसु बोवै धान, अश्लेषा जुन्हरी परमान।**
4. **कातिक बोवै अगहर भरै, ताको हाकिम फिर का करै।**
5. **आगे गेहूँ पाछे धान, उसको कहिए बड़ा किसान।**
6. **अगहन बवा, कहूँ मन, कहूँ सवा।**
7. **आगे की खेती आगे-आगे, पीछे की खेती भागै जागे।**

बीज की मात्रा—

जब गेहूँ बोवै पाँच पसेर, मअर बीघा तीसै सेर।
बोवै चना पसेरी तीन, तीन बीघा जुन्हरी कीन।
दो सेर मेथी, अरहर, मास, डेढ सेर बीघा बीज कपास।
पाँच पसेरी बीघा धान, तीन पसेरी जड़हन मान।
डेढ़ सेर बजरा-बजरी, सवाँ, कोदों काकुन सोया बवा।

दो सेर बीघा सवाँ जान, तिल्ली सरसों अंजुरी मान।
इहि विधि से जब बुवै किसान, दूने लाभ की खेती मान।

दालों की खेती का महत्त्व

आज संपूर्ण यूरोप-अमेरिका दालों की ही खेती से नाइट्रोजनीय संतुलन प्राप्त कर रहा है। हमारे देश में घाघ जैसे कृषि विशारदों का भी लक्ष्य भूमि की उर्वरता बढ़ाने के लिए दालों की खेती की ओर रहा होगा। ये दालें अपनी जड़ों में विशेष प्रकार के जीवाणुओं को आश्रय देती हैं, जो वायुमंडल के नाइट्रोजन को ग्रहण कर खेत की नाइट्रोजनीय स्थिति को सुधार देती है और आगे की फसलों के लिए वे खेत उपजाऊ बन जाते हैं। इससे खाद डालने की आवश्यकता नहीं रह जाती है। वनस्पति-विज्ञान के अनुसार उड़द, मूँग, मेथी, अरहर, मटर, नील तथा सन मुख्य दलहनी फसलें हैं, जो कृषि में प्रयुक्त होती हैं।

फसलों के हेर-फेर

उर्वरता को स्थिर रखने का सबसे सुगम ढंग है कि उसी खेत में एक ही फसल को लगातार न बोया जाए। घाघ ने इस बात को भलीभाँति पहचानकर फसलों के अदलने-बदलने पर जोर दिया—

1. **साठी में साठी करै बाड़ी में बाड़ी।**
   ईख में जो धान बोवै, फूकों वाकी दाढ़ी।
2. **बोओ गेहूँ, काट कपास,**
   न हो ढेला न हो घास।
3. **बाड़ी में बाड़ी करैं, करैं ईख में ईख।**
   वे घर यों ही जावेंगे, सुनै पराई सीख।

कंपोस्ट

पाँस या कंपोस्ट बनाने में या तो गड्ढों का प्रयोग किया जाता है या सीधे खेत में ही जैव पदार्थों को सड़ने दिया जाता है। घाघ ने दोनों प्रकार की कंपोस्ट के बारे में कहा है—

1. **गोबर, मैला, पाती सड़ै, तब खेती में दाना पड़ै।**
2. **गोबर, चोकर, चकवड़, रूसा, इनको छोड़ो होय न भूसा।**
3. **कुडहल राखो खाद पटाय, तब धानों के बीज दिखाय।**

4. **सनई बोवै सनई काट, सनई सारे खेत मझार।**
   उल्टे-पुल्टे दोनों जोतै, बदि दीजै गल्ला का भार।
5. **खेत पाँसा जब न किसान, उसके घरे दरिद्र समान।**
6. **अब्बर खेती जो जूठी खाय, सड़े बहुत तो बहुत मोटाय।**

सिंचाई पर बल

पानी के बिना फसलों का होना असंभव है, अतः पानी चाहे वर्षा का हो या कुआँ, तालाब का, पानी की आवश्यकता फसलों को होती है—

1. **साठी होवै साठी दिना, यदि पानी बरसै रात दिना।**
2. **सभी किसानी हेठी, अगहनिया पानी जेठी।**
3. **धान पान उखेरा, तीनों पानी के चेरा।**
4. **खेत बेपनिया जोतो तब, ऊपर कुआँ खोदाओ जब।**
5. **गेहूँ भवा काहे? अषाढ़ के दो बाहे।**
6. **खूब जोतै औ नावै खाद, तब देखे गेहूँ का स्वाद।**
7. **गेहूँ भवा काहे? सोरह बाहें नौ गज थाहे।**
   गेहूँ बाहे से, चना पलोये से, धान गाहे से,
   मक्की निराये से, ऊख कसाये से।

ज्योतिष ज्ञान (वर्षा की भविष्यवाणी)

घाघ ज्योतिषी भी थे। उस समय वर्षा-ज्ञान के लिए ज्योतिष की आवश्यकता भी थी। अपने वर्षा-ज्ञान के कारण घाघ, निस्संदेह एक आदर्श कृषिवेत्ता हो गए हैं—

1. **जै दिन भादों बहै पछार, तै दिन पूष मा पड़ै तुषार।**
2. **फागुन मास बहै पुरवाई, तब गेहूँ मा गेरूई धाई।**
3. **चना में सरदी बहुत समाई, ताको जात गधैला खाई।**
4. **माघै पूस बहै पुरवाई, तब सरसों का माहू खाई।**
5. **वायु चलेगी दक्खिना, माँड़ कहाँ से चक्खना।**
6. **कुंभै आवै, मीनै जाय, पेड़ी लागै, पालौ खाय।**
7. **गेहूँ गेरूई गंधी धान, बिना अन्न के मरा किसान।**
8. **नीचे ओद ऊपर बदराई, घाघ कहै गेरूई अब खाई।**

उपर्युक्त से वर्षा ज्ञान ही नहीं, अपितु फसलों में लगनेवाले विभिन्न कीटों और रोगों का वर्णन भी मिलता है। आज विदेशों में इन रोगों के आक्रमण रोकने के लिए

कीटनाशक रसायनों का अत्यधिक प्रचार है और इस तरह रोकथाम करने के पश्चात् उपजों में काफी वृद्धि संभव है।

कृषि यंत्र तथा बैलों का ज्ञान

घाघ ने बैल के गुणों का वर्णन विस्तार में दिया है। यह भलीभाँति ज्ञात है कि कृषि के मूल में बैल ही है, अतः उसके गुणों की जानकारी आवश्यक है—

1. **वह किसान है पातर, जो बरदा राखे गादर।**
2. **दस हल राव आठ हल राना, चार हलों का बड़ा किसाना।**
3. **कीकर पाथा सिरस हल, हरियाने का बैल।**
   लेधा डाल लगाय कै, घर पर चौपड़ खेल।

तात्पर्य यह है—बैलों की संख्या से किसान की श्रेणी निर्धारित होती है।

कृषि यंत्रों में हल ही आवश्यक है, जिसके लिए लोध्र का वृक्ष लगाकर किसान निश्चिंत रह सकता है।

भड्डरी का परिचय

भड्डरी पुरुषनाम नहीं, अपितु स्त्रीनाम है। कुछ लोग घाघभड्डरी को एक मानते हैं। वैसे भड्डरी डाक या घाघ की पत्नी ही रही होगी। 'राजस्थान भारती' के प्रथम अंक (1946) में 'राजस्थानी की वर्षा संबंधी कहावतें' लेख में सरस्वती कुमार ने घाघ-भड्डरी के राजस्थान निवासी होने के पक्ष में दो प्रमाण दिए हैं—

(1) राजस्थान में 'डाकोत' नामक एक याचक जाति है। इसके लोग अपने पास पत्रा रखते हैं। तिथि, वार आदि बताकर राशि आदि का शुभाशुभ फल, दिशाशूल आदि ज्योतिष की छोटी-मोटी बातें भी सुनाते हैं। 'डाकोत' शब्द को वे डाक-पुत्र का अपभ्रंश बताते हैं। डाकोत राजस्थान के बाहर नहीं पाए जाते हैं। अतः डाक अवश्य ही राजस्थान निवासी था।

(2) डाक की स्त्री का नाम भड्डली था, जिसे भडली, भडरी, भड्डरी आदि रूपों में पुकारा गया है। डाक की बहुत सी उक्तियाँ भड्डली को संबोधित करके लिखी गई हैं और अनेक कहावतों में भड्डली नाम आया है— 'डक्क कहै सुण भड्डली, जल बिन प्रिथमी जोयै।' अथवा 'तो अषाढ़ में भड्डली बरखा चोखी होय।'

"एक समय जब ज्योतिषाचार्य वराहमिहिर तीर्थयात्रा कर रहे थे तो उनको मालूम हुआ कि अमुक दिन का उत्पन्न बच्चा बहुत बड़ा ज्योतिष पंडित होगा,

अतः वे उज्जैन जाने लगे। रास्ते में उन्होंने एक गडरिए की कन्या से अपना विवाह किया और उससे जो पुत्र हुआ, उसका नाम भड्डरी हुआ। भड्डरी को भड्डली भी कहते हैं।"

राजस्थान में गड्डरी की कहावतें प्रचलित हैं, जिससे उनके ज्योतिष ज्ञान का पता चलता है। उन्होंने वर्षा तथा सूखे के विषय में अनेक महत्त्वपूर्ण बातें कही हैं। उनकी कुछ राजस्थान कहावतों में डंक और भड्डली नाम पाए जाते हैं। उनकी कहावतें अवधी तथा भोजपुरी क्षेत्रों में भी प्रचलित हैं, जिनकी भाषा स्थान परिवर्तन के हिसाब से अवधी या भोजपुरी हो गई है।

राजस्थानी में भड्डरी की अकाल संबंधी कहावतें

परभाते मेह डंबरा, साजेसीला बाय
डंक कहे हे भडली, काला तव सुझाव

सुबह के समय बादलों का उड़ना तथा शाम के समय ठंडी हवा चलना, काल (अकाल) की चेतावनी है।

परभाते डंबरा, दोफारा तपंत
रात तारा निरमला, चेला करो गछंत।

सुबह के समय उड़ते बादल, दोपहर को तेज गरमी, रात के समय आकाश में बादलों का अभाव और तेजी से चमकते तारे संकेत देते हैं कि अपना स्थान छोड़कर किसी दूसरे देश में जाने का समय आ गया है।

चैतमास उजाले पेख, नव दिन बीज लुकाई रख
आठम नम नीरतं कर जोय, जा बसे जा दुरमख होय।

चैत मास के शुक्ल पक्ष के प्रथम नौ दिनों में आठवें तथा नवें दिन आकाश साफ रहना चाहिए। यदि इन दिनों वर्षा हो तो यह स्पष्ट ही अकाल की चेतावनी है।

सावण पहली पंचमी जो बाजे बहु बाय।
काल पड़े सहु देस में, मिनख मिनख खाय।

यदि सावन में पाँचवें दिन तेज हवा चले तो उस भूभाग में अकाल अवश्य पड़ेगा और तब मानव मानव को खा जाएगा।

पहली रोपण जल हरे, बीजी बहोत्तर खाय।
तीजी रोहण तिण हरै, चौथी समंदर जाय।

यदि रोहिणी के पहले भाग (2 मई से 5 जून) में वर्षा हो तो भयंकर अकाल पड़े, यदि दूसरे भाग में हो तो मानसून 72 दिन देरी से आए। तीसरे भाग में वर्षा हो

तो घास भी नहीं उगे और रोहिणी के चौथे भाग में वर्षा हो तो समुद्र का पानी भी नीचे चला जाए।

माह भंगल जेड रवी, भादरवे सन होय।
डंक कहे हे भडली विरला जीवो कोय।

यदि माघ में पाँच मंगल पड़ें, जेठ में पाँच रविवार पड़ें और भादों में पाँच शनि पड़ें तो उस वर्ष भीषण अकाल पड़े।

आसोजाँ रा मेहडा, दोय बात बिनास।
बोरडियाँ बोर नहिं, बिणयाँ नहीं कपास॥

आश्विन में यदि वर्षा हो तो दो प्रकार की हानि होगी—न तो बेर की झाड़ियों में बेर लगेंगे और न कपास में टेर।

काती रो मेह, कटक बराबर।

कार्तिक की वर्षा सेना के समान हानिकारक है।

द्वै मूसा द्वै कातरा, द्वै टीड़ी द्वै ताव।
दोयाँ री बादी जल हरै द्वै बीसर द्वै बाव॥

यदि मृगशिरा के प्रथम दो दिन हवा न चले तो चूहे पैदा हों, तीसरे-चौथे दिन हवा न चलने से गुबरीले, पाँचवें-छठवें दिन न चलने से टीड़ी और सातवें-आठवें दिन न चलने से ज्वर फैलेगा। नौवें-दसवें दिन न चलने से कम वर्षा, ग्यारहवें दिन जहरीले कीड़े और तेरहवें-चौदहवें दिन हवा न चलने से खूब आँधी आती है।

एक आदरयो हाथ ल ग जाय तो पाछे तो जाट राजी।

आर्द्रा में एक बार भी वर्षा हो जाने पर जाट (किसान) प्रसन्न हो जाता है।

भगवान् पर आश्रित कृषकों को वर्षा की सूचना, ओलों की पूर्व पहचान तथा अकाल की भविष्यवाणियाँ उन्हें जाग्रत् करती रहती हैं। इस दिशा में भड्डरी के हम कृतज्ञ हैं, क्योंकि हमारी सरकार की मौसमी सूचनाएँ सभी वर्ग के किसानों तक कम ही पहुँच पाती हैं। यों तो चौमासा वर्षा के लिए विख्यात है, किंतु अगहन-पूस में भी खेती को पानी की आवश्यकता होती है, अत: यदि फसल को उक्त समय में पानी न मिला तो मानो कृषकों पर आपत्ति आ गई। साथ ही यदि माघ या फागुन में बदली या पानी या पत्थर पड़ा तो कृषि नष्ट हो जाती है, गेरूई लग सकती है और अकाल पड़ सकता है। इन्हीं अकाल-वर्षा की संभावनाओं की भविष्यवाणी करने में भड्डरी दक्ष थे। अत: आज के वैज्ञानिक युग में भी घाघ तथा भड्डरी की कृषि विषयक कहावतें सार्थक कहीं जा सकती हैं।

□

5
पशु चिकित्सा विज्ञान

प्राचीन भारत में कृषि की तरह पशुपालन को भी बहुत महत्त्व दिया जाता था। भारत के प्राचीन ग्रंथों से विदित होता है कि पशुपालन वैदिक आर्यों के जीवन और जीविका से पूर्णतया हिल-मिल गया था। पुराणों में भी पशुओं के प्रति भारतवासियों का अगाध स्नेह का पता लगता है। अनेक पशु देवी-देवताओं के वाहन माने गए हैं। इससे भी पशुओं के महत्त्व के बारे में जानकारी का वर्णन मिलता है। बड़े-बड़े राजे-महाराजे तक पशुओं को चराते और उनका व्यवसाय भी किया करते थे। प्राचीन काव्य-ग्रंथों में भी पशु व्यवसाय का वर्णन मिलता है। ऐसा कहा जाता है कि पांडव बंधुओं में नकुल ने 'अश्व चिकित्सा' और सहदेव ने 'गोशास्त्र' नामक कृतियाँ लिखी थीं। ऐतिहासिक युग में आने पर अशोक द्वारा स्थापित पशु चिकित्सालय के बारे में जानकारी मिलती है। ऋग्वेद और अथर्ववेद में पशुपालन और पशु-संवर्धन पर विशेष बल दिया गया है। अथर्ववेद में दो सूक्त पशु-संवर्धन और गोशाला से ही संबद्ध हैं (अथर्व. 2.26 और 3.14)।

ऋग्वेद में उल्लेख किया गया है कि पशु-संवर्धन के लिए व्रज (गोशाला) बनानी चाहिए (ऋग्. 9.94. 1)। इनमें ऐसी व्यवस्था होनी चाहिए, जिससे गाय, अश्व आदि पशु इनमें सुविधा के साथ रह सकें। व्रज मनुष्यों की दुग्ध आदि की आवश्यकता की पूर्ति करते हैं। अतः उन्हें 'नृपाणः' (दुग्धादि का दाता) कहा गया है। प्राचीन काल में व्रज दुग्धादि की पूर्ति के साधन थे। अतः वे एक प्रकार से 'डेयरी फार्म' का काम करते थे।

व्रज गोशाला के रूप में होते थे, अतः उन्हें गोष्ठ कहते थे। यजुर्वेद में गोशाला के लिए 'गोष्ठान' शब्द का भी प्रयोग किया गया है। यह घिरे हुए बाड़े के रूप में होता था। व्रज पशुशाला होते थे। इनमें बैल, अश्व आदि पशु बाँधे जाते थे। अथर्ववेद

में गोशाला के विषय में मुख्य रूप से इन बातों का उल्लेख किया गया है—इनमें गायों आदि के बैठने के लिए सुंदर स्थान हो, दाना-पानी की समुचित व्यवस्था हो, प्रकाश की व्यवस्था भी हो, वे इकट्ठे होकर स्वतंत्र रूप से चारागाह में विचरण कर सकें तथा वे भय से मुक्त भी हों। उन्हें कोई रोग न होने पाएँ, वे मधुर दूध दें, गोशाला में नई गाएँ भी आती रहें, सभी पशु स्वस्थ हों, वे अपने बच्चों को भी जन्म दें और उन्हें रायस्पोष (पोषण, संवर्धन) प्राप्त हो।

पशु संवर्धन : वेदों के कुछ अन्य मंत्रों में पशुपालन के विषय में उल्लेख किया गया है कि (i) पशुओं के चारे की सुंदर व्यवस्था हो, जिससे वे स्वस्थ एवं पुष्ट रहें, वे अच्छी घास खाएँ एवं शुद्ध जल पीएँ, घूमने के लिए बाहर जाएँ और गोधन से श्रीवृद्धि हो। (ii) गायों के सुंदर बछड़े होवें तथा वे किसी भी प्रकार के भय से मुक्त रहें। (iii) पशुओं को शुद्ध वायु मिले तथा वे अधिक संख्या में गोशाला में आएँ, सूर्य का प्रकाश उनको शक्ति दे। (iv) पशु संरक्षण के द्वारा दूध और घी प्राप्त हो और पशुधन की वृद्धि हो। (v) जहाँ गाय आदि पशुओं का संरक्षण होता है, वहाँ धन-धान्य एवं श्री की वृद्धि होती है। यजुर्वेद में बल देकर कहा गया है कि 'अभयं नः पशुभ्यः' अर्थात् पशु निर्भय होकर विचरण करें।

पशुओं के गुण-कर्म, स्वभाव

वेदों में पशु-पक्षियों के गुण-कर्म एवं स्वभाव का भी उल्लेख मिलता है। यह निम्नांकित हैं—

1. **गाय :** वेद और ब्राह्मण ग्रंथों में गाय का बहुत वर्णन किया गया है। अथर्ववेद में गाय के विराट् रूप का वर्णन है और उसे विश्वरूप और सर्वरूप कहा गया है। उसमें सभी देवों का निवास बताया गया है तथा इसे अवध्य बताया गया है। गाय में इन गुणों की विशेषता बताई गई है—वर्चस् (कांति), तेज, भग (ऐश्वर्य), यश, पयस् (दूध), रस (सरसता)। शतपथ ब्राह्मण में भी गाय के गुणों का विवेचन किया गया है। गायों के समूह को 'श्वित्न' कहते हैं।
2. **ऋषभ (बैल) :** बैल को दिव्यशक्तियुक्त कहा गया है। इसकी शक्ति की प्रशंसा की गई है और उसे पशुओं के स्वामी की संज्ञा दी गई है। बैल की कृषि के लिए विशेष उपयोगिता थी। उसे हल में जोता जाता था। बैल आदि पशुओं को व्रधि (बधिया) बनाया जाता था।
3. **पशुओं की घ्राणशक्ति प्रबल :** शतपथ ब्राह्मण का कथन है कि पशु

देखकर नहीं, वरन् सूँघकर वस्तु को पहचानते हैं। सूँघकर ही वे भक्ष्य-अभक्ष्य आदि का निर्णय करते हैं।

4. **उष्ट्र (ऊँट) का महत्त्व :** ऋग्वेद में ऊँट की तीव्र गति की प्रशंसा की गई है। इनका भी युद्ध में उपयोग होता था। अथर्ववेद में भी इसके गुणों का उल्लेख मिलता है। राजाओं के रथ में 20 ऊँट तक जोते जाने की जानकारी मिलती है (अथर्ववेद 20.127.2)। भारवाहक पशु के रूप में भी इसका उपयोग होता था। अथर्ववेद में ऊँट के तीन नाम गिनाए गए हैं—(i) हिरण्य (सुनहरे रंग का), (ii) यश, शवस् (यश और शक्ति) और (iii) नीलशिखंडवाहन (रुद्र की सवारी)। ऋग्वेद में दान में दिए जानेवाले पशुओं में भी ऊँट का उल्लेख मिलता है। ऊँटों का विशाल समूह के रूप में विचरण करने का उल्लेख भी मिलता है। इसे 'चारथगण' कहते थे।

5. **पशु-पक्षियों में रंगभेद से स्वभाव में अंतर :** यजुर्वेद के एक मंत्र में (यजु. 24.2) विस्तार से वर्णन है कि किस रंगवाले पशु सौम्य (सीधे) होते हैं तथा किस रंग के उग्र या तीक्ष्ण आदि। जैसे—(क) रोहित (लाल), धूम्ररोहित (धुमैले) एवं गहरे लाल रंगवाले पशु-पक्षी सौम्य (सरलता, सीधापन) गुणवाले होते हैं। (ख) कान आदि में, एक ओर या सब ओर सफेद छिद्र या दाग हो तो वह सावित्र (सौरगुण या उग्र) गुणवाला होता है। (ग) यदि थोड़ा, अधिक या चारों ओर से चितकबरा (पृषती) हो तो उसमें मैत्रावरुण (सौर और चांद्रगुण) गुण होते हैं। इस प्रकार रंगभेद से स्वभाव में भी भेद होता है। इसी ढंग से पशु-पक्षियों में बालों के रंग, आँखों के रंग आदि के आधार पर उनके स्वभाव में अंतर का वर्णन किया गया है।

6. **पशुओं की कतिपय विशेषताएँ :** इनके बारे में जानकारी निम्नवत् हैं—

(i) **तेजस्वी पशु :** अथर्ववेद में तेजस्वी पशुओं में इनकी गणना की गई है—सिंह (पेर), मृग (शिकारी पशु), व्याघ्र (बाघ), द्वीपी (चीता)।

(ii) **हाथी का महत्त्व :** अथर्ववेद के 6 मंत्रों में हस्ती की तेजस्विता का उल्लेख किया गया है। हाथी पशुओं में तेजस्वी है। राजा हाथी के तुल्य वर्चस्वी होना चाहिए। हाथी प्रेम प्रदर्शन के लिए हथिनी के पैरों के साथ अपने पैर मिलाकर चलता है। हाथी के चर्म से दृति (मशक, तेल रखने की कुप्पी) बनाए जाते थे।

(iii) हिरन की तीव्र गति : हरिण (हिरन) की तीव्र गति की प्रशंसा करते हुए उसे रघुष्यद् (तीव्रगामी) कहा गया है। बारहसिंगा हिरन के विषय में उल्लेख है कि इसके सींग में औषधि है और यह क्षेत्रिय (वंशपरंपरागत) रोगों की औषधि हैं (अथर्व. 3.7.1-2)।

(iv) सिंह का गर्जन : सिंह के गर्जन की प्रशंसा की गई है। शेर के गर्जन से वन्य पशु डरते हैं।

(v) सूअर का नाक से खोदना : शूकर (सूअर) अपने नाक के अग्रभाग (थूथनी) से नागरमोथा आदि खोदकर निकालता है।

7. **व्याघ्र को शाकाहारी बनाना :** अथर्ववेद में वर्णन है कि शेर और व्याघ्र (Tiger) को भी शाकाहारी बनाया जा सकता है और उसे 'माषाज्य' (घृतमिश्रित उड़द आदि खानेवाला) बना सकते हैं (अथर्ववेद 12.2.4)।

8. **वन्य या वनचर पशु (Wild Animals) :** ऋग्वेद, यजुर्वेद और अथर्ववेद में निम्नांकित वनचर पशु हैं—सिंह (शेर), सिंही (शेरनी), शार्दूल (व्याघ्र, बाघ, चीता), गोमृग (नीलगाय, गवय), गवयी (मादा नील गाय), रोहित् (लाल रंग की हरिणी), आरण्य मेष (जंगली मेढा), मयु (जंगली काला मृग), उल (ऊदबिलाव), हलिक्ष्ण (चीता), वृषदेश (जंगली बिलाव), आरण्य अज (जंगली बकरा), श्राविध, श्रावित् (सेह, सेही), वृक (भेड़िया), लोपाश (लोमड़ी), ऋक्ष (रीछ, भालू) ऋश्व, (सींगवाला हिरण), तरक्षु (तरक्ष, लकड़बग्धा, Hyena, श्वापद (वन्यजीव, शिकारी जानवर), सालावृक (भेड़िया), शरभ (एक वन्य शक्तिशाली पशु, यह शेर और हाथी का शत्रु है), वराह (शूकर, सूअर), ऋक्षीका (रीछ), पुरूषाद (नरभक्षी वन्य पशु)।

पशु-हत्या का निषेध : वेदों के अनेक मंत्रों में पशु-हत्या और विशेष रूप से गोहत्या का कड़े शब्दों में निषेध किया गया है तथा इसे दंडनीय अपराध बताया गया है। गाय को अघ्न्या अर्थात् अवध्य कहा गया है। गाय को विराट् ब्रह्म का प्रतीक बताते हुए उसकी हत्या का निषेध किया गया है। इतना ही नहीं, गोहत्या करनेवाले को समाज से बहिष्कृत करने का भी विधान था (गायों व घोड़ों को हानि न पहुँचाओ)। अथर्ववेद में कहा गया है कि द्विपाद (दो पैरवाले) और चतुष्पाद (चार पैरवाले) पशुओं की हत्या मत करो (अथर्व. 11.2)। निरपराध की हत्या करना दंडनीय अपराध है। यजुर्वेद में पशुओं का नाम लेते हुए कहा गया है कि

गाय, नील गाय, ऊँट, भेड़, शरभ (आठ पैरवाला विशाल पशु, गौर (भैंसा)), दो पैरवाले और चार पैरवाले पशुओं की हत्या मत करो (यजु. 13.47 से 51)। एक मंत्र में घोड़े की हत्या को दंडनीय अपराध बताया गया है।

पशु संपदा की उपयोगिता : पशु संपदा के अनेक लाभों का उल्लेख वेदों में किया गया है। कुछ विशेष उपयोग हैं—दूध, घी, दही, मक्खन आदि की प्राप्ति, बैलों आदि का कृषि में उपयोग, अश्वों द्वारा रथ संचालन और युद्ध में जाना, भेड़ आदि के ऊन से ऊनी वस्त्रों आदि का निर्माण, मृत पशुओं की खाल से चर्म उद्योग, जूते, मशक (दृति), वर्म (कवच) आदि का निर्माण, पशुओं के गोबर (करीष) का खाद के रूप में उपयोग, हाथी के दाँत का कलाकृतियों में उपयोग तथा घोड़े, हाथी, ऊँट आदि का सवारी के लिए उपयोग किया जाता है।

कौटिल्य और पशुपालन : कौटिल्य के 'अर्थशास्त्र' में पशुपालन विषयक कुछ उपयोगी बातों का उल्लेख किया गया है। संक्षिप्त में वे इस प्रकार हैं—

1. गाय, घोड़े, हाथी आदि पशुओं के पालन और संरक्षण के लिए इनके अध्यक्ष होते थे। गाय, भैंस आदि पालतू पशुओं की देख-रेख करनेवाले अधिकारी को गोऽध्यक्ष कहते थे। इसी प्रकार अश्वविभागाध्यक्ष को अश्वाध्यक्ष और हस्तिविभागाध्यक्ष को हस्त्यध्यक्ष कहते थे।
2. सौ-सौ गायों का एक यूथ (झुंड) होता था। प्रत्येक पर ये पाँच सेवक होते थे—(क) गोपालक (गायों का रक्षक), (ख) पिंडारक (भैंसों का पालक), (ग) दोहक (दूध दुहनेवाला), (घ) मंथक (दही मथनेवाला), (ङ) लुब्धक (जंगली पशुओं से रक्षा करनेवाला शिकारी)।
3. मास या दो मास के बछड़े या बछिया को लोहे से दाग दें और उन पर अंक डाल दें, जिससे उन्हें पहचाना जा सके तथा इनके नंबर रजिस्टर में नोट करें।
4. गोपालकों का कर्तव्य है कि वे छोटे बछड़े, वृद्ध और बीमार गायों की पूरी देखरेख करें।
5. सभी पशुओं को पेटभर तृण (चारा) और उदक (पानी) मिलना चाहिए।
6. गाय के एक सेर दूध में एक छटाँक घी निकलना चाहिए और भैंस के एक सेर दूध में सवा छटाँक घी निकलना चाहिए।
7. कौटिल्य ने पशुओं के भोजन का विस्तृत वर्णन दिया है। आयु और श्रम आदि के अनुसार उनको कम या अधिक भोजन दिया जाना चाहिए। पशुओं को चारे के साथ नमक देना भी आवश्यक बताया गया है। उनके

भोजन में ये चीजें होनी चाहिए, यथा—यवस (हरी घास), तृण (भूसा), पिण्याक (खली), कुट्टी (चारा), नमक, नस्य (नाक से डालने का तेल, पीने के लिए तेल, गुड़ या राब, सोंठ, दूध आदि।

8. गाय को स्वयं मारनेवाले या मरवानेवाले तथा हरण करने या करवानेवाले को मृत्युदंड दें (स्वयं हन्ता घातयिता हर्ता हारयिता च वध्य:)।

पशु चिकित्सा विज्ञान के जनक : महर्षि शालिहोत्र : शालिहोत्र (6000 ईसा पूर्व) हयगोश नामक ऋषि के पुत्र थे। वे पशु चिकित्सा (Veterinary Science) के जनक माने जाते हैं। उनका जन्म उत्तर प्रदेश के बहराइच जिले के निकट श्रावस्ती में हुआ था। कुछ लोग उन्हें कंधार के समीप सालतुर का निवासी भी मानते हैं। शालिहोत्र और अग्निवेश को लोग गुरु-भाई भी मानते हैं। अनेक जगह शालिहोत्र (चित्र-26) को पशु चिकित्सा विज्ञान का प्रर्वतक भी मानते हैं।

संपूर्ण विश्व के इतिहास में घोड़े पर लिखी गई प्रथम पुस्तक 'शालिहोत्र संहिता' है, जिसे शालिहोत्र महर्षि ने महाभारत काल से भी बहुत समय पूर्व लिखा था। कहा जाता है कि शालिहोत्र द्वारा अश्व चिकित्सा पर लिखित प्रथम पुस्तक होने के कारण प्राचीन भारत में इस पुस्तक को 'शालिहोत्र शास्त्र' नाम दिया गया। भारत में अनिश्चितकाल से देशी अश्व चिकित्सक को 'शालिहोत्री' कहा जाता है।

चित्र-26 : शालिहोत्र

'शालिहोत्र संहिता' में 48 प्रकार के घोड़े बताए गए हैं। इस पुस्तक में घोड़ों का वर्गीकरण बालों के आवर्तों के अनुसार किया गया है। इसमें लंबे मुँह और बाल, भारी नाक, माथा और खुर, लाल जीभ और होंठ तथा छोटे कान और पूँछवाले घोड़ों को उत्तम माना गया है। मुँह की लंबाई 2 अंगुल, कान 6 अंगुल तथा पूँछ 6 हाथ लिखी गई है। घोड़े का प्रथम गुण 'गति का होना' बताया है। उच्च वंश, रंग और शुभ आवर्तोंवाले अश्व में भी यदि गति नहीं है तो वह बेकार है। शरीर के अंगों के अनुसार भी घोड़ों के नाम—त्रयंड (तीन वृषणवाला), त्रिकर्णिन (तीन कानवाला), द्विखुरिन (दो खुरवाला), हीनदंत (बिना दाँतवाला), हीनांड (बिना वृषणवाला), चक्रवर्तिन (कंधे पर एक या तीन अलकवाला), चक्रवाक (सफेद पैर और आँखोंवाला) दिए गए हैं। गति के अनुसार तुषार, तेजस, धूमकेतु और ताड़ज नाम के घोड़े बताए गए हैं। इस ग्रंथ में घोड़े के शरीर में 12,000 शिराएँ बताई गई हैं।

घोड़ों की प्रकृति और उनके रोगों का गहन अध्ययन करने के पश्चात् शालिहोत्र ने घोड़ों की देखभाल और चिकित्सा के विषय में तीन और ग्रंथों की रचना की। उनके नाम हैं—(i) हय आयुर्वेद, (ii) अश्व लक्षण शास्त्र और (iii) अश्व प्रशंसा। उनका 'हय आयुर्वेद' एक विशाल ग्रंथ है (चित्र-27)। इसमें 12,000 श्लोक हैं। यह ग्रंथ 8 भागों में विभक्त है। इसके प्रथम अध्याय में घोड़े की विभिन्न जातियों के गुणों, उनके लक्षणों और रंग-रूप पर, द्वितीय अध्याय में घोड़ों के विभिन्न रोगों के नाम और उनकी पहचान, सर्पदंश पर अथवा जहरीला तीर लगने पर होनेवाली घोड़ों की दशा और उनके उपचार की विधि को स्पष्ट रूप से समझाया गया है। अन्य अध्यायों में घोड़ों के विभिन्न रोगों में प्रयुक्त औषधियों, घोड़ों को वश में करने की विधियों, विभिन्न कार्यों के लिए घोड़ों को अभ्यस्त करने की विधियों, घोड़ों पर लादे जानेवाले भार की मात्रा, रथ में घोड़ों को जोतने की विधि आदि साधारण-से-साधारण बातों पर प्रकाश डाला गया है।

शालिहोत्र के ग्रंथों में उपलब्ध अश्व चिकित्सा ज्ञान अत्यंत प्रामाणिक और शोधपूर्ण माना जाता है। उनका ग्रंथ 'हय आयुर्वेद' प्राचीन काल में ही नहीं, वरन् आज भी अश्व चिकित्सा पर प्रामाणिक संदर्भ ग्रंथ माना जाता है और आज भी पशु-चिकित्सक उसकी सहायता लेते हैं।

महर्षि शालिहोत्र के ग्रंथों का अनुवाद अरबी, फारसी, तिब्बती और अंग्रेजी भाषाओं में भी हो चुका है। उनके पशु-चिकित्सा विज्ञान विषयक वृहद् ज्ञान पर विदेशी विद्वान् भी आश्चर्य करते हैं। उनकी लोकप्रियता एवं विषय विशेषज्ञता के

कारण आज भी कुशल अश्व चिकित्सकों को 'शालिहोत्र' की उपाधि सम्मान के रूप में प्रदान की जाती है। चित्र–27 में 'शालिहोत्र संहिता' की पांडुलिपि एवं चित्र–28 में अश्व को दरशाया गया है।

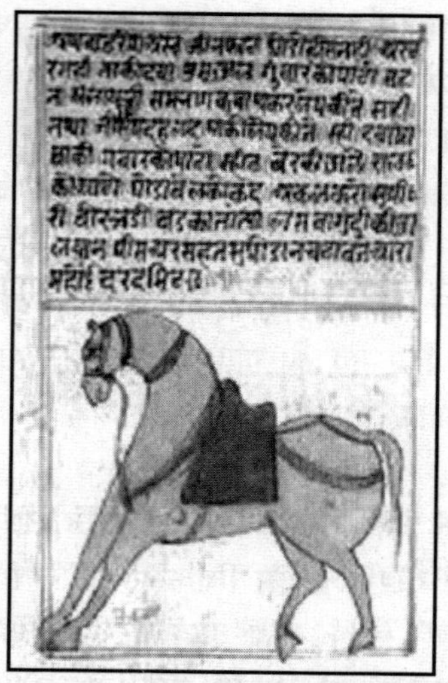

चित्र–27 : 'शालिहोत्र संहिता' की पांडुलिपि

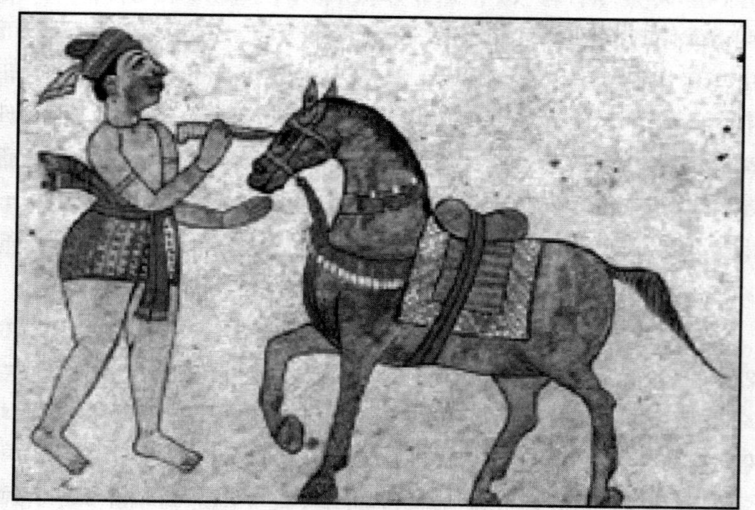

चित्र–28 : अश्व

□

6

काल-गणना की अक्षुण्ण वैज्ञानिक परंपरा (खगोल विज्ञान)

काल-गणना या ज्योतिषशास्त्र एवं खगोल विज्ञान का जितना विकास हमारे देश में हुआ, उतना अब तक विश्व के किसी भी देश में नहीं हुआ। ज्योतिष जीवन से संबंद्ध शास्त्र है तथा यह एक प्रकार से काल विज्ञान शास्त्र है, जो काल (Time) के वास्तविक स्वरूप से परिचय कराता है। अथर्ववेद के 19वें कांड के दो सूक्तों (53 व 54) के 15 मंत्रों में काल के विराट् रूप का वर्णन किया गया है। इसमें बताया गया है कि समूची सृष्टि, सारे देवता, सारे वेद आदि शास्त्र तथा सभी कुछ काल के अधीन हैं। काल ही ब्रह्म और देवादिदेव है। वर्तमान, भूत और भविष्यत् सभी काल के ही अंतर्गत हैं। काल के आदेशानुसार ही सूर्य उदित एवं अस्त होता है। ज्योतिष उसी काल के अंगों और उपांगों की विस्तृत व्याख्या करता है—

काले ह भूतं भव्यं चेषितं ह वि तिष्ठते।
कालो ह ब्रह्म भूत्वा बिभर्ति परमेष्ठिनम्।
कालः स ईयते परमो नु देवः।

—*अथर्व. 19.53.54*

कहा जाता है कि सूर्य स्वयं इस ज्ञान के प्रथम प्रवर्तक हैं। सूर्य का दिन-रात (अहोरात्र) और ऋतुओं के साथ संबंध है। चंद्र और तारों की ओर भी मनुष्य की दृष्टि पहुँची और मनुष्य ने चंद्रमा का घटना-बढ़ना तथा इसके स्थान का परिवर्तन होना भी देखा। चंद्रमा के आधार पर चंद्रमास की कल्पना भी अति प्राचीन काल में आरंभ हो गई।

खगोल विज्ञान

खगोल विज्ञान को 'वेद का नेत्र' कहा गया है, क्योंकि संपूर्ण सृष्टि में होनेवाले व्यवहार का निर्धारण काल से होता है और काल का ज्ञान ग्रहीय गति से होता है। अतः पुरातन काल से खगोल विज्ञान वेदांग का हिस्सा रहा है। इसकी संपुष्टि ऋग्वेद, शतपथ ब्राह्मण आदि ग्रंथों में विदित है। भारत की ज्योतिष विषयक सबसे प्राचीनतम पहली कृति 'वेदांत-ज्योतिष' है। यह ग्रंथ दो भागों में मिलता है, यथा—'आर्च ज्योतिष' अर्थात् ऋग्वेद संबंधी ज्योतिष तथा 'याजुष ज्योतिष' अर्थात् यजुर्वेद संबंधी ज्योतिष। प्रथम भाग में 36 श्लोक तथा द्वितीय भाग में 43 श्लोक हैं। इसके लेखक 'लंगधमुनि' हैं। वस्तुतः यह ग्रंथ भाषा की दृष्टि से बहुत क्लिष्ट है, अतः अनेक टीकाकारों ने इस पर अपनी टीकाएँ लिखी हैं। वेदांग ज्योतिष में जो अंक दिए हैं, उसके आधार पर इसकी रचना ऐसे स्थान पर की गई प्रतीत होती है, जिसका अक्षांश 35 अंश के लगभग रहा होगा (कश्मीर के श्रीनगर से भी उत्तर काबुल के आसपास)। इस ग्रंथ में 1 युग के 5 सौर वर्षों के नाम हैं—संवत्सर, परिवत्सर, इदावत्सर, इवस्तर, वत्सर।

5 वर्ष के युग के आधार पर माना गया है कि ठीक 5 वर्ष के अंतर के बाद सूर्य और चंद्रमा राशिचक्र के उसी नक्षत्र पर पुनः एक सीध में होते हैं। इस ग्रंथ में एक ही श्लोक में 27 नक्षत्रों के नाम दिए हैं तथा प्रत्येक नक्षत्र का आदि, मध्य या अंत का एक अक्षर लिया गया है, जो निम्नवत् हैं—

जौ—अश्वयुजौ (अश्विनी), द्रा—आर्द्रा, गः—भगः (उत्तरा फाल्गुनी), खे—विशाखे (विशाखा), श्वे—विश्वेदेवाः (उत्तरा अषाढ़ा), अहिः—अहिर्बुध्न्य (उत्तरा भाद्रपदा), रो—रोहिणी, शा—आश्लेषा, चित्—चित्रा, मू—मूल, ष—शतभिषक्, व्यः—भरण्यः (भरणी), सू—पुनर्वसू (पुनर्वसु), मा—अर्यमा (पूर्व फल्गुनी), धा—अनुराधा, णः—श्रवणः (श्रवणा), रे—रेवती, मृ—मृगशिरस् (मृगशिरा), घा—मघाः (मघा), स्वा—स्वाति, आपः—आपः (पूर्वा अषाढ़ा), अजः—अज एकपाद (पूर्वा भाद्रपदा), कृ—कृत्तिकाः (कृत्तिका), ष्यः—पुष्य, ह—हस्त, ज्ये—ज्येष्ठा, ष्ठाः—श्रविष्ठा।

नक्षत्रों के नाम एवं देवता

अथर्ववेद (19.7.1), तैत्तिरीय (4.4.10.1), मैत्रायणी (2.13.20) और काठक संहिता (39.13) में 28 नक्षत्रों के नाम दिए गए हैं। तैत्तिरीय संहिता में केवल 27 नक्षत्र हैं, अभिजित् नक्षत्र को छोड़ दिया गया है। इसमें नक्षत्रों के साथ

उनके देवताओं के नाम भी नीचे दिए जा रहे हैं—

	नक्षत्र	देवता		नक्षत्र	देवता
1.	कृत्तिका:	अग्नि	2.	रोहिणी	प्रजापति
3.	मृगशिरस्	सोम	4.	आर्द्रा	रुद्र
5.	पुनर्वसु	अदिति	6.	पुष्य	बृहस्पति
7.	आश्लेषा	सर्प	8.	मघा:	पितर:
9.	पूर्वा फल्गुनी	अर्यमा	10.	उत्तरा फल्गुनी	भग
11.	हस्त	सविता	12.	चित्रा	इंद्र
13.	स्वाति	वायु	14.	विशाखा (खे)	इंद्राग्नी
15.	अनुराधा	मित्र	16.	ज्येष्ठा	इंद्र
17.	मूल	पितर:	18.	पूर्वा अषाढ़ा	आप:
19.	उत्तरा अषाढा	विश्वेदेवा:	20.	अभिजित्	
21.	श्रवणा	विष्णु	22.	श्रविष्ठा:	वसव:
23.	शतभिषज्	इंद्र	24.	प्रोष्ठपदा (पूर्वाभाद्रपदा)	अज एकपाद्
25.	प्रोष्ठपदा	अहिर्बुधनिय	26.	रेवती	पूषा (पूषन्)
27.	अश्वयुजौ	अश्विनी (अश्विनौ)	28.	भरणी (भरण्य:)	यम

तैत्तिरीय संहिता और काठक संहिता में कृत्तिका नक्षत्र के 7 तारों के नाम भी दिए गए हैं तथा तैत्तिरीय ब्राह्मण (1.5.2 से 7) में नक्षत्रों को दो भागों में बाँटा गया है—(1) देवा नक्षत्र—1 से 14 तथा (2) यम नक्षत्र—15 से 27 तक।

ऋतु और मास

यजुर्वेद में 12 मासों के वैदिक नाम और 6 ऋतु नाम भी दिए गए हैं (यजु. 13.25 से 15.57)। मासों में चैत्र-वैशाख को मधु-माधव आदि नाम दिए गए हैं, जो निम्नवत् हैं—

	वैदिक नाम	प्रचलित नाम	ऋतु	अंग्रेजी नाम
1.	मधु-माधव	चैत्र-वैशाख	वसंत	Spring
2.	शुक्र—शुचि	ज्येष्ठ-आषाढ	ग्रीष्म	Summer
3.	नभस्—नभस्य	श्रावण-भाद्रपद	वर्षा	Rainy
4.	इष—ऊर्ज	आश्विन-कार्तिक	शरद	Autumn

5.	सहस्-सहस्य	मार्गशीर्ष-पौष	हेमंत	Winter
6.	तपस्-तपस्य	माघ-फाल्गुन	शिशिर	Cold

तिथियों के नाम

वेदों में तिथि शब्द का प्रयोग नहीं है। वेदों में तिथि के अर्थ में 'अहन' या दिन शब्द का प्रयोग है। ऐतरेय ब्राह्मण में तिथि शब्द की व्याख्या में लिखा है कि पिछले दिन को छोड़कर नया दिन जो उदय होता है, वह तिथि है। इसका अभिप्राय यह है कि नए दिन के साथ नई तिथि प्रारंभ होती है। वस्तुतः तिथि चांद्र दिवस या चांद्र मास का तीसवाँ भाग होती है। 'गोभिल गृह्यसूत्र' और 'शांखायन गृह्यसूत्र' में कुछ तिथियों का उल्लेख है, जैसे—प्रतिपद् या प्रतिपदा आदि। अथर्ववेद में द्वितीया, तृतीया, चतुर्थी आदि शब्द रात्रि के अर्थ में प्रयुक्त हैं। यजुर्वेद में तिथि के अर्थ में अहन् (दिन) शब्द का प्रयोग है और प्रथम, द्वितीय, तृतीय, चतुर्थ, पंचम, षष्ठ, सप्तम, अष्टम, नवम, दशम, एकादश और द्वादश का प्रयोग है।

ऋग्वेद और अथर्ववेद में कुछ तिथियों के नाम प्राप्त होते हैं। ये हैं—(1) राका—यह पूर्णिमा के लिए है। (2) पौर्णमासी—यह पूर्णिमा के लिए है। (3) अमावास्या—यह अमावस्या के लिए है। (4) कुहू—यह भी अमावस्या के लिए है। (5) सिनीवाली—यह अमावस्या के बाद वाली प्रतिपदा के लिए है, अर्थात् शुक्ल पक्ष की प्रतिपदा की रात्रि। (6) एकाष्टका—यह पूर्णिमा के बाद की अष्टमी के लिए है। मुख्य रूप से यह माघ-कृष्ण पक्ष की अष्टमी के लिए है।

चंद्रमा के आधार पर मास या चंद्र मास की कल्पना भी हमारे यहाँ अति प्राचीन काल में आरंभ हो गई थी। गरमी, वर्षा और सर्दी के चक्र ने वर्ष की कल्पना भी प्रदान की और 1 वर्ष में 12 बार पूर्णिमा और 12 बार अमावस्या के आने के कारण 12 मास भी लोगों को अवगत हो गए।

अधिमास या मलमास : सूर्य के आधार पर की गई वर्ष गणना को 'सौर वर्ष' कहते हैं। सूर्य एक नक्षत्र-चक्र को 12 मास या 365 दिनों में पूरा करता है, अतः सौर वर्ष 365 दिन का माना जाता है। चांद्र वर्ष चंद्रमा की परिक्रमा के आधार पर होता है। चांद्र वर्ष 354 दिन का होता है। चांद्र वर्ष प्रतिवर्ष लगभग 11 दिन पिछड़ जाता है, अतः वर्ष गणना को पूरा करने के लिए प्रति तीसरे वर्ष एक तेरहवें मास को मानना पड़ता है। अथर्ववेद में इसको 'त्रयोदशः मासः' अर्थात् तेरहवाँ मास कहा गया है। इस तेरहवें मास को अधिमास, अधिकमास या मलमास कहते हैं। यजुर्वेद में

इसको 'संसर्प' और 'मलिम्लुच' नाम दिया गया है। तैत्तिरीय संहिता में इसके लिए 'अहंस्पति' शब्द आया है।

टूटती तिथि की वैज्ञानिकता : जिस समय सूर्य, पृथ्वी और चंद्रमा आकाश में एक सीध में रहते हैं, उस समय अमावस्या होती है और जब चंद्रमा सूर्य से 12 अंश आगे बढ़ जाता है, तब प्रतिपदा पूरी हो जाती है और इसी प्रकार क्रमशः अन्य तिथियाँ भी होती हैं। यह गणना हमारे देश की अति प्राचीन परंपरा है तथा यह वैज्ञानिक विभाजन भी है। सूर्य और चंद्रमा की गतियाँ समान नहीं हैं, इसलिए तिथियाँ भी घटती-बढ़ती रहती हैं। कभी कोई तिथि प्रात:काल में समाप्त होती है तो कोई दोपहर को तो कोई रात को। भारतीय ज्योतिषियों ने इसका अच्छा ज्ञान एवं अनुभव प्राप्त कर लिया था।

एक ही दिन में दो तिथियों का होना व्यवहार की दृष्टि से उचित नहीं जान पड़ा तो यह तय किया गया कि सूर्योदय के समय जो तिथि होगी, उसे ही पूरे दिन की तिथि माना जाएगा। इस नियम के कारण जब कोई तिथि 24 घंटे से लंबी होती है तो एक ही तिथि में दो सूर्योदय हो जाते हैं और दो दिन एक ही तिथि चलती है। इसके विपरीत, कोई दूसरी तिथि सूर्योदय के बाद प्रारंभ हुई तथा छोटी होने के कारण अगले सूर्योदय से पूर्व समाप्त हो जाती है। इस कारण इसकी गिनती नहीं हो पाती है। इसे ही तिथि का टूटना या क्षय होना कहते हैं। यदि किसी दिन सूर्योदय से पूर्व ही कोई तिथि प्रारंभ होकर अगले दिन सूर्योदय के बाद भी चालू रहती है तो उस दिन तिथि की वृद्धि हो जाती है। इस कारण पक्ष कभी 13 या 14 दिन के और कभी 16 दिन के भी हो जाते हैं। यह स्थिति असुविधाजनक भले ही हो, मगर है वैज्ञानिक। पुराने ऋषि लोग और आज भी इस विषय के उद्‍भट विद्वान् आकाश में चंद्रमा की स्थिति तथा चंद्रमा की कला देखकर बिना कैलेंडर व घड़ी के समय व तिथि का अनुमान सहज ही लगा लेते हैं।

क्या है संवत्सर : प्रकृति में एक ऋतुचक्र के पूर्ण होने में लगनेवाले कालखंड को हमारे देश में 'संवत्सर' नाम दिया गया है। वस्तुतः संवत्सर वह समय है, जिसमें पृथ्वी सूर्य की एक परिक्रमा पूरी कर लेती है। जैसाकि विदित है कि संवत्सर सूर्य, चंद्रमा तथा नक्षत्र, तीनों की समन्वित स्थित पर आधारित है। हमारे मनीषियों ने संवत्सर का आविष्कार बदलते मौसम की पूर्व सूचना पाने के उद्देश्य से किया होगा। ऐसी सूचना के अभाव में खेतों में सही समय पर बुवाई-कटाई आदि कार्य का होना संभव नहीं होता। भारतीय संस्कृति का आधार स्तंभ ऋतु, त्योहारों, जैसे— दीपावली, होली, मकर-संक्रांति, बसंत पंचमी, चातुर्मास आदि को मनाने की परंपरा भी संवत्सर के अभाव में फलीभूत नहीं हो पाती है।

आज विडंबना है कि भारतीय संवत्सर, जो विज्ञान सम्मत है, को रूढ़िवादी विधि मानकर आज का युवा हेय दृष्टि से देखता है तथा नई पीढ़ी को क्रमवार हमारे महीनों के नाम भी ज्ञात नहीं हैं। वस्तुतः संवत्सर अनेक ऋषियों के सैकड़ों वर्षों के वैज्ञानिक अनुसंधान का परिणाम है। जिस समय वैज्ञानिक उपकरण के नाम पर मनुष्य के पास कुछ नहीं था, तब मात्र अपने नेत्रों से किए गए अवलोकन तथा चिंतन-मनन से आविष्कृत संवत्सर किसी आधुनिक आविष्कार से कम नहीं है। भारतीय काल-गणना कल्प, मन्वंतर, युगादि के पश्चात् संवत्सर से प्रारंभ होती है। सतयुग में ब्रह्मा संवत्, त्रेता में वामन संवत्, द्वापर में युधिष्ठिर संवत् और कलियुग में विक्रम संवत् प्रचलन में हैं अथवा रहे हैं। तुलनात्मक दृष्टि से देखें तो भारतीय काल-गणना वैदेशीय काल-गणना की तुलना में अत्यंत प्राचीन है। भारतीय काल-गणना का पुण्य प्रवाह जहाँ कल्पाबद्ध संवत् 1 अरब 97 करोड़ 29 लाख 85 हजार 108 वर्ष, सृष्टि संवत् 1 अरब 95 करोड़ 20 लाख 85 हजार 108 वर्ष, श्रीराम संवत् 1 करोड़ 25 लाख 69 हजार 108 वर्ष, श्रीकृष्ण संवत् 5 हजार 232 वर्ष, विक्रम संवत् 2078 वर्ष से प्रवाहित है। वहीं वैदेशीय संवतों में चीनी संवत् 9 करोड़ 60 लाख 2 हजार 399 वर्ष, पारसी संवत् 1 लाख 87 हजार 988 वर्ष, मिस्र 27 हजार 675 वर्ष, तुर्की 7628 वर्ष, यूनानी 3594 वर्ष, ईसवी 2021 तथा हिजरी सन् मात्र 1442 वर्ष पुराना है। भारतीय काल-गणना की सबसे छोटी इकाई कलियुग की है, जोकि 4 लाख 32 हजार वर्ष का है। वर्तमान काल श्वेत वाराह कल्प के वैवस्वत मन्वतंर का अठाइसवाँ कलियुग है। इसकी भी यदि आयु निकाली जाए तो वह भी आज 5122 वर्ष होती है। यह तुलनात्मक स्थिति सिद्ध करती है कि भारतीय काल-गणना अत्यंत प्राचीन एवं वैज्ञानिक है। इतना ही नहीं, भारतीय वाङ्मय में संवत्सर प्रारंभ करने की भी शास्त्रीय विधि का उल्लेख मिलता है।

काल-गणना की जो छोटी-से-छोटी और बड़ी-से-बड़ी इकाइयाँ प्राचीन भारतीय विद्वानों ने दी थीं, वे अद्वितीय हैं, यथा—

225 त्रुटि	=	1 प्रतिफल (1 त्रुटि = 1/33750 सेकंड)
60 प्रतिपल	=	1 विपल
60 विपल	=	1 पल
60 पल	=	1 घटी
2.5 घटी	=	1 होरा (= 1 घंटा)
3 होरा	=	1 प्रहर
8 प्रहर	=	1 दिन-रात

15 दिन	=	1 पक्ष
2 पक्ष (30 दिन)	=	1 मास
2 मास	=	1 ऋतु
6 मास	=	1 अयन
2 अयन (12 माह)	=	1 वर्ष = 1 संवत्सर

इसी प्रकार—

1 चतुर्युग	=	43,20,000 वर्ष (या महायुग)

चतुर्युग में क्रमशः—

सतयुग	=	17,28,000 वर्ष
त्रेता	=	12,96,000 वर्ष
द्वापर	=	8,64,000 वर्ष
कलियुग	=	4,32,000 वर्ष
71 चतुर्युग	=	1 मन्वंतर
14 मन्वंतर	=	1 कल्प = 1000 चतुर्युग = ब्रह्माजी का एक दिन

भारतीय महीनों के नाम का वैज्ञानिक आधार

हमारे यहाँ मासों के नाम नक्षत्रों के आधार पर ही रखे गए हैं। इनका उल्लेख ब्राह्मण ग्रंथों के समय से प्रारंभ होता है। सनातन परंपरा में जिस नक्षत्र से युक्त पूर्णिमा होती है, उस नक्षत्र के आधार पर मासों के नाम रखे गए हैं, जैसे—चित्रा नक्षत्र से चैत्र, विशाखा से वैशाख, ज्येष्ठा से ज्येष्ठ, अषाढ़ा (पूर्वाषाढ़ा) से आषाढ़, श्रवणा से श्रावण, भाद्रपदा से भाद्रपद, अश्विनी से आश्विन, कृतिका से कार्तिक, मृगशीर्ष से मार्गशीर्ष, पुष्य से पौष या तिष्य-तैष्य, मघा से माघ, फल्गुनी से फाल्गुन आदि रखे गए हैं, जिनका वैज्ञानिक आधार है।

भारतीय वाङ्मय के अनुसार सृष्टि का प्रारंभ चैत्र शुक्ला प्रतिपदा से होता है। परंपरा के साक्ष्य से हम जानते हैं कि सृष्टि के रचियता ब्रह्मा ने इसी दिन ब्रह्मांड की रचना प्रारंभ की। भारतीय काल-गणना के अधिकांश संवत्सर इसी दिन से प्रारंभ होते हैं। खगोलीय दृष्टि से भी देखें तो यह दो खगोलीय पिंडों की कलाओं में पूर्ण सामंजस्य रखते हुए ऐसी ऋतु से प्रारंभ होता है, जब सूर्य भूमध्य रेखा पर होता है और पृथ्वी पर वातावरण सर्वथा सम होता है। जबकि ईसवी सन् का प्रारंभ 1 जनवरी से होता है, उस समय पृथ्वी के दो गोलार्द्धों में सर्वथा विपरीत ऋतुएँ रहती हैं। साधारणतया एक नक्षत्र का भोग एक दिन रहता है। अत: एक मास में नक्षत्रों का

एक चक्र पूरा हो जाता है। अथर्ववेद के अनुसार 28 नक्षत्र हैं, परंतु परवर्ती ज्योतिष साहित्य में अभिजित् नक्षत्र को छोड़ दिया गया है और 27 नक्षत्र ही माने गए हैं।

अंग्रेजी महीनों का बिना आधार का नामकरण

वर्तमान में प्रचलित अंतरराष्ट्रीय कैलेंडर के महीनों से हम सभी परिचित हैं। इन महीनों का नामकरण किस प्रकार हुआ, ये महीने किस प्रकार प्रारंभ हुए तथा इनके नामों से हमें क्या सूचना मिलती है, इसकी जानकारी भी रोचक है।

जनवरी : इस शब्द की उत्पत्ति लातीनी भाषा के 'जैन्युएरियुस' शब्द से हुई है। इसका नामकरण रोमन देवता 'जानुस' के नाम पर किया गया है। इस देवता को सामान्यत: दो मुखवाला तथा कहीं-कहीं चार मुखवाला बताया गया है। रोम के गणतंत्रीय कैलेंडर में यह महीना ग्यारहवाँ महीना था तथा इसमें 29 दिन थे। इस कैलेंडर में वर्ष में 355 दिन होते थे। बताया जाता है कि जूलियस सीजर ने एक आज्ञा जारी करके जनवरी के दिनों की संख्या बढ़ाकर 31 कर दी।

फरवरी : यह शब्द लातीनी के 'फुओएरियुस' का बदला हुआ रूप है। रोम के गणतंत्रीय कैलेंडर में यह अंतिम महीना था। यह शब्द 'फबुअरी' धातु से बना है, जिसका अर्थ है—शुद्ध करना। प्राचीन रोमन सभ्यता में यह महीना आत्म-शुद्धि, प्रायश्चित्त और परिमार्जन का माना जाता है। इस महीने में आत्म-शुद्धि की अनेक रस्में अदा की जाती थीं।

मार्च : यह प्राचीन रोम कैलेंडर का पहला महीना था। उनके धार्मिक पर्वों और वृत्तानुष्ठानों का प्रारंभ इसी महीने में होता था। यह शब्द लातीनी भाषा के 'मार्टियुस' से बना है। यह महीना युद्ध और वृद्धि के रोमन देवता के नाम पर आधारित है।

अप्रैल : यह शब्द लातीनी भाषा के 'एप्रिलिस' शब्द से बना है। एप्रिल का महीना उर्वरता की देवी 'एप्रेरिते' के नाम पर आधारित है। इसलिए अप्रैल को फसल के अंकुरित होने का महीना भी माना जाता था।

मई : यह लातीनी भाषा के 'मेयुस' शब्द से बना है। संभवत: इसका नाम बसंत की देवी 'मईया' के नाम पर आधारित है। मई का महीना शस्य और वनस्पति की वृद्धि का सूचक था। रोमनवासी इस समय कृषि संबंधी धार्मिक अनुष्ठान किया करते थे। यूरोप में इस महीने में मई राजा तथा मई रानी के साथ हरी-भरी ठहनियों का जुलूस निकाला जाता था।

जून : इस महीने का नामकरण लातीनी भाषा के 'जुनियस' शब्द से हुआ है।

यह उनकी मुख्य देवी 'जूनो' की याद दिलाता है। 'जूनो' शब्द 'जूवेनिस' धातु से बना है, जिसका अर्थ—विवाह योग्य कुमारी।

जुलाई : यह रोमन कैलेंडर का पाँचवाँ महीना होता था, परंतु आज के कैलेंडर का यह सातवाँ महीना है। जुलाई को प्राचीन रोमनवासी 'पिवंटिलिस' कहते हैं। इस माह में जूलियस सीजर का जन्म हुआ था। इस कारण भी इस महीना का नाम जुलाई है।

अगस्त : यह लातीनी भाषा के 'आगुस्टस' शब्द से बना है। जब रोमन कैलेंडर मार्च से प्रारंभ होता था, तब यह महीना 'सेफ्टिलियस' यानी छठा महीना कहलाता था। जूलियस सीजर के उत्तराधिकारी रोमन सम्राट् ऑगस्टम सीजर के नाम से इसका नया नाम अगस्त रखा गया।

सितंबर : यह लातीनी भाषा के 'सेप्टेम' शब्द पर आधारित है, जिसका अर्थ होता है—सात। उस समय यह सातवाँ महीना होता था। आज यह महीना 30 दिन का है तथा वर्ष का नौवाँ महीना है।

अक्तूबर : प्राचीन रोमन में यह आठवाँ महीना होता था। अलग-अलग रोमन सम्राटों के साथ इस महीने के नाम को बदलने की कोशिश की गई, परंतु यही नाम बना रहा। रोमनों के युद्ध के देवता मार्स की इस महीने में विशेष पूजा होती है।

नवंबर : यह लातीनी भाषा के 'नोवज्' शब्द पर आधारित है। इसका अर्थ नौ है। प्राचीन रोमन कैलेंडर में यह नौवाँ महीना होता था। रोमन सम्राट् टाइबेरियस के नाम पर इसका नया नामकरण करने का प्रयास किया गया, परंतु स्वयं टाइबेरियस ने ऐसा नहीं होने दिया।

दिसंबर : यह लातीनी भाषा के 'डेसेज' शब्द से निकला है, जिसका आशय है—दस। प्राचीन रोमन कैलेंडर में यह दसवाँ महीना था। आधुनिक कैलेंडर में यह बारहवाँ तथा अंतिम माह है। इसमें 31 दिन हैं। प्राचीन रोमनों में यह उत्सवों का महीना माना जाता है।

होरा एवं वार की वैज्ञानिकता

पृथ्वी अपनी धुरी पर पश्चिम से पूर्व की ओर घूर्णन करती रहती है तथा वह औसत 24 घंटे में एक घूर्णन पूरा कर लेती है। पृथ्वी के अपनी धुरी पर घूमने की प्रक्रिया से दिन और रात होते हैं। पृथ्वी का जो हिस्सा सूर्य के सामने आता है, वहाँ दिन होता है और दूसरी तरफ रात्रि होती है। इसलिए विश्व के विभिन्न स्थानों पर कहीं पर प्रात: काल होता है तो उसी समय किसी दूसरे स्थान पर संध्या का समय होता

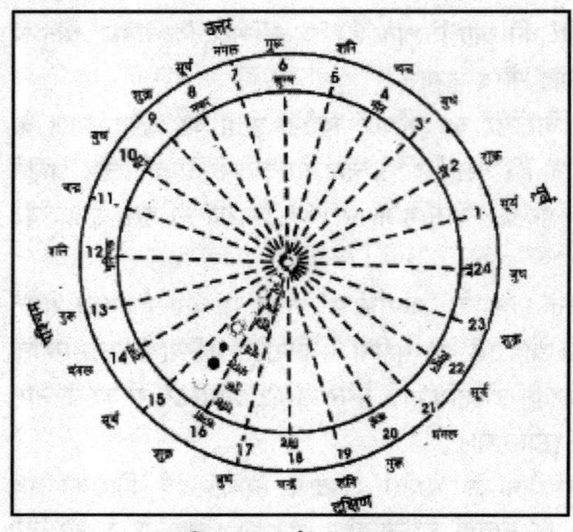

चित्र–29 : होरा एवं वार

है, कहीं पर दोपहर होती है तो कहीं पर मध्य रात्रि। इस 24 घंटे में 12 राशियाँ क्रमशः लगभग दो–दो घंटे के अंतराल पर पूर्वी क्षितिज पर उदित होती रहती हैं। इन 24 घंटों में 24 होरा होती हैं। एक होरा 15 अंश की होती है तथा एक राशि में दो होरा होती हैं (चित्र–29)।

खगोल विज्ञान में 9 ग्रह मुख्य रूप से माने गए हैं, जिनमें बुध, शुक्र, पृथ्वी, मंगल, सूर्य, गुरु, शनि, राहु और केतु मुख्य हैं। चंद्रमा पृथ्वी का उपग्रह हैं। चूँकि हम पृथ्वी पर रहते हैं, इसलिए पृथ्वी को ग्रहों में शामिल न करके उसकी जगह चंद्रमा को पृथ्वी के स्थान पर ग्रहों के रूप में माना गया है। राहु–केतु को छाया ग्रह के रूप में माना गया है और उन्हें घेरा में स्थान नहीं दिया गया है। ग्रहों का कक्षा क्रम इस प्रकार है—शनि, गुरु, मंगल, सूर्य, शुक्र, बुध तथा चंद्र।

वार : अथर्ववेद के 'अथर्व ज्योतिष' में वारों के नाम का क्रम तथा वैज्ञानिक आधार मिलता है, जो हजारों वर्ष पुराना है। पश्चिमी देश वारों का प्रयोग मात्र दो हजार वर्षों से ही कर रहे हैं। भारतीय ऋषि–मुनियों ने ठोस वैज्ञानिक आधार पर सप्ताह के वारों का क्रम निर्धारित किया है। वस्तुतः वार शब्द (वासर) का ही संक्षिप्त रूप है। आज भी कई समाचार–पत्र रविवारीय अंक के स्थान पर रविवासरीय अंक लिखते हैं। एक अहोरात्र (दिन–रात) एक वासर, अर्थात् एक दिन होता है। अहोरात्र से ही 'होरा' शब्द लिया गया है, जो कालमान की एक छोटी इकाई है। 'होरा' एक अहोरात्र का 24वाँ भाग होता है, जिसे अंग्रेजी में 'ऑवर्स' कहते हैं।

चूँकि सृष्टिक्रम में सर्वप्रथम सूर्य दिखाई पड़ता है, अतः प्रथम होरा सूर्य की होती है। उसके पश्चात् दूसरी होरा शुक्र की, तीसरी बुध, चौथी चंद्रमा, पाँचवीं शनि, छठीं गुरु, सातवीं मंगल, आठवीं सूर्य, नौवीं शुक्र, दसवीं बुध, ग्यारहवीं चंद्रमा, बारहवीं शनि, तेरहवीं गुरु, चौदहवीं मंगल, पंद्रहवीं, सूर्य, सोलहवीं शुक्र, सत्रहवीं

बुध, अठाहरवीं चंद्रमा, उन्नीसवीं शुक्र, बीसवीं गुरु, इक्कीसवीं मंगल, बाइसवीं सूर्य, तेइसवीं शुक्र और चौबीसवीं होरा बुध की होती है। उसके पश्चात् पच्चीसवीं अर्थात् दूसरे दिन की प्रथम होरा चंद्र की होगी। जिस दिन की प्रथम होरा का जो ग्रह स्वामी होता है, उस दिन उसी ग्रह के नाम का वार रहता है। कक्षा पथ के अनुसार सबसे अधिक दूरी पर शनि, उससे कम दूरी पर क्रमशः गुरु, मंगल, सूर्य, शुक्र, बुध और चंद्रमा के कक्षा पथ हैं। इसी क्रम में होराएँ होती हैं, क्योंकि सृष्टि के आरंभ में सर्वप्रथम सूर्य दिखाई पड़ता है, अत: प्रथम होरा का स्वामी सूर्य होता है और प्रथम वार रविवार होता है। दूसरी होरा का स्वामी उससे निकट का ग्रह शुक्र है। तीसरी का बुध, चौथी का चंद्रमा, पाँचवीं का शनि, छठी का गुरु, सातवीं का मंगल है। आठवीं होरा का स्वामी सूर्य, नवीं का शुक्र, दसवीं का बुध, ग्यारहवीं का चंद्रमा, बारहवीं का शनि, तेरहवीं का गुरु, चौदहवीं का मंगल, पंद्रहवीं का सूर्य, सोलहवीं का शुक्र, सत्रहवीं का बुध, अठारहवीं का चंद्रमा, उन्नीसवीं का शनि, बीसवीं का गुरु, इक्कीसवीं का मंगल, बाइसवीं का सूर्य, तेइसवीं का शुक्र और चौबीसवीं होरा का स्वामी बुध होता है।

इसके पश्चात् दूसरे दिन की पहली होरा का स्वामी चंद्रमा पड़ता है, अत: दूसरा दिन सोमवार पड़ता है। तीसरे दिन की पहली होरा का स्वामी मंगल पड़ता है, अत: तीसरा दिन मंगलवार हुआ। पाँचवें दिन की पहली होरा का स्वामी गुरु अर्थात् गुरुवार। छठे दिन की पहली होरा का स्वामी शुक्र अर्थात् शुक्रवार तथा सातवें दिन की पहली होरा का स्वामी शनि पड़ता है, जिससे सातवाँ दिन शनिवार होता है। चित्र-29 में दिए गए होरा चक्र में प्रथम होरा सूर्य की बताई गई है, अत: इस दिन रविवार है तथा अंतिम होरा (24वीं) बुध की है। उसके बाद 25वीं होरा अर्थात् दूसरे दिन की प्रथम होरा चंद्र की होगी, अत: दूसरे दिन सोमवार होगा। अंतिम अर्थात् 48वीं होरा गुरु की है, इसलिए तीसरे दिन की प्रथम होरा गुरु के बाद मंगल की हुई।

इन सात वारों में गुरु, सोम, बुध और शुक्र को सौम्य संज्ञक माना गया है तथा मंगल, शनि और रविवार को क्रूर संज्ञक माना गया है। रविवार स्थिर, सोमवार चर, मंगलवार उग्र, बुधवार सम, गुरुवार लघु, शुक्रवार मृदु और शनिवार तीक्ष्ण संज्ञक हैं। ऐसी मान्यता है कि सौम्य संज्ञक वारों में शुभ कार्य आरंभ करना अच्छा गिना जाता है। शल्यक्रिया के लिए शनिवार उत्तम माना गया है, विद्यारंभ के लिए गुरुवार तथा व्यापार आरंभ के लिए बुधवार प्रशस्त माना गया है।

यूरोप के प्रसिद्ध ब्रह्मांड विज्ञानी 'कार्ल सेगन' ने लिखा है कि विश्व में हिंदू धर्म ही एकमात्र ऐसा धर्म है, जो इस विश्वास पर समर्पित है कि इस ब्रह्मांड में

उत्पत्ति और क्षय की एक सतत प्रक्रिया चल रही है और यही एक धर्म है, जिसने समय के सूक्ष्मतम से लेकर बृहत्तम माप की गणना की है, जो आधुनिक खगोलीय मापों के समतुल्य है।

विदेशों में सप्त वारों का नामकरण

भारतीय परंपरा के अतिरिक्त प्रारंभ में बेबेलोनिया में हर सातवें दिन को एक विशेष दिन माना जाता था। यहूदियों में भी हर सातवें दिन केवल धार्मिक पूजा किए जाने का रिवाज था। 321 ई. में सम्राट् कंस्टैंटाइन ने सबसे पहले सात दिनों के सप्ताह की शुरुआत की थी।

मिस्र के लोगों ने भी सात दिनों की पद्धति अपनाई। उन्होंने सातों दिनों के अलग-अलग नाम भी रखे। ये नाम पाँच ग्रहों सूर्य व चंद्रमा के आधार पर रखे गए। मिस्र के लोगों में सप्ताह के सात दिनों के नाम रविवार, चंद्रवार, मंगलवार, बुधवार, बृहस्पतिवार, शुक्रवार तथा शनिवार रखे और सप्ताह के दिनों के इन्हीं नामों को रोमवालों ने भी अपनाया।

वर्तमान में सप्ताह के नामों को पद्धति के आधार पर निर्धारित किया गया है। सप्ताह के इन सात दिनों के नाम देवताओं के नामों के आधार पर रखे गए हैं। सूर्यवाले दिन को सुनानदेग या संडे (रविवार) कहा जाता है। चंद्रमावाले दिन को मोननदेग या मंडे (सोमवार), मंगल ग्रह के दिन को टिवैसदेग या ट्यूजडे (मंगलवार)। बुध के दिन को बौडेल या वैडन्सडे (बुधवार), बृहस्पति के दिन को थौर या थर्सडे (बृहस्पतिवार), शुक्र देवता के दिन को फिग या फ्राइडे (शुक्रवार) और शनि के दिन को सैंटर्सदेग या सैटरडे (शनिवार) कहा जाता है। इस प्रकार देवताओं के नाम पर आधारित सप्ताह के सात नाम काफी प्रचलित हुए और आज भी सारे विश्व में सप्ताह के सात दिनों के यही नाम प्रचलित हैं।

कैलेंडर के विभिन्न रूप

मानव ने देखा कि हर मौसम एक निश्चित क्रम के अनुसार बदलता रहता है। चंद्रमा के दिखने का क्रम भी निश्चित है, जो 29 ½ दिनों में पूरा होता है, इस समय को उसने एक महीने का नाम दिया। पृथ्वी 365 ¼ दिनों में सूर्य की एक परिक्रमा पूरी कर लेती है, इस समय को एक वर्ष की इकाई माना, ताकि काल-गणना में सुविधा रहे। विभिन्न प्रकार के कैलेंडरों के बारे में जानकारी निम्नवत् है—

1. **माया कैलेंडर :** इसका निर्माण प्राचीन में मेक्सिको के लोगों ने किया।

इसमें वर्ष के 365 दिन होते थे तथा हर वर्ष में 18 महीने तथा हर महीने में 20 दिन होते थे। बाकी बचे 5 दिन अलग से हर वर्ष में जोड़ दिए जाते थे। इस कैलेंडर के महीनों के नाम थे—पोप, उओ, जिप, जोटा, जेक, जुल, याक्सकिम, मोल, चेन, याक्स, जैक, सेट, मेक, कावकिन, मुआन, पैक्स, कायाब और कुम्हूं। माया कैलेंडर मुख्यत: उत्सवों तथा तांत्रिक कार्यों में ही काम आता था। इसे केवल पुजारी व धार्मिक लोग ही पढ़ते थे, क्योंकि इसकी भाषा जनसाधारण की भाषा नहीं थी।

2. **प्राचीन यूनानी कैलेंडर :** यह यूनान का अत्यंत प्राचीन कैलेंडर था, जिसका वर्ष चाँद के दिखने के साथ शुरू होता था। इस कैलेंडर में वर्ष में 12 महीने होते थे तथा हर महीने का नाम यूनानी पर्व, उत्सव से संबंधित था। इसमें 12 महीनों के नाम थे—हेक्टमबियन, मेटोगेनियन, बेड्रोमियन, पियोपसियन, मेमेक्टोरियन, पेसीडियन, गेमिलियन, एंथेस्टेरियन, इलाफेबोलियन, मूंचियन, थारगेलियन और सिरोफेरियन। यूनान के प्राचीन गिरजाघरों में कहीं-कहीं आज भी इस कैलेंडर का उपयोग किया जाता है।

3. **प्राचीन यहूदी कैलेंडर :** इसमें भी साल में 10 महीने होते थे, जो 29 व 30 दिनों के थे। परंतु इसमें हर तीसरे, छठे, आठवें, ग्यारहवें, चौदहवें, सत्रहवें और उनतीसवें वर्ष में 30 दिनों का एक महीना और जोड़ दिया जाता है। इस कैलेंडर के महीनों के नाम थे—निवासान, सिवान, आब्र, तिश्ती, शेबत, अदर, प्रथम, इय्यार, तम्युज, इलुलतेवेत और अदर उन्तीस (चित्र-30)।

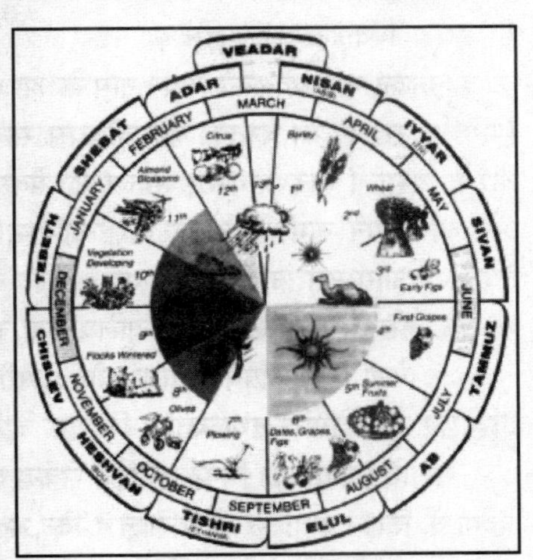

चित्र-30 : यहूदी कैलेंडर

4. **जूलियस कैलेंडर :** ईसा पूर्व पहली शताब्दी में रोम के सम्राट् जूलियस सीजर ने 'रोम के प्राचीन कैलेंडर' में कुछ सुधार किया। उसने प्रत्येक वर्ष

में 12 महीने 365 दिनों का बनाया और यह बढ़ा हुआ 1 दिन फरवरी मास में जोड़ा गया, क्योंकि प्राचीन रोम के कैलेंडर में जब दस महीने होते थे तो फरवरी उसका अंतिम महीना पड़ता था। इस नवीन कैलेंडर को 'जूलियन कैलेंडर' (चित्र-31) भी कहा जाने लगा।

चित्र-31 : जूलियस कैलेंडर

जूलियस सीजर ने रोमन कैलेंडर में से 'क्विनिट्ल्स' महीने का नाम बदलकर अपने नाम के आधार पर उस महीने का नाम 'जुलाई' रख दिया। वस्तुतः यह जूलियस सीजर के सम्मान में था। उसके कई सालों बाद ऑगस्टस सीजर ने 'सेक्सटिलिस' महीने का नाम बदलकर अपने नाम के आधार पर 'ऑगस्ट' या अगस्त रख दिया, जो राजा ऑगस्टस के सम्मान में था।

5. **ग्रिगोरियन कैलेंडर :** जूलियन या जूलियस कैलेंडर करीब सारे ईसाई देशों में लोकप्रिय हो गया। पोप ग्रिगेरी ने जूलियस कैलेंडर में थोड़ा और सुधार किया तथा बताया कि एक वर्ष 365, ¼ दिन का न होकर 365 दिन 5 घंटे 48 मिनट 46.054 सेकंड का होता है (यानी 365. 2422 दिन का)। अतः हर चौथे साल 1 दिन बढ़ाकर फरवरी 29 दिन की कर देने से थोड़ा सा समय ज्यादा जुड़ जाता है (0.0312 दिन)। जो 100 साल में बढ़कर 0.78 दिन हो जाता है। उसे हटाने के लिए यह निश्चित किया गया कि हर शताब्दी 1800, 1900 आदि 365 दिन की हुआ करेगी, चाहे उसमें 4 का भाग चला जाए।

इससे फिर 0.22 दिन घट जाता है, जो 400 साल में बढ़कर 0.38 दिन हो जाता है। उसे जोड़ने के लिए यह निश्चित किया गया कि हर 400 साल बाद 1600, 2000 में फरवरी 29 दिनों की होगी व साल में 366 दिन होंगे। पर 1700, 1800 में फरवरी 28 दिनों की ही होगी। इस कैलेंडर को अठारहवीं शताब्दी में इंग्लैंड ने अपना लिया। आज सारे संसार में यही कैलेंडर प्रचलित है।

6. **चीनी पंचांग (कैलेंडर) :** चीनी लोगों ने सूर्य तथा चंद्रमा की गतियों के आधार पर एक पंचांग बनाया, जिसे 'सौर-चांद्र-पंचांग' कहा जाता है। चित्र-32 उस साल में सवा तीन सौ पैंसठ दिन होते थे। चीनी लोगों ने 12 महीनों के नाम पशुओं पर रखे हैं, जो चीनी राशियाँ मानी जाती हैं, यथा—चूहा, बेल, शेर, खरगोश, साँप, घोड़ा, भेड़, बंदर, कुत्ता, सुअर, अजगर और मुरगा।

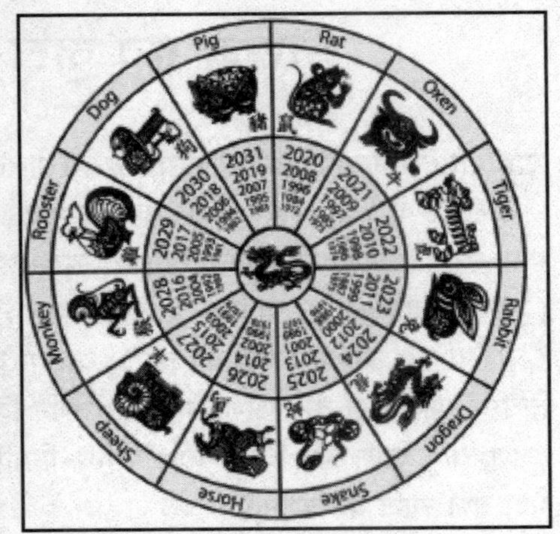

चित्र-32 : चीनी कैलेंडर

अतः वर्तमान परिप्रेक्ष्य में हमें हमारी काल-गणना की पुरातन वैज्ञानिक संवत्सर परंपरा को पुनः जाग्रत् करना होगा और हमें हमारे जन्मदिन, पर्व, त्योहार, विवाह एवं प्रतिष्ठान की वर्षगाँठ, पूर्वजों की पुण्यतिथियों को भी भारतीय परंपरा अनुसार निरंतर मनाना चाहिए, न कि अंग्रेजी दिनांक अनुसार। तभी भारतीय परंपरा चलती रहेगी।

□

7
मौसम एवं जल विज्ञान

हमारे देश में वृष्टि विज्ञान विषयक सबसे प्राचीन ग्रंथ पाणिनिकृत 'अष्टाध्यायी' (500 ई.) है। इसमें वर्षा, वर्षा के भेद, पूर्व वर्षा, अपर वर्षा, वर्षा की माप, उसकी विधि, अनावृष्टि (अकाल, सूखा पड़ना) वर्षा से होनेवाली फसलों (सस्य) आदि का विस्तृत विवरण दिया गया है। कौटिल्य के 'अर्थशास्त्र' (400 ई.पू.) में वर्षा प्रमाण (वर्षा की नाप), वर्षा में बोए जानेवाले अन्नों का विस्तृत विवरण, शुभ वर्षा के लक्षण आदि का वर्णन किया गया है। इसी प्रकार मत्स्य पुराण, वायु पुराण और विष्णु पुराण में मेघ-निर्माण का प्रारंभ, बादलों के विभिन्न भेद, वर्षा आदि का वर्णन है।

लगभग 500 ई. में महर्षि वराहमिहिर के प्रतिष्ठित ग्रंथ 'वृहत्संहिता' में वायुमंडलीय प्रक्रियाओं का गहन व स्पष्ट उल्लेख मिलता है। यह माना जाता था कि सूर्य से वर्षा होती है (आदित्यात जायते वृष्टिः) और वर्षा के मौसम में होनेवाली अच्छी वर्षा विपुल खेती और लोगों के लिए खाद्य सामग्री का स्रोत होती है। इनमें इस विषय पर भी विचार किया गया है कि वर्षा में सूर्य का भी योगदान है। किस प्रकार और कब सूर्य की किरणें समुद्र आदि से जलवाष्प रूप में ऊपर ले जाती हैं, वर्षा पर सूर्य का क्या प्रभाव पड़ता है, किस प्रकार अनुकूल परिस्थितियों में भाप बादल के रूप में परिवर्तित होती है, कब वर्षा होती है? 'वायु पुराण' में वृष्टिचक्र का भी उल्लेख किया है कि किस प्रकार समुद्र आदि से जल भाप रूप में ऊपर जाता है, फिर वर्षा होती है, फिर वही जल पुनः बादल बनता है। जल-बादल, वर्षा-जल-बादल यह क्रम सदा चलता रहता है। 'विष्णु पुराण' में मेघों के गर्भाधान का भी वर्णन किया गया है।

महर्षि वराहमिहिर का वृष्टि विज्ञान में योगदान

प्राचीन भारत में आर्यभट के बाद प्रमुख खगोलशास्त्री वराहमिहिर (चित्र-33) हुए। वे न केवल गणित, वरन् ज्योतिष, भूगर्भ विज्ञान, खगोल शास्त्र तथा जल विज्ञान के भी उद्‌भट विद्वान् थे। उनके द्वारा रचित 'बृहत्संहिता' ग्रंथ में मेघों के निर्माण (गर्भाधान, पुष्टि तथा प्रसव) की प्रचुर मात्रा में जानकारी मिलती है।

ऋग्वेद के एक मंत्र में वर्णन है (ऋग्. 7.10.16) कि सूर्य की किरणें पृथ्वी को उर्वराशक्ति देनेवाले वर्षा के जल को साढ़े 6 मास रोककर रखती हैं। उतने समय वे आकाश में चारों ओर फैले रहते हैं। बाद में वर्षा के द्वारा पृथ्वी को तृप्त करते हैं। इसमें बादलों के निर्माण का समय साढ़े छह मास अर्थात् 195 दिन माना है। वराहमिहिर का कथन है कि निम्नांकित पाँच लक्षण हों तो आकाश में गर्भस्थापन या गर्भाधान उत्तम माना जाता है और निर्धारित समय पर बहुत वृष्टि होती है—

चित्र-33 : भारतीय वैज्ञानिक वराहमिहिर

1. पवन (वायु, Wind) 2. सलिल (हलकी वर्षा, Light rain), 3. विद्युत् (बिजली चमकना, Lightening), 4. गर्जित (बादलों का गर्जन, Thunder), 5. अभ्र (मेघयुक्त आकाश, Cloudy sky)।

वराहमिहिर एवं पूर्ववर्ती गर्ग, पराशर आदि आचार्यों ने मेघ-भ्रूण के परिपाक

में होनेवाले विघ्नों का भी उल्लेख किया है। उनके अनुसार, गर्भकाल में उल्कापात, अधिक बिजली चमकना या वज्रपात, आँधी का आना, भूकंप आना, ग्रहों का परस्पर युद्ध, इंद्रधनुष की रचना, चंद्र या सूर्य ग्रहण होने के कारण भ्रूण का परिपाक नहीं होता है, अतएव, गर्भपात हो जाता है और इस कारण अवृष्टि का योग उपस्थित होता है।

वराहमिहिर के अनुसार यदि उचित समय पर वर्षा नहीं होती है तो परिपुष्ट भ्रूण कालातीत होने के कारण कठोर हो जाता है, इस प्रकार गर्भ के कठोर हो जाने से वह ओला बन जाता है और उससे उपलमिश्रित (ओला सहित) वर्षा होती है।

वृष्टि या मौसम विज्ञान में वायु का बहुत महत्त्व है। वायु ही मेघों को लाने का प्रमुख साधन है। सामान्य नियम यह है कि पूर्वी हवा मानसून लाती है, पश्चिमी हवा वर्षा को रोकती है, उत्तरी हवा वर्षा लाती है और दक्षिणी हवा वर्षा रोकती है। इस प्रकार पूर्व और उत्तर से आनेवाली हवाएँ शुभ हैं, वृष्टिदायक हैं और कृषि के लिए भी उत्तम हैं। पश्चिमी और दक्षिण की हवाएँ अशुभ हैं। ये वर्षा रोकती हैं या अल्पवर्षा की सूचक होती हैं। इसी प्रकार दक्षिण-पश्चिम से आनेवाली हवाएँ धूल या आँधी लाती हैं, अत: ये अशुभ मानी जाती हैं। वेदोत्तर काल में वायु के तीन भागों का उल्लेख मिलता हैं। ये हैं—1. भावक, 2. स्थापक तथा 3. ज्ञापक।

भावक वायु मेघों की रचना करती है। स्थापक वायु मेघ के भ्रूण को पुष्ट करती है और उसकी रक्षा करती है। ज्ञापक वायु भावी मौसम की सूचना देती है। वराहमिहिर ने वायु की दिशा के ज्ञान के लिए यह विधि विकसित की थी।

बारह हाथ ऊँचा एक बाँस का डंडा गाड़ा जाए और उस पर चिकने काले कपड़े की चार हाथ (दंड प्रमाण) लंबी पताका बाँधें। जब वायु का प्रवाह तेज हो, तब उस झंडी से दिशा का ज्ञान करें। इससे दिशा का ज्ञान करके भावी वर्षा के विषय में सूचना दें। यह परीक्षण दिन में 3-4 बार करना होता है तथा विभिन्न नक्षत्रों में यह परीक्षा करके भावी वर्षा के विषय में भविष्यवाणी की जा सकती है।

वराहमिहिर के अनुसार मेघ गर्भकाल में जिस दिशा में होता है, प्रसव उससे विपरीत दिशा में होता है। जैसे—गर्भकाल में मेघ पूर्व दिशा में होगा तो प्रसव काल में वह पश्चिम दिशा में होगा। इसी प्रकार पश्चिम दिशा में हो तो पूर्व दिशा में, दक्षिण में हो तो उत्तर में, उत्तर में हो तो दक्षिण में, आग्नेय कोण में हो तो वायव्य कोण में, वायव्य कोण में हो तो आग्नेय कोण में, ईशान कोण में हो तो नैऋर्त्य कोण में, नैऋर्त्य में हो तो ईशान कोण में मेघ होता है। इसी प्रकार वायु का भी दिग्वैपरीत्य होता है। जैसे गर्भकाल में वायु पूर्व दिशा की होगी तो प्रसव काल में वह पश्चिम दिशा की होगी।

'बृहत्संहिता' में बादलों के शुभ-अशुभ योग का भी उल्लेख किया गया है तथा यह भी बताया गया है कि किस दिशा से आनेवाले बादल वर्षा करते हैं, कौन से नहीं करते हैं, जैसे—पूर्व दिशा से आनेवाले मेघों से उत्तम कृषि, दक्षिण दिशा से आनेवाले बादलों से कृषि-नाश, पश्चिम दिशा से आनेवाले बादलों से सुंदर वृष्टि, उत्तर दिशा से आनेवाले बादलों से पूर्ण वृष्टि। इसी प्रकार आग्नेय, वायव्य आदि कोणों से आनेवाले बादलों का भी विभिन्न फल होता है। वराहमिहिर ने रोहिणी, स्वाती और अषाढ़ा नक्षत्रों के योग से होनेवाली वर्षा का भी विस्तृत विवरण दिया है।

वर्षा का जल नापना (Rain Gauge) : आचार्य पाणिनि ने 'अष्टाध्यायी' में वर्षा का जल नापने की विधि को वर्षा प्रमाण कहा है। सबसे छोटा नाप 'गोष्पद' था, जिसमें गाय या बैल के खुर के निशान के बराबर जल भर जाए। कौटिल्य ने वर्षा का जल नापने के लिए एक हाथ व्यासवाला अर्थात् डेढ़ फीट व्यास (Diameter) वाला एक कुंड (Rain Gauge) बनाने का उल्लेख किया है। इसके अनुसार विभिन्न स्थानों की वर्षा का परिमाण लिया जाता था। विभिन्न प्रकार की भूमि में फसल बोने के लिए कितनी वर्षा होनी चाहिए, इसका उल्लेख किया गया है।

वराहमिहिर ने 'बृहत्संहिता' में वर्षा प्रमाण के लिए लिखा है कि एक हाथ व्यासवाला और एक हाथ गहरा कुंड बनावें और इससे वर्षा के जल का नाप लें। इसका अभिप्राय यह है कि 18 इंच व्यास और 18 इंच गहराईवाला गोलाकार कुंड (Rain Gauge) बनाएँ। यह पूरा भर जाता है तो एक आढक (अर्थात् 50 पल) जल हुआ। 50 पल का एक आढक और चार आढक का एक द्रोण होता है।

1 पल = 4 तोला = लगभग 50 ग्राम

50 पल = 1 आढक = 2500 ग्राम (2.5 किलो)

4 आढक = 1 द्रोण = 10,000 ग्राम (10 किलो)

वराहमिहिर ने 'प्रवर्षणाध्याय' (अध्याय-23) में विभिन्न नक्षत्रों में प्रवर्षणकाल में कितनी वृष्टि होती है, इसका विस्तृत विवरण दिया है। जैसे—कृतिका में दस द्रोण, अश्विनी में बारह द्रोण, आर्द्रा में अठारह द्रोण आदि।

वराहमिहिर ने ओला, तुषार तथा उल्काओं के बारे में भी विस्तृत जानकारी 'बृहत्संहिता' में प्रदान की है। इसी प्रकार इंद्रधनुष (Rain-bow) के बनने के बारे में उल्लेख किया है। मेघयुक्त आकाश में जब अनेक रंग वाली सूर्य की किरणें वायु से टकराती हैं, तब विविध कणों से युक्त जो धनुषाकार आकृति दिखाई पड़ती है, उसे 'इंद्रधनुष' कहते हैं—

सूर्यस्य विविधवर्णाः पवनेन विघटिताः कराः साभ्रे।
वियति धनुः संस्थाना ये दृश्यन्ते तदिन्द्रधनुः॥

—*बृहत् 35.1*

उपर्युक्त विवरण से ज्ञात होता है कि कौटिल्य के समय से लेकर वराहमिहिर के समय तक अर्थात् तीसरी शती ई. पूर्व से लेकर षष्ठ शती ईसवी तक वर्षा नापने की यह पद्धति प्रचलित थी तथा यह विज्ञान सम्मत भी है।

प्राचीन वैदिक साहित्य में जल विज्ञान : हमारा शरीर पंच महाभूतों से मिलकर बना है—पृथ्वी, जल, वायु, अग्नि एवं आकाश। वायु के पश्चात् जल सर्वाधिक महत्त्वपूर्ण स्वास्थ्य रक्षा का घटक है। जल में विचित्र एवं अद्‌भुत गुण पाए जाते हैं। इस कारण इसको 'जीवन' की संज्ञा भी दी गई है। वेदों में जल की उत्पत्ति, जल से सृष्टि, विविध धातुएँ, विविध उपयोग आदि के बारे में महत्त्वपूर्ण जानकारी दी गई है।

अथर्ववेद में उल्लेख किया गया है कि जल में अग्नि अर्थात् ऊर्जा और सोम अर्थात् शांत करने की क्षमता दोनों विद्यमान हैं। अथर्ववेद के एक अन्य मंत्र में उल्लेख किया गया है कि जल में मातरिश्वा वायु (ऑक्सीजन) प्रविष्ट है। इसी प्रकार ऋग्वेद में भी वर्णित है कि जल में वैश्वानर अग्नि विद्यमान होती है—

अग्निषोमौ बिभ्रति-आप इत्वाः

—*अथर्ववेद 3.13.5*

वैश्वानरो यासु अग्निःप्रविष्ट, वा आपः।

—*ऋग्वेद 7.49.4*

ऋग्वेद के एक मंत्र में जल का सूत्र दिया गया है कि मित्र और वरुण के संयोग से जल प्राप्त होता है—

मित्रं हुवे पूतदक्षं वरुणं च रिषादसम्।
धियं धृताची साधन्ता

—*ऋग्वेद 1.2.7*

विद्युतो ज्योतिः परिसंजिहानं मित्रावरुणा पदपश्यतां त्वा।
उतासि मैत्रावरुणो वसिष्ठ, उर्वश्यां मनसोऽधि जातः
अप्सरसः परिजज्ञे वसिष्ठः द्रप्सं स्कन्नं पुष्करे त्वादन्त।
कुंभे रेतः सिषिचतुः समानम्

—*ऋग्वेद 7.33.10 से 13*

जल-प्राप्ति के लिए पवित्र ऊर्जावाले मित्र (ऑक्सीजन) और दोषों को नष्ट करनेवाले वरुण (हाइड्रोजन) को ग्रहण करता हूँ। इस मंत्र में मित्र एवं वरुण शब्दों के द्वारा ऑक्सीजन और हाइड्रोजन का निर्देश है, परंतु इनकी मात्रा का स्पष्ट संकेत नहीं है। जल का रासायनिक सूत्र H_2O है। रसायन विज्ञान के अनुसार हाइड्रोजन गैस के दो अणु और ऑक्सीजन का एक अणु जल में विद्युत् तरंग प्रवाहित करने पर प्राप्त होते हैं। मित्र और वरुण से जल की उत्पत्ति हुई है तथा जब तक विद्युत् प्रवाह द्वारा उनमें चंचलता उत्पन्न नहीं की जाती है, तब तक जल नहीं बनेगा। मंत्रों में कुंभ तथा पुष्कर शब्द परखनली का संकेत करते हैं। मंत्रों में मित्र यानी ऑक्सीजन और वरुण यानी हाइड्रोजन के साथ उर्वशी एवं विद्युत्ज्योति के द्वारा विद्युत् धारा अर्थात् Electric Current का स्पष्ट निर्देश मिलता है।

अंतरिक्ष में जल की उत्पत्ति का यह क्रम निरंतर चलता रहता है, इसी से वृष्टि होती है। यजुर्वेद और शतपथ ब्राह्मण में यह स्पष्ट किया गया है कि किस प्रकार समुद्र आदि का जल भाप बनकर वायु के द्वारा ऊपर आकाश में जाता है। वस्तुतः यह ही 'जल चक्र' यानी Water Cycle होता है।

जल के भेद एवं गुणवत्ता

वेदों में जल के अनेक आश्रय बताए गए हैं तथा इन प्राप्ति स्थानों पर जल के अनेक भेद भी वेदों में उल्लेखित हैं। विविध प्रकार के जलों के नाम निम्न हैं—

1. **धन्वन्य**—रेगिस्तान या रेतीले प्रदेश से प्राप्त जल।
2. **अनूप्य**—जलीय स्थान या गड्ढेवाले स्थानों से प्राप्त जल।
3. **खनित्रिम**—खोदे हुए कुएँ आदि का जल।
4. **वार्षिक या वर्ष्य**—वर्षा का जल।
5. **हैमवत**—हिमालय पर्वत से निकली नदियों का जल।
6. **उत्स्य**—स्रोतों या सोतों से निकलनेवाला जल।
7. **सनिष्यद**—निरंतर बहनेवाला जल।
8. **सैंधव**—नदियों से प्राप्त होनेवाला जल।
9. **समुद्रिय**—समुद्र से प्राप्त होनेवाला जल।

इनमें वर्षा के जल को अत्युत्तम और शतवृष्णय अर्थात् सौ गुनी शक्तिवाला बताया गया है। यजुर्वेद और तैत्तिरीय संहिता में जल के बहुत अधिक भेदों का उल्लेख किया गया है, जैसे—स्रुत्य (छोटे गड्ढों का जल), पथ्य (तंग रास्तों में प्राप्य जल), काटय (छोटी नहरों का जल), नीप्य (तराई की नदियों का जल),

कुल्य (नहर का जल), सरस्य (तालाब का जल), नादेय (नदी का जल), वैशंत (छोटी बावड़ी का जल), कूप्य (कुएँ का जल), अवटय (छोटे कुएँ का जल), ह्रद्य (बड़ी झील का जल), सूद्य (दलदल वाली भूमि का जल) आदि (यजु. 16.37, तैत्ति. 4.5.7.1.2 और 7.4.13)।

जल के विभिन्न भेदों के उल्लेख का अभिप्राय यह है कि प्रत्येक जल की अपनी कुछ विशेषताएँ हैं। उसी आधार पर उनका औषधि आदि के रूप में प्रयोग किया जाता है। साथ ही जो दूषित या दलदल आदि का जल है, वह अग्राह्य है। यह तथ्य विज्ञान भी मानता है।

जल सभी रोगों का इलाज है। यहाँ तक कि ऐसा कहा गया है कि यह आनुवांशिक (Hereditary) रोगों को भी नष्ट करता है (अथर्व. 3.7.5.)। जल में सोम आदि रसों को मिलाकर सेवन करने से मनुष्य दीर्घायु होता है (ऋग्. 1.23.23)।

जल के विविध गुणों का वर्णन करते हुए उल्लेख किया गया है कि हिमालय से निकलनेवाली नदियों का जल विशेष लाभकारी होता है (अथर्व. 6.24.1)। बहता हुआ जल शुद्ध और गुणकारी होता है। यह मनुष्य को शक्ति और गति देता है। पौष्टिकता और कर्मठता के लिए भी शुद्ध जल का सेवन लाभकारी होता है। जल बलवर्धक होता है तथा शरीर को सुंदरता प्रदान करता है।

गहराई से निकाला हुआ जल अत्युत्तम होता है। चिकित्सा के लिए यह सर्वोत्तम होता है। जल में आग्नेय तत्त्व के द्वारा यह प्राणशक्ति देता है और सोमीय तत्त्व के द्वारा तेजस्विता प्रदान करता है (अथर्व. 3. 13.5)।

अथर्ववेद में शरीर विज्ञान की दृष्टि से एक महत्त्वपूर्ण बात कही गई है कि शरीर में आठ प्रकार का जल है अर्थात् शरीर की सात धातुएँ एवं गर्भ अर्थात् रस, रक्त, मांस, मेदा, अस्थि मज्जा, वीर्य और गर्भ, ये सभी जल के विभिन्न रूप हैं (अथर्व. 11.8.29 से 32)।

जल का विराट् रूप : यजुर्वेद के एक बहुत महत्त्वपूर्ण मंत्र में जल के विराट् रूप का वर्णन किया गया है। जल स्थूल और सूक्ष्म रूप में कहाँ-कहाँ विद्यमान है और किस रूप में इन तत्त्वों को प्रभावित करता है, इसका इस रूप में निर्देश किया गया है—

अपां त्वेमन् सादयामि, अपां त्वोद्मन्।

—यजु. 13.53

इस मंत्र में इमन्, ओद्मन आदि शब्दों से जल के स्थूल या सूक्ष्म आश्रयों

का निर्देश है। शतपथ ब्राह्मण (7.5.2.46 से 60) में इन पारिभाषिक शब्दों का स्पष्टीकरण भी निम्न प्रकार से किया गया है—

1. वायु जल का आश्रय है। वायु के साथ जल इधर से उधर आकाश में जाता है (इमन्)।
2. जल औषधियों में है। जल के कारण औषधियों में वृद्धि होती है (ओद्मन)।
3. अभ्र या बादल जल के भस्म या साररूप हैं (भस्मन्)।
4. विद्युत् (बिजली) जल का प्रकाश है (ज्योतिष्)। जल से ही विद्युत् की उत्पत्ति है।
5. पृथिवी जल का आश्रय स्थान है (अयन)।
6. प्राण जल का सूक्ष्म रूप है (अर्णव)।
7. मन जलीय तत्त्वों (विचारों) का समुद्र है (समुद्र)।
8. वाक् या वाणी में सरसता और जीभ में आर्द्रता (गीलापन) जल के कारण है (सरिर)।
9. आँखों में तेज, दर्शन शक्ति और सरसता जल के कारण है (क्षय)। मछली की तरह आँख भी जल की प्रेमी है, इसलिए आँखों को जल का निवासस्थान (क्षय) कहा गया है।
10. कानों को जल का सहवासी बताया गया है (सधिष्)। कान में जल की सूक्ष्म मात्रा न होने पर बहरापन आ जाता है।
11. द्युलोक जल का निवासस्थान है (सदन)।
12. अंतरिक्ष में जल व्याप्त है (सधस्थ)।
13. समुद्र जल का आधार है। समुद्र से ही जल भाप बनकर वर्षा के रूप में पृथ्वी पर आता है (योनि)।
14. सिकता (रेत) जल का उच्छिष्ट भाग है। जल के कारण ही पत्थर रेत के रूप में परिवर्तित होते हैं (पुरीष)।
15. अन्न का आधार जल या वर्षा है। इसलिए जल को अन्न का कारण कहा गया है (पाथस्)।

उपर्युक्त विवरण से स्पष्ट होता है कि जल पृथ्वी, अंतरिक्ष और द्युलोक तीनों स्थानों पर व्याप्त है। वस्तुतः यह तीनों लोकों की स्थिति का आधार है।

अथर्ववेद के एक मंत्र में जल के 5 गुणों का वर्णन किया गया है। ये हैं—

1. **तपस्**—गरम होना, गरमी देना, ताप और संताप।
2. **हरस्**—दोष या मल को दूर करना, स्वच्छता प्रदान करना।

3. **अर्चिस्**—तपाना, रगड़ से विद्युत् उत्पादन और उत्तेजना देना।
4. **शोचिस्**—प्रकाश देना, दाहकत्व और शोधकत्व।
5. **तेजस्**—तेज, कांति, सौंदर्य, लावण्य और प्रसन्नता देना।

'आपो यद् वो तपः, हरः, अर्चिः, शोचिः, तेजः'

(अथर्व. 2.23.1 से 5)

इसी प्रकार ऋग्वेद के एक मंत्र में जल के तीन गुणों का विशेष रूप से उल्लेख किया गया है। ये गुण हैं—(i) मधुश्चुतः—मधु या मधुरता देनेवाले। जिनके द्वारा अर्क, आसव, सुरा, सोमरस आदि तैयार किए जाते हैं। (ii) शुचय—दोषों या मल को निकालकर स्वच्छता प्रदान करनेवाले। (iii) पावका—दोषों को जलाने, शुद्ध करने और पवित्रता प्रदान करनेवाले।

'मधुश्चुतः शुचयो या पावकास्ता आपः'

—*ऋग्वेद 7.49.3*

जल से सृष्टि की उत्पत्ति : हमारे वैदिक शास्त्रों के अनुसार जीवमात्र की जल से ही उत्पत्ति हुई है तथा जल में ही सबसे पहले सृष्टि का बीज पड़ा था और उससे अग्नि की उत्पत्ति हुई। ऋग्वेद के एक अन्य मंत्र में कहा गया है कि जल सभी चर और अचर जगत् को जन्म देनेवाला है (ऋग्वेद 10.30.10)।

आधुनिक विज्ञान में भी दीर्घकालीन चिंतन के बाद जल को ही प्राणिमात्र की उत्पत्ति का मूल आधार माना गया है। विज्ञान के अनुसार पृथ्वी के ठंडा होने के क्रम में जो सरलतम यौगिक सबसे पहले बने, उनमें सबसे प्रमुख जल ही था। करोड़ों वर्षों के बीच निरंतर विशाल होते समुद्र में ही सबसे पहले जीवन जैसी हलचल शुरू हुई। चूँकि जीवन के विकास के लिए सबसे पहली आवश्यकता पोषण की थी। अतः समुद्रों में वृक्षों के अति सरलीकृत रूप नील हरित शैवाल (Blue green algae) इत्यादि उत्पन्न हुए, जो प्रकाश और जल की सहायता से भोजन बना सकते थे।

पृथ्वी से पूर्व जल में जीवन प्रारंभ होने के अन्य अनेक प्रमाणों से पुष्टि की जा सकती है। हम बहुकोशिकीय अति विकसित प्राणियों की कोशिकाएँ भी अपनी रचना तथा आकार में उन एक कोशिकीय प्राणियों से समानता रखती हैं, जो समुद्र में बहुत पहले विकसित हुए थे। इनके चारों ओर पतली झिल्ली के अंदर इनके जीवन श्वसन के लिए उत्तरदायी केंद्रक या Nucleus एवं सूत्र कणिका (Mitochondria) आदि अंग अवस्थित होते हैं।

समुद्र से पृथ्वी पर वनस्पतियों तथा प्राणियों के विकास के प्रत्येक कदम पर इनकी जल पर निर्भरता जरा भी कम नहीं हुई है। प्राणियों के लिए जल तथा केवल

द्रव अवस्था वाला जल ही अनिवार्य है, क्योंकि हिम दशा वाले जल में प्राणी के लिए जीवन की क्रियाएँ बनाए रख पाना संभव नहीं होता है। विश्व में मानव जाति का इतिहास एक दृष्टि से जल की उपलब्धता का इतिहास है। विश्व की प्रमुख सभ्यताएँ सदानीरा नदियों के तट पर विकसित हुई हैं। नील नदी के पास मिस्र की सभ्यता, ह्वांग हो पीली नदी के तट पर चीन की सभ्यता तथा सिंधु नदी के समीप सिंधु सभ्यता इसके प्रमुख उदाहरण हैं। संस्कृत में 'समीप' शब्द का प्रयोग सबसे पहले 'जल के निकट' अर्थ को प्रकट करने के लिए ही प्रचलित हुआ था।

जल से अग्नि की (विद्युत्) उत्पत्ति : ऋग्वेद और यजुर्वेद में जल से अग्नि की उत्पत्ति का वर्णन है। अग्नि को 'अपां नपात्' अर्थात् जल का पुत्र कहा गया है। यह भी कहा गया है कि यह वसुओं (पृथ्वी आदि) के साथ रहता है। अथर्ववेद में अग्नि को जल का पित्त (ऊष्मा) कहा गया है, अर्थात् जल के घर्षण से अग्नि (विद्युत्) का जन्म होता है—

अपां नपाद् यो वसुभिः सह प्रियः

—ऋग्. 1.143.1

तम् आपो अग्निं जनयन्त मातरः

—ऋग्. 10.91.7

अग्ने पित्तम् अपाम् असि।

—अथर्व. 18.3.5

ऋग्वेद और यजुर्वेद में वर्णन है कि घर्षण (Friction) या मथंन (Churning) से अग्नि उत्पन्न होती है। अथर्वा पहले ऋषि थे, जिन्होंने तालाब के जल से मंथन की विधि से अग्नि या Electricity उत्पन्न करने की विधि का आविष्कार किया था—

अथर्वा त्वा प्रथमो निरमन्थदग्ने।

—यजु. 11.32

त्वामग्ने पुष्करादधि-अथर्वा निरमन्थत

—ऋग्. 6.16.13

सूर्य में उच्च जल-तत्त्व : वेदों में हाइड्रोजन के लिए सोम, अप, सलिल आदि शब्दों का प्रयोग किया गया है। यजुर्वेद में हाइड्रोजन और हीलियम गैस (Helium gas, He) का संकेत है। मंत्र में हाइड्रोजन के लिए 'अपां रसः' जल का सार भाग या गैसीय रूप शब्द आया है और हीलियम के लिए 'अपां रसस्य

यो रसः' शब्द है, अर्थात् हीलियम जल के सार भाग हाइड्रोजन का भी सारभाग या सूक्ष्म और उच्चतम रूप है, मंत्र में 'सूर्ये सन्तं समाहितम्' के द्वारा स्पष्ट किया गया है कि ये दोनों गैसें सूर्य में विद्यमान हैं। 'उद्वयसम्' का अर्थ है—उद्भूतशक्तिम् अर्थात् उच्चशक्ति से युक्त हाइड्रोजन, जोकि हीलियम के रूप में, सूर्य में है।

अपां रसम् उद्वयसं सूर्ये सन्तं समाहितम्।
अपां रसस्य यो रसस्तं वो गृह्णाम्युत्तमम्॥

विज्ञान के अनुसार सूर्य में लगभग 90 प्रतिशत हाइड्रोजन है और 8 प्रतिशत हीलियम तथा 2 प्रतिशत अन्य भारी द्रव्य। सूर्य की सतह का तापमान छह हजार डिग्री सेंटीग्रेड है और अंदर का तापमान एक करोड़ तीस लाख डिग्री सेंटीग्रेड है। इस आंतरिक ताप से हाइड्रोजन हीलियम के रूप में परिवर्तित होती है, इसे 'ताप-नाभिकीय अभिक्रिया' (Thermonuclear Reaction) कहा जाता है। गैसों के इन रूपांतरणों के कारण सूर्य को अपनी इस ऊर्जा के लिए प्रति सेकंड 50 लाख टन द्रव्यमान की आवश्यकता होती है और इससे वह प्रति सेकंड 3×10^{16} वाट ऊर्जा फेंकता है। सूर्य की बाहरी सतह को प्रकाश-मंडल (Photosphere) कहते हैं। इसके बाद की परतों को क्रमशः वर्ण-मंडल (Chromosphere) और सौर किरीट (Solar Corona) कहते हैं।

ऋग्वेद के एक मंत्र में उल्लेख किया गया है कि सूर्य के चारों ओर दूर-दूर तक बहुत शक्तिशाली गैस (धूम) फैली हुई है। मंत्र में इस शक्तिशाली गैस के लिए 'शकमयं धूमम्' अर्थात् शक्तिशाली धूम शब्द का प्रयोग किया गया है—

शकमयं धूमम् आरादपश्यं
विषूवता पर एनावेरण

—ऋग्. 1.164.43

भू-जल स्रोतों के अन्वेषण में दीमक का योगदान

वर्तमान में हमारे देश में सतही जल स्रोत अत्यल्प हो रहे हैं, विशेषतः बढ़ती हुई जनसंख्या के अनुपात में। अतः हमारी निर्भरता चाहे पेयजल आपूर्ति की हो अथवा सिंचाई व्यवस्था हो, निरतर भू-जल स्रोतों पर ही निर्भर हो रही हैं। परंतु आधुनिक भू-जल विज्ञान के उद्भव से पूर्व ही वेदों में भू-जल स्रोतों के अन्वेषण में जानकारी प्रदान की गई है।

अथर्ववेद के दो मंत्रों में उपजीका (दीमक) का उल्लेख है तथा उनकी यह विशेषता बताई गई है कि वे समुद्र और जल स्रोत से अपनी बांबी (दीमक द्वारा बनाए

गए मिट्टी के टीले) तक लाती है। दीमक अपने टीले में एक विशेष प्रकार की आर्द्रता बनाए रखती है। इसके लिए उन्हें जल स्रोत का मार्ग ढूँढ़ना पड़ता है। अथर्ववेद में उल्लेख है कि दीमक रेगिस्तान में भी अपने टीले को जल से सींचती है—

यद् वो देवा उपजीका आसिंचन् धन्वन्युदकम्

—अथर्ववेद 6.100.2

इसी प्रकार एक अन्य मंत्र में उल्लेख किया गया है कि दीमक समुद्र से औषधियाँ आदि भी लेकर आती हैं—

उपजीका उद्भरन्ति समुद्रादधि-भेषजम्

—अथर्ववेद 2.3.4

तैत्तिरीय आरण्यक (5/14) में भी संकेत मिलते हैं कि दीमकें जमीन के अंदर खुदाई करती जाती हैं, जब तक कि उन्हें गहरे जाकर जल का स्रोत न मिले।

आचार्य वराहमिहिर ने अपनी कृति 'बृहत्संहिता' के दकार्गलाध्याय में भू-जल स्रोतों का पता लगाने के लिए कई उपाय बताए हैं। ये आज भी प्रासंगिक हैं। वराहमिहिर के अनुसार, पृथिवी के अंदर शिराएँ (Veins) हैं। जिस प्रकार मनुष्य के शरीर में रक्त प्रवाह होता है, उसी प्रकार पृथिवी में इन शिराओं के माध्यम से जल स्रोतों का जाल बिछा हुआ हैं। ये शिराएँ कहीं ऊपर हैं, कहीं नीचे हैं। अतएव, भूगर्भ में जल विभिन्न गहराई पर मिलता है।

धर्म्यं यषस्यं च वदागतोऽहं दकार्गल येन जलोपलब्धिः।
पुंसां यथाङ्गेषु शिरास्तथैव क्षितावपि प्रोन्नतनिम्नसंस्थाः॥

—बृहत्संहिता, दकार्गलाध्याय

वराहमिहिर ने दकार्गलाध्याय के 125 श्लोकों में वल्मीक (दीमक का टीला, बांबी), विविध प्रकार की मिट्टी, दूब, घास आदि के आधार पर भूगर्भीय जल स्रोतों को पता लगाने के तरीके बताए हैं। इनमें दीमक का टीला सर्वोत्तम उपाय है। उसके आसपास अवश्य जल स्रोत होता है। इस विषयक गहराई की माप के लिए 'पुरूषा' शब्द का प्रयोग हुआ है (1 पुरूषा = 7.5 फीट)।

वस्तुतः दीमक टीलों पर स्थित अपने घरों में एक विशेष परिमाण की आर्द्रता बनाए रखना चाहती हैं, जिससे वे जीवित रह सकें, विशेषतः पूर्ण अथवा अनार्द्र क्षेत्रों में। अतएव, वे नीचे से फसल इत्यादि में होकर स्वयं पानी खींचकर लाती हैं। इस तथ्य की पुष्टि सन् 1965 में मि. डब्ल्यू. वैस्ट ने दक्षिण अफ्रीका तथा वाटसन ने सन् 1972 में अमेरिका में की थी।

ऐसा प्रेक्षित किया गया है कि ऐसे टीले पेड़ों की जड़ में या तो उत्तर-दक्षिण या

पूर्व से पश्चिम दिशा में होते हैं, जबकि इनकी चौड़ाई 0.46 से 3.20 मीटर तक होती है। वराहमिहिर ने यह भी उल्लेख किया है कि इस दिशा का तात्पर्य पृथ्वी की चुंबकीय शक्ति के दीमकों के व्यवहार पर प्रभाव से है। यह प्राय: लंब रूप में होते हैं तथा इनके बीच में एक ही शैफ्ट होती है। यह ज्ञान आज के वैज्ञानिकों तक को नहीं है। जर्मनी के प्रो. जी. वेकर ने सन् 1963 में कुछ परीक्षण किए और पाया कि यदि इस रुख को दक्षिण से उत्तर या पश्चिम से पूर्व कर दिया जाए तो दीमक पानी लेने नीचे न जाकर कुछ घंटों में वापस लौट आती हैं। उन्होंने यह भी पता लगाया कि लकड़ी में से दाना निकालकर भी वे उत्तर से दक्षिण या पूर्व से पश्चिम की दिशा की ओर ही ले जाती हैं।

नोबेल पुरस्कार विजेता प्रो. कार्लवान ग्रिशले ने सन् 1974 में यह अनुसंधान किया कि रुख में पृथ्वी की चुंबक शक्ति उन्हें लंब रूप शैफ्ट बनाकर जल कण ऊपर लाने में उसी प्रकार सुविधा प्रदान कराती है, जैसे—दिन में कुतुबनुमा चींटियों, शहद की मक्खियों तथा अन्य पक्षियों को अपने मार्ग ढूँढ़ने में करता है। अत: रेतीले, अनार्द एवं अन्य स्थलों में कुएँ तथा नलकूप हेतु उपयुक्त स्थान के चयन में दीमक के ये पथ अत्यंत उपयोगी हो सकते हैं।

वराहमिहिर के अनुसार चिकनी लंबी शाखाओंवाले बहुत कम ऊँचे, बहुत न फैले हुए जो वृक्ष होते हैं, वे सभी समीप जल वाले होते हैं। इनके पास (कम गहराई पर) जल रहता है तथा जो वृक्ष सुशिर (जिनके पत्तों में छेद हों), जर्जर पत्र, रूखे होते हैं, उनके पास (नीचे) जल नहीं होता है। जिस घास रहित प्रदेश में कुछ भूमि घास सहित तथा कुछ घास रहित दिखाई दे तो उस स्थान पर नीचे जल की शिरा है, अर्थात् जल है।

चित्र-34 : वल्मी (बांबी) के चार हाथ आगे जल

किसी स्थान पर सारी भूमि गरम हो, परंतु उसमें एक स्थान पर ठंडी हो जाए तो ठंडा पानी और सारी भूमि ठंडी हो और उसमें एक स्थान पर गरम हो तो वहाँ लगभग साढ़े तीन पुरुष अर्थात् इक्कीस फीट नीचे जल मिलता है। जिस कम पानी वाली अथवा अधिक पानी वाली भूमि में अर्जुन, देवदास, धन्वंग, गूलर, बहेड़े का वृक्ष, महुए का वृक्ष अथवा वल्मी (बांबी) दिखाई दे, वहाँ चार हाथ आगे नीचे जल मिलता है (चित्र-34)।

सी.एस.आई.आर. केंद्रीय भवन अनुसंधान संस्थान, रुड़की के वैज्ञानिकों ने भी दीमक की बॉबियों (मृत और जीवित) पर कुछ प्रयोग किए। उन्होंने मृत और जीवित दीमक की बॉबियों की पहचान हेतु दीमक के 5-6 बॉबियों के कुछ हिस्सों को तोड़ा तो उन्होंने पाया कि 1-2 घंटे के अंतराल में ही दीमक गीली मिट्टी से अपनी टूटी हुई बॉबी की मरम्मत कर देती है, जो इस बात का संदेश देता है कि भू-गर्भ में अवश्य ही आसपास में जल स्रोत होगा।

इस प्रकार वराहमिहिर द्वारा भू-जल स्रोतों के अन्वेषण में प्रदान की गई जानकारी पूर्णतया विज्ञान सम्मत है।

वैदिक ग्रंथों में जल को प्रदूषण मुक्त रखने की जानकारी

हमारे वैदिक ग्रंथों में जल स्रोतों को प्रदूषित नहीं करने के निर्देश हैं। यजुर्वेद में कहा गया है कि जल को प्रदूषित मत करो और वृक्ष-वनस्पतियों को हानि न पहुँचाओ। इसी प्रकार एक अन्य मंत्र में भी उल्लेख किया गया है कि जल को शुद्ध रखो, पौष्टिक गुणों से युक्त करो और औषधियों को जल से सींचकर सुरक्षित रखो—

माऽपो हिंसीः, मा-औषधिर्हिंसीः।

—यजुर्वेद 6.22

अपः पिन्व, औषधिर्जिन्व।

—यजुर्वेद 14.8

ऋग्वेद के एक मंत्र में कहा गया है कि हे परमात्मन्! हमें प्रदूषण रहित जल, औषधियाँ एवं वन प्रदान करें। मंत्र में अविष या निर्विष शब्द प्रदूषण रहित के लिए है। वस्तुतः प्रदूषण रहित जल ही स्वास्थ्य के लिए लाभकारी होता है (ऋग्वेद 6.39.5)।

वैदिक काल में दूषित जल के शमन करने के लिए गड्ढे खोदे जाते थे (चित्र-35), जिससे रोग न फैलने पाए तथा इस कार्य में विशेष मर्यादा रखी जाती थी। यजुर्वेद में वर्णन है कि—

दूर्य ते यक्षीया तनूरपो भुंचामि न प्रजाम्।
अंग्वं हो मचुः स्वाहाकृताः
पृथिवीमाविशत पृथिव्या संभव॥

अर्थात् (हे यक्ष पुरुष) हे पृथ्वी माता, आपका यक्ष योग्य शरीर है, हम इस स्थान (गड्ढे) में विकार युक्त जल का परित्याग करते हैं। प्रजा के लिए उपयोगी रस का त्याग नहीं करते हैं। यह क्रिया पापमोचक है। स्वाह रूप में स्वीकार करने योग्य जल विकारयुक्त होने पर त्याज्य हो जाता है। यह दूषित जल पृथ्वी में प्रविष्ट होने पर मिट्टी के साथ एकाकार हो जाए।

चित्र-35 : दूषित जल के शमन हेतु गड्ढा

पुराणों में भी प्रदूषण निवारण के निर्देश : यह एक शाश्वत सत्य है कि हमारे भारतीय दूरदर्शी ऋषि-मुनियों ने हजारों वर्ष पूर्व ही प्रदूषण से भविष्य में होनेवाली समस्या पर ध्यान दिया था। 'पद्मपुराण' के 'क्रियायोगसार खंड' के अध्याय 8 में श्लोक 8 से 13 तक तीर्थयात्रा से संबद्ध कुछ महत्त्वपूर्ण नियम दिए गए हैं। इनमें ऐसा वर्णित किया गया है कि जल स्रोत (गंगा) में थूकना, मूत्र करना, मल त्याग करना, कूड़ा-करकट डालना तथा नदी के या जल स्रोत के किनारे शौचादि करना महापाप है। ऐसा करनेवाला नरकगामी होता है और उसे ब्रह्महत्या का पाप लगता है—

मूत्रं वाऽथ पुरीषं वा गंगातीरे करोति यः।
न दृष्टा निष्कृतिस्तस्य कल्पकोटिशतैरपि॥
श्लेष्माणं वापि निष्ठीवं दूषितांबवश्रु वा मलम्।
उच्छिष्टं कफकं चैव गंगागर्भे च यस्त्यजेत।
स याति नरकं घोरं ब्रह्महत्यां च विन्दति॥

—पद्म पुराण क्रियायोगसार (8.8-8.10)

जल की रोग निवारण क्षमता (जल चिकित्सा)

आयुर्वेद में जल को सभी रोगों के निवारण की औषधि बताया गया है—'आपः सर्वस्य भेषजः' संसार में जितनी भी चिकित्सा पद्धतियाँ हैं, उनमें जल चिकित्सा सबसे प्राचीन है। प्राकृतिक, आयुर्वेद और यूनानी चिकित्सा पद्धतियों में इसकी काफी महत्ता बताई गई है। अब तो इसे एक वैकल्पिक चिकित्सा पद्धति के रूप में भी अपनाया जा रहा है। जापान में तो जल चिकित्सा पद्धति काफी लोकप्रिय है तथा अनेक रोगों का उपचार इससे किया जा रहा है। भारत में भी यह पद्धति धीरे-धीरे लोकप्रिय हो रही है।

पंचतत्त्वों से बने शरीर को जल की सर्वाधिक आवश्यकता पड़ती है। जल को अमृत औषधि भी कहा जाता है। शरीर का तीन-चौथाई भाग पानी है। हम तरह-तरह से पानी को ग्रहण भी करते हैं। खाने-पीने के साथ-साथ स्नान तक में पानी का इस्तेमाल होता है, जिससे हमारी सेहत बनी रहती है। शरीर में पानी का संतुलन बिगड़े या खाने-पीने में स्वच्छ पानी की तनिक भी कमी आ जाए तो बीमारियाँ हमें घेर लेती हैं। कई बार ऐसी बीमारियाँ हमें सताने लगती हैं, जिनका बेहतर उपचार पानी से ही होता है। उपचार की इस प्रक्रिया को 'जल चिकित्सा' कहते हैं।

आयुर्वेद के अनुसार जल पाँच प्रकार का होता है—साधारण, दिव्य, तुषारन, धार और करि हेम।

साधारण जल की प्रकृति शीतल होती है। यह पित्त, विष, भ्रम, अजीर्ण (Indigestion), दाह, मूर्ध आदि रोगों में विशेष लाभकारी होता है। यह हृदय को शक्ति देता है। इसके विपरीत यह जल ग्रहणी, पीनस, गला रोग, अफरा, प्रमेद, दमा, अरुचि, वात रोग, स्नेहपान, पांडु रोग के लिए हानिकारक होता है।

आकाश से बरसे पानी को 'दिव्य जल' कहते हैं। यह रसायन है और महानिद्रा, त्रिदोषनाशक, बुद्धिवर्धक और श्रमहारक होता है। आकाश से जल भूमि पर गिरकर 'भौम जल' कहलाता है। आयुर्वेद के अनुसार दिव्य जल के अभाव में भौम जल का उपयोग करना चाहिए।

जल के गुणों और अवगुणों का संबंध उसके स्रोत पर निर्भर करता है। झरने का जल कफनाशक, हलका और हृदय को ताकत देनेवाला होता है। ओस का जल प्रकृति से शीतल तथा रूखा होता है। बर्फ का पानी ठंडा, भारी तथा पित्त रोगों में लाभदायक होता है। सरोवर का जल मीठा, बलदायक तथा प्यास को बुझाता है। लेकिन ताल-तलैया का जल हर प्रकार से हानिकारक होता है।

जल चिकित्सा

जल चिकित्सा बेहद असरदार होती है। साथ ही इसकी एक विशेष बात है कि इसका शरीर पर कोई दुष्प्रभाव नहीं पड़ता है। जलोपचार या जल चिकित्सा में पानी के सफल प्रयोग से कई बीमारियाँ ठीक होती हैं, जैसे—सिर दर्द, रक्तचाप (ब्लड प्रेशर), पांडु (जॉण्डिस, पीलिया), आमवात, चरबी बढ़ना, संधिवात, नाक की हड्डी बढ़ने से जुकाम रहना, नाड़ी की धड़कन बढ़ना, दमा, खाँसी, यकृत (लीवर) के रोग, गैस, अम्ल पित्त (एसीडिटी), अल्सर, मलावरोध, अन्न नलिका में अंदर से सूजन, गुदा बाहर आना, अर्शरोग (बवासीर, पाइल्स), मधुमेह (डायबिटीज), आमातिसार, क्षय रोग (टी.बी.) पेशाब की बीमारियाँ, आँखों की बीमारी, गले के विकार तथा महिलाओं के अनियमित मासिक धर्म (माहवारी), श्वेत प्रदर (ल्यूकोरिया), गर्भाशय का कैंसर इत्यादि।

कुछ विशिष्ट जलों के औषधीय उपयोग

जल हमारे जीवन और स्वास्थ्य के लिए अति उपयोगी होता है। जल स्वयं में औषधीय गुणों का भंडार होता है। पानी में विभिन्न वस्तुएँ मिलाकर विशिष्ट जल तैयार किया जाता है। ऐसा जल कई बीमारियों में विशेष लाभ देता है। इस प्रकार के कुछ जल निम्नलिखित हैं—

जीरा युक्त जल

पानी में जीरा मिलाकर इसे तैयार किया जाता है। एक लीटर पानी में 10-20 ग्राम जीरे का पाउडर मिलाकर गरम करें। जब पानी की मात्रा तीन-चौथाई बचे, तब इसे ठंडा करके छान लें।

इस जल को पीने से रक्त प्रदर, गर्भाशय के तमाम रोग, गर्भावस्था के दौरान होनेवाले रोग जैसे—गर्भपात, वायु एवं पित्त रोगों में अत्यंत लाभ मिलता है। इसके अलावा हाथ-पैरों में जलन, श्वेत प्रदर, अनियमित मासिक स्राव तथा नेत्र रोगों में भी लाभ मिलता है।

अजवाइन जल

जल में अजवाइन मिलाकर इसे तैयार किया जाता है। एक लीटर पानी में 10 ग्राम अजवाइन पाउडर मिलाकर गरम करें। जब पानी की मात्रा आधी रह जाए, तब इसे ठंडा कर लें।

यह जल वायु और कफ दोषों के लिए लाभकारी होता है। मधुमेह, सर्दी, बहुमूत्र, अजीर्ण, अरुचि, पेट दर्द, हिचकी, मंदाग्नि आदि रोगों में इस जल के सेवन से लाभ होता है।

अदरक अथवा सोंठ जल

पानी में सोंठ या सूखी अदरक मिलाकर इसे बनाया जाता है। एक लीटर पानी में 15 ग्राम सोंठ या सूखी अदरक मिलाकर गरम करें, जब पानी की मात्रा आधी रह जाए, तब इसे ठंडा कर लें।

यह जल गरमी से होनेवाले रोगों और पित्त रोगों में लाभप्रद होता है। इसके अलावा पुराने और जटिल रोगों जैसे—दमा, श्वास रोग, हिचकी, सर्दी, फेफड़ों में पानी भरने, मधुमेह, अजीर्ण, रक्तचाप, अपच और सिर दर्द में लाभ देता है।

धनिया जल

पानी में धनिया मिलाकर इस जल को तैयार किया जाता है। एक लीटर पानी में 10 ग्राम धनिया मिलाकर गरम करें। जब पानी की मात्रा तीन-चौथाई रह जाए, तब इसे ठंडा कर लें।

इस जल की प्रकृति शीतल होती है। यह जल पित्त रोगों और गरमी से होनेवाले रोगों में विशेष लाभकारी होता है। यह जल बवासीर, खाँसी, खट्टी डकार, पेट की जलन, एसिडिटी, नकसीर में लाभ प्रदान करता है। इस जल का नियमित सेवन धूम्रपान व नशे की वजह से उत्पन्न होनेवाले विष और दूसरे विकारों को खत्म कर देता है।

गरम जल के लाभ

गरम करने के बाद ठंडा किया हुआ जल हमेशा पथ्य होता है। यह जल हलकी प्रकृति का तथा त्रिदोषों को खत्म करनेवाला होता है। गरम जल के औषधीय गुण निम्नलिखित होते हैं—

1. रात में ताँबे के बरतन में रखा जल सुबह गरम करके पीने पर जमा कफ निकल जाता है। यह जल कब्ज के लिए रामबाण औषधि है।

2. रात में गरम जल का सेवन वात रोगों में लाभकारी होता है। अजीर्ण के लिए यह जल रामबाण औषधि है।
3. गरम जल में स्नान करने से त्वचा के रोम रंध्र खुल जाते हैं। त्वचा खिल जाती है और चर्म रोग नहीं होते हैं।
4. गरम जल मुँह की दुर्गंध खत्म करता है।
5. गरम जल बालों को मुलायम व सुंदर बनाता है।
6. गरम जल में थोड़ा सा सेंधा नमक मिलाकर घुटनों में तथा जाँघों को रगड़-रगड़कर धोया जाए तो दर्द में राहत मिलती है।

जल पीने का समय

1. सुबह उठते ही कम-से-कम दो गिलास ताजा पानी पीना चाहिए। यदि ताँबे के बरतन में रखा जल पिया जाए तो वह दवा का काम करता है।
2. रात में सोने से पहले एक गिलास पानी पीना चाहिए। इससे नींद अच्छी आती है। पेट में गैस भी नहीं बनती है।
3. सर्दी के मौसम में भी सुबह-सुबह पानी पीने की आदत डाल लेनी चाहिए; क्योंकि सुबह का पानी आँतों की धुलाई कर देता है।
4. भोजन करने से 20 से 30 मिनट पहले पानी पीना ठीक रहता है। भोजन के दौरान पानी नहीं पीना चाहिए। आयुर्वेद के अनुसार भोजन से लगभग एक घंटा बाद पानी पीने से शरीर का दर्द दूर हो जाता है।
5. दिन भर में कम-से-कम 10-12 गिलास पानी अवश्य पीना चाहिए।
6. शारीरिक श्रम करने के 15 मिनट बाद पानी पीना अच्छा रहता है। हालाँकि यदि अधिक श्रम कर रहे हों तो थोड़ी-थोड़ी देर में पानी पीते रहें। इससे शरीर में शक्ति बनी रहेगी और जल का संतुलन कायम रहता है।
7. जब गरमी के मौसम में लू लग जाए तो ठंडे जल से मुँह धोकर पानी पीना चाहिए। सिर पर ठंडे जल से भीगी पट्टी रखनी चाहिए। बार-बार हाथ-पैर और सिर को ठंडे पानी से धोना चाहिए, इससे जल्दी आराम मिलता है।
8. बुखार, कब्ज, पीलिया, ब्लड प्रेशर, पथरी जैसे रोगों में पानी अधिक पीना चाहिए। ये सभी रोग पानी के प्रभाव से कम हो जाते हैं।
9. पेट में भारीपन, खट्टी या फीकी डकारें आ रही हों, गले और छाती में जलन हो तो तुरंत थोड़ा-थोड़ा पानी पीना चाहिए। तत्काल लाभ मिलता है।

10. यदि पित्त-रक्त (Hyperacidity) का रोग है तो पानी को गुनगुना करके दिन में करीब 8 से 10 बार पिएँ। गरमी के मौसम में ठंडा पानी पीते रहने से एसिडिटी खत्म हो जाती है।
11. खाँसी, जुकाम, सर्दी में पानी गुनगुना करके पीने से लाभ मिलता है। गुनगुना पानी छाती में जमा कफ को बाहर निकालता है।
12. मूत्र संबंधी रोगों की दूर भगाने के लिए आधा-आधा गिलास पानी दिन में कई बार पीने से लाभ मिलता है।
13. मिट्टी के बरतन में रखे ठंडे जल से सुबह-सुबह आँखों में छींटें मारने से नेत्र रोगों में लाभ होता है और नेत्र ज्योति में बढ़ोतरी होती है।

जल पीने का तरीका

1. जल बैठकर ही पीना चाहिए। खड़े होकर पानी पीने से घुटनों से टाँगों तक दर्द का रोग हो जाता है।
2. जल हमेशा होंठों को स्पर्श कराते हुए धीरे-धीरे पीना चाहिए।
3. प्राचीन ग्रंथों में जल के आचमन के बारे में बताया गया है। आचमन का मतलब है—चुल्लू से थोड़ा-थोड़ा पानी पिएँ। इससे हाथों में मौजूद विद्युत् ऊर्जा पानी में मिल जाती है। इस प्रकार जल पीने से शरीर को हाथों की वह ऊर्जा भी मिलती है, जो शरीर को शक्ति प्रदान करती है।
4. लेटे हुए, चलते, घूमते, फिरते, उचककर चलनेवाले जानवरों जैसे—ऊँट, घोड़ा आदि की सवारी करते हुए, हँसते, बात करते हुए जल कभी नहीं पीना चाहिए।
5. जल पीने के समय यदि डकार आती है तो पहले उसे निकाल देना चाहिए, उसके बाद अगला घूँट पीना चाहिए।
6. जल का घूँट भरकर कुलकुलाने के बाद गले के नीचे उतारा जाए तो यह जल तेजी से अंगों तक पहुँचता है, क्योंकि जल में लार मिल जाती है और वह इस प्रकार कार्य करती है, जैसे पेट्रोल में मोबिल ऑयल मिलता है।

जल कब न पिएँ

1. वैसे तो जब भी प्यास लगे, जल अवश्य पिएँ। लेकिन हड़बड़ी और जल्दबाजी में जल कभी न पिएँ।
2. कॉफी, चाय, दूध आदि पीने के तुरंत बाद जल नहीं पीना चाहिए।

3. गरम पेय पदार्थों के बाद ठंडा जल और ठंडे जल के बाद गरम पेय नहीं लेने चाहिए। ऐसा करने से आँतों की चिकनाहट खत्म हो जाती है और पेट के रोग हो जाते हैं।
4. तली हुई चीजों, तेल, घी से बने भोजन को खाने के बाद पानी नहीं पीना चाहिए। चिकने पदार्थ देर से पचते हैं और आँतों में जम जाते हैं। ऐसे पदार्थों के खाने के बाद जल पीने से गले में खराश तथा खाँसी की शिकायत हो जाती है। चिकनाईवाले पदार्थ बलगम और खाँसी को जन्म देते हैं।
5. सत्तू, जौ का दलिया और भुने चने जैसी चीजें खाने के बाद जल नहीं पीना चाहिए। इनको खाने के तत्काल बाद जल पीने से पाचन तंत्र पर विपरीत असर पड़ता है।
6. फलों को खाने के बाद पानी नहीं पीना चाहिए।

हाइड्रोथेरैपी से रहें तरोताजा

कामकाजी लोगों की थकान और तनाव भगाने के लिए हाइड्रोथेरैपी से बेहतर उपाय कोई नहीं है। हाइड्रोथेरैपी इस भाग-दौड़ भरी जिंदगी में आपको तरोताजा बनाए रखती है। हाइड्रोथेरैपी आपकी थकान मिटाने के साथ-साथ आपकी त्वचा को फिर से तरोताजा कर देती है।

हाइड्रोथेरैपी से मतलब आपके तन-मन की ताजगी को बरकरार रखने के साथ-साथ सौंदर्य बढ़ाने के लिए किसी ब्यूटी ट्रीटमेंट में जल का प्रयोग किया जाना होता है। इन दिनों किया जा रहा वाटरबेस्ड फेशियल भी इसी थेरैपी का एक हिस्सा है।

हाइड्रोथेरैपी रक्त संचार को बढ़ाने में मदद करती है। खाना पचाने और सूजन कम करने में भी कारगर है। हाइड्रोथेरैपी का उपयोग जलने, खिंचाव पैदा होने जैसी तकलीफों में भी किया जाता है। हाइड्रोथेरैपी तीन प्रकार की होती हैं—

बालनेओ थेरैपी : इस थेरैपी में साधारण पानी के एक टब में कुछ हर्बल उत्पाद मिलाकर स्नान कराया जाता है, जिससे शरीर की सफाई हो जाती है। इससे त्वचा को पोषण और ऊर्जा दोनों मिलते हैं। इसी थेरैपी का एक हिस्सा है एरोमा बाथ, जिसमें पानी में इत्र, फूल, खस आदि का प्रयोग किया जाता है, जिससे थका हुआ शरीर फिर से खिल उठता है।

थर्मल थेरैपी : इस थेरैपी में गुनगुने गंधकयुक्त पानी से स्नान कराया जाता है। पहले के समय में त्वचा रोगों और संक्रमण से छुटकारा पाने के लिए लोग पहाड़ों में प्राकृतिक जल स्रोतों, जिसमें गंधक होता था, में स्नान के लिए जाते थे। अब यही

सुविधा शहरों में मौजूद स्पा सेंटर्स में मिल रही है। गरमियों में लोग गरम पानी से नहाना पसंद नहीं करते हैं, इसलिए इसका प्रयोग गरमियों में कम ही किया जाता है। लाल चकत्ते, खुजली आदि त्वचा रोगों में इससे काफी लाभ होता है।

थालासो थैरैपी : इस थैरैपी में समुद्री पानी का प्रयोग किया जाता है। समुद्र में पाए जानेवाले कई प्रकार के हर्बल उत्पाद और खनिजों के कारण इसका प्रयोग किया जाता है। ये रक्त संचार ठीक करते हैं, थकान मिटाते हैं और त्वचा की प्राकृतिक सुंदरता भी सुरक्षित रखते हैं। इन दिनों डेड सी मसाज, डेड सी बाथ, डेड सी फेशियल भी चलन में हैं।

शावर बाथ

हाइड्रोथैरैपी में शावर के नीचे नहाने का भी अपना महत्त्व है। ऊपर से फुहारों के रूप में गिरते पानी के नीचे खड़े होकर स्नान करने से त्वचा के रोमकूप सक्रिय होते हैं, चयापचय क्रिया सही होती है और शरीर में जमे टॉक्सिन भी बाहर निकल आते हैं। शावर बाथ से पूरे शरीर की थकान भी मिट जाती है।

गरम पानी से स्नान और स्पा

अगर आप थकान महसूस कर रहे हैं, नींद या तनाव महसूस कर रहे हैं तो गरम पानी से स्नान करके देखें। अंतर आप स्वयं महसूस करेंगे। यह स्नान आपकी मांसपेशियों को शिथिल करेगा। हर्बल स्नान या स्पा के क्या कहने! आप कितना भी तनाव महसूस कर रहे हों, पानी में यूकेलिप्टस ऑयल मिलाकर नहाएँ, तनाव मिनटों में दूर हो जाएगा।

पानी में व्यायाम

पानी में व्यायाम करने से थकावट दूर होती है। पानी में व्यायाम से न तो शरीर का तापमान बढ़ता है और न ही पसीना आता है। इसके अलावा पानी के द्रवस्थैतिक प्रभाव (हाइड्रोस्टेटिक इफेक्ट) के कारण मसाज जैसा अनुभव होता है। रक्त का संचार बढ़ता है तथा कड़ी मांसपेशियों में लचीलापन आ जाता है।

तैराकी करे तनाव मुक्त

तनाव मुक्त रहने का एक बेहतरीन जरिया है तैराकी। यह एक अच्छा व्यायाम भी है। चूँकि तैरते वक्त शरीर का वजन बिल्कुल हलका महसूस होता है, अतः इसे देर तक भी किया जा सकता है।

सॉना बाथ

इससे तनाव के साथ-साथ शरीर की जकड़न, दर्द आदि से भी राहत महसूस होती है। इसके अलावा त्वचा के रोमछिद्र भी खुल जाते हैं। रक्त का संचार भी ठीक रहता है।

जल की पट्टी

जल की पट्टी बहुत ही लाभकारी होती है। कई रोगों में यह तत्काल लाभ प्रदान करती है। तेज बुखार में ठंडे जल की पट्टी रखते ही आराम मिलना शुरू हो जाता है। पेट के रोगों, जैसे पाचन संबंधी विकारों तथा मूत्र संबंधी परेशानियों में गरम जल की पट्टी विशेष लाभकारी होती है। जल की पट्टी का प्रयोग पूरे शरीर पर किया जा सकता है। आवश्यकतानुसार अंगों की गरमी शांत करने के लिए ठंडे जल की पट्टी का प्रयोग भी किया जाता है। जैसे—सीने में जकड़न और गले में दर्द के समय गरम पट्टी का प्रयोग किया जाता है, वहीं आँखों में जलन और सिर दर्द में ठंडे जल की पट्टी से लाभ मिलता है।

प्राचीन भारत में जल संसाधनों का प्रबंधन

हमारे देश में जल संसाधनों के प्रबंधन का इतिहास बहुत पुराना है। प्राचीन काल से ही भारतीय भागीरथों ने सभ्यता और संस्कृति के विकास के साथ-साथ भारत की जलवायु, मिट्टी की प्रकृति और अन्य विविधताओं को ध्यान में रखकर बरसाती पानी, नदी-नालों, झरनों और जमीन के नीचे मिलनेवाले, भू-जल संसाधनों के विकास और प्रबंधन के क्षेत्र में उल्लेखनीय प्रगति की थी। जल संसाधनों से जुड़ा यह प्रबंधन वर्ष के अधिकांश दिनों तक बर्फ से ढके लद्दाख से लेकर दक्षिण के पठार तथा थार के शुष्क मरुस्थल से लेकर अति वर्षावाले उत्तर-पूर्वी क्षेत्र की विशिष्ट और स्थानीय परिस्थितियों के लिए उपयुक्त था। इन सभी स्थानों पर वहाँ की जलवायु और पानी अथवा बर्फ की उपलब्धता को दृष्टिगत रखते हुए जल संचय, उसके निस्तार और सिंचाई में उपयोग के तौर-तरीके खोजे गए थे तथा समय की कसौटी पर खरी विधियाँ विकसित की गई थीं। इन उपलब्धियों के पुष्ट प्रमाण देश के कोने-कोने में उपलब्ध हैं। वस्तुतः ये प्रमाण भारतीय भागीरथों के उन्नत ज्ञान, दूरदृष्टि और परिस्थितियों की बेहतरीन जानकारी को दरशाते हैं तथा वर्तमान परिप्रेक्ष्य में भी प्रासंगिक हैं।

जल प्रबंधन का पहला प्रमाण सिंधु घाटी में खुदाई के दौरान मिला। धौरावीरा में अनेक जलाषयों के प्रमाण भी मिले हैं। इस क्षेत्र में बाढ़ के पानी की निकासी की बहुत

ही अच्छी व्यवस्था की गई थी। इसी प्रकार कुएँ बनाने की कला का विकास भी हड़प्पा काल में हुआ था। इस क्षेत्र में हुई खुदाई तथा सर्वेक्षणों से विदित हुआ है कि वहाँ हर तीसरे मकान में कुआँ था। ईसा के जन्म से लगभग 300 वर्ष पूर्व कच्छ और बलूचिस्तान के लोग बाँध बनाने की कला से परिचित थे। उन्होंने कंकड़ों और पत्थरों की सहायता से बहुत ही मजबूत बाँध बनाए थे और उनमें वर्षा के जल को संरक्षित किया था। बाँधों में संरक्षित यह पानी पेयजल और सिंचाई की आवश्यकताओं को पूरा करने के लिए काम में लाया जाता था और लोग बाँध में एकत्र पानी के प्रबंधन में दक्ष थे।

चंद्रगुप्त मौर्य (ईसा से 321-297 वर्ष पूर्व) के कार्यकाल में भारतीय किसान सिंचाई के साधनों, यथा—तालाब, बाँध इत्यादि से न केवल परिचित था, वरन् वर्षा के लक्षण, मिट्टी के प्रकार और जल प्रबंधन के तरीकों को भी अच्छी तरह से जानता था। जल विज्ञान और जल प्रबंधन के कार्य से जुड़े ज्ञान में पारंगत होने के कारण समाज, संरचनाओं को बनाने, चलाने और अनुरक्षण के कार्य को अंजाम भी देता था। उस काल के राजा का कार्य व्यवस्था को सुचारु रूप से चलाने में सहायता प्रदान करना था। उस काल के लोग बाढ़ नियंत्रण के कार्य से भी अच्छी तरह परिचित थे। उन्होंने ईसा के जन्म से एक शताब्दी पूर्व इलाहाबाद के पास गंगा की बाढ़ से बचने के लिए नहरों और तालाबों की एक-दूसरे से जुड़ी संरचनाएँ बनाई थीं। इन संरचनाओं के कारण गंगा की बाढ़ का अतिरिक्त पानी कुछ समय के लिए इन नहरों और तालाबों में एकत्र हो जाता था। यह व्यवस्था किसी सीमा तक बाड़ नियंत्रण का काम भी करती थी। इस प्रणाली के अवशेष शृंगवेरपुरा में प्राप्त हुए हैं।

राजा भोज ने 11वीं शताब्दी में भोपाल के पास एक विशाल तालाब बनवाया था। उस काल में बना यह तालाब तकनीकी दृष्टि से अद्‌भुत एवं अद्वितीय था। इस तालाब का पानी लगभग 65,000 हेक्टेयर क्षेत्र में फैला था। इस तालाब का उपयोग नौकायन और अन्य कार्यों में होता था।

पारंपरिक जल संरक्षण प्रणालियों की प्रासंगिकता

जल संचय और प्रबंधन का चलन हमारे यहाँ सदियों पुराना है। राजस्थान में खड़ीन, कुंड और नाड़ी, महाराष्ट्र में बँधारा और ताल, मध्य प्रदेश और उत्तर प्रदेश में बंधी, बिहार में आहर और पइन, हिमाचल में कुहल, तमिलनाडु में इरी, केरल में सुरगम, जम्मू क्षेत्र के कांडी इलाके के पोखर, कर्नाटक में कट्टा पानी को सहेजने और एक से दूसरी जगह प्रवाहित करने के कुछ अति प्राचीन साधन थे, जो आज भी प्रचलन में हैं। पारंपरिक व्यवस्थाएँ उस क्षेत्र की पारिस्थितिकी और संस्कृति की

विशिष्ट देन होती हैं, जिनमें उनका विकास होता है। वे न केवल काल की कसौटी पर खरी उतरी हैं, बल्कि वे स्थानीय जरूरतों के लिए भी पर्यावरण का दोहन करती हैं, उनके विपरीत ये प्राचीन व्यवस्थाएँ पारिस्थितिकीय संरक्षण पर जोर देती हैं। पारंपरिक व्यवस्थाओं को अनंत काल से साझा मानवीय अनुभवों से लाभ पहुँचता रहा है और यही उनकी सबसे बड़ी शक्ति है।

भारत में वर्षा बहुत ही मौसमी होती है। देश में कुल वार्षिक वर्षा 1,170 मि.मी. होती हैं, यह भी केवल तीन महीनों में। देश के 80 प्रतिशत हिस्से में इस वर्षा का 80 फीसदी भाग इन्हीं तीन महीनों में गिरता है। बरसात के मौसम में पूरी वर्षा 200 घंटे होती है और इसका आधा हिस्सा 20–30 घंटों में होता है। परिणामतः वर्षा का बहुत ज्यादा पानी बेकार बह जाता है। भारी वर्षा के दौरान नदियों के बाँध भी वहाँ से बह जानेवाले पानी का मात्र 20 फीसदी या उससे भी कम जमा कर पाते हैं। बाकी 80 फीसदी पानी बिना उपयोग के बह जाने दिया जाता है, ताकि बाँध को क्षति न पहुँचे।

जल संचयन का सिद्धांत यह है कि वर्षा के पानी को स्थानीय जरूरतों और भौगोलिक स्थितियों के हिसाब से संचित किया जाए। इस क्रम में भूजल का भंडार भी भरा जाता है। जल संचयन की पारंपरिक प्रणालियों से लोगों की घरेलू और सिंचाई संबंधी जरूरतें पूरी होती रही हैं। उपलब्ध ऐतिहासिक और पुरातात्त्विक प्रमाणों से पता चलता है कि ई.पू. चौथी शताब्दी से ही देश के कई क्षेत्रों में छोटे-छोटे समुदाय जल संचय और वितरण की कारगर व्यवस्था करते रहे हैं। नंद के शासन में (363–321 ई.पू.) शासकों ने नहरें और समुदाय पर निर्भर सिंचाई प्रणालियाँ बनाईं। मध्य भारत के गौड़ शासकों ने सिंचाई और जल आपूर्ति की न केवल बेहतर प्रणालियाँ बनाईं, बल्कि उनके रखरखाव के लिए आवश्यक सामाजिक और प्रशासनिक व्यवस्थाएँ भी विकसित की थीं।

संभव है कि प्राचीन समय की इन जल संचय प्रणालियों से पानी का समान बँटवारा न होता हो, लेकिन इस बात के पर्याप्त प्रमाण हैं कि इन पारंपरिक प्रणालियों के सामुदायिक प्रबंधन के कारण हर व्यक्ति की न्यूनतम आवश्यकताएँ पूरी होती थीं।

सभी पारंपरिक प्रणालियाँ छोटी नहीं थीं। शहरों की जरूरतों को पूरा करने के लिए बड़ी प्रणालियाँ भी बनाई जाती थीं। लेकिन छोटी प्रणालियों के साथ इनका तालमेल होता था, जैसाकि चोल काल (930–1200 ई.) और मध्यकालीन विजयनगर में दिखता है। प्राचीनता का गुणगान किए बिना कहा जा सकता है कि पानी आपूर्ति और पूँजी पर लाभ के लिहाज से पारंपरिक प्रणालियाँ तब भी ज्यादा कारगर थीं और आज भी हैं। ये प्रणालियाँ इसलिए भी महत्त्वपूर्ण हैं कि सूखे या

अकाल के लंबे दौर में भी उन्होंने समुदायों को जीवनदान दिया है। लेकिन कभी-कभी जब वर्षों तक वर्षा नहीं होती थी तो छोटी प्रणालियाँ नाकाम हो जाती थीं। इससे बड़ी प्रणालियों की जरूरत बन जाती, लेकिन छोटी और बड़ी प्रणालियों के बीच संतुलन सावधानी के साथ बनाए रखा जाता था। यह तब तक नहीं हो सकता, जब तक प्रणालियों के नियोजन और क्रियान्वयन में ग्रामीण और शहरी दोनों समुदाय भाग नहीं लेते। इस तरह अतीत हमें भविष्य के लिए सबक देता है।

आज लोग आधुनिक प्रणाली चाहते हैं, क्योंकि जब घर में नल खोलते ही पानी आ सकता है तो कुएँ या तालाब से पानी लाने के लिए पैदल चलना कौन चाहेगा? इसी तरह सिंचाई के लिए पंपसेट का बटन दबाते ही या बाँध का दरवाजा खोलते ही पानी पाना हर कोई चाहेगा। लेकिन जब नल सूखता है और बाँध में मिट्टी भरने लगती है और आधुनिक प्रणालियाँ नाकाम होने लगती हैं, तब लोगों को पारंपरिक प्रणालियों की सुध आती है। देश का बड़ा हिस्सा ऐसा भी है, जहाँ आधुनिक प्रणालियाँ भारी लागत की वजह से पहुँच ही नहीं सकतीं। इस हिस्से में लोग पीने के पानी और सिंचाई के लिए पारंपरिक प्रणालियों पर ही निर्भर हैं। आधुनिक प्रणालियों के साथ दूसरी समस्या यह है कि इन्होंने सरकार पर ग्रामीण समुदायों की निर्भरता बढ़ा दी है।

पारंपरिक प्रणालियों का अर्थ पुराना, जर्जर ढाँचा नहीं है। ये प्रणालियाँ सरकार द्वारा नियंत्रित प्रणालियों से भिन्न हैं। आधुनिक प्रणालियाँ ऊँची लागत वाली तो होती ही हैं, पर्यावरण के संदर्भ में भी बड़ी कीमत वसूलती हैं। इनसे मिले पानी का उपयोग आमतौर पर मौसम के अनुकूल खेती के बुनियादी मानदंडों के विपरीत होता है। नलकूपों से भारी मात्रा में भूजल निकाला जा रहा है। कई सरकारी एजेंसियाँ यह नहीं समझतीं कि वे जिन स्रोतों से पानी खींच रही हैं, उनका पारिस्थितिकीय महत्त्व क्या है? वे यह मानकर चलती हैं कि इन स्रोतों से निरंतर पानी मिलता रहेगा। समुदाय पर आधारित पारंपरिक प्रणालियाँ सामाजिक समरसता और आत्मनिर्भरता को भी बल देती हैं। इनमें फैसले करने का अधिकार प्रायः व्यक्तियों, समूहों या स्थानीय समुदायों को दिया जाता था, जो साथ मिलकर काम कर रहे होते थे। इससे आर्थिक स्वाधीनता बढ़ती थी और नीचे के स्तर पर स्थानीय संसाधनों का पूरा-पूरा इस्तेमाल होता था। पारंपरिक प्रणालियों को सस्ती, आसानी से कारगर बनाए रख सकते थे। आधुनिक प्रणालियों ने समुदायों को तोड़ दिया और सरकार पर निर्भरता बढ़ा दी है। पानी आर्थिक विकास का मेरुदंड है। जल संसाधनों का यदि समतामूलक, समुदाय आधारित और व्यावहारिक ढंग से विकास करना है तो पारंपरिक प्रणालियों को सशक्त बनाना होगा और उनका विकास करना होगा।

राजस्थान में जल संरक्षण की विशिष्ट व्यवस्था

राजस्थान में जल संचयन की विशिष्ट परंपरा रही है। यद्यपि राजस्थान में मानसून की हवाएँ दो ओर से आती हैं। परंतु वे रास्ते में ही द्रवीभूत होती-होती जब राजस्थान में पहुँचती हैं तो उनके आँचल में इतना कुछ नहीं बचता कि वे राजस्थान की धरती को तृप्त कर सकें।

राजस्थान के कर्मठ एवं कुशल लोगों ने वर्षा के अमृत कणों को पाने के लिए बहुत प्रयत्न किया और अपने अनुभवों को व्यवहार में उतारने का एक पूरा शास्त्र ही विकसित कर लिया। राजस्थान में जल संग्रहण के लिए कई संरचनाएँ, यथा—नाड़ी, टाँका, झालरा, बावड़ी, कुंड, खड़ीन आदि का निर्माण किया गया है, जो आज के परिप्रेक्ष्य में भी प्रासंगिक हैं तथा इनके चित्र इस प्रकार हैं—

अत: यह निर्विवाद रूप से सत्य है कि चाहे वृष्टि या जल विज्ञान हो, प्राचीन भारतीय वैदिक ग्रंथों में निहित तकनीकी जानकारी वर्तमान परिप्रेक्ष्य में भी पूर्णतया विज्ञान सम्मत हैं, आवश्यकता है इन पर हमारे चिंतन एवं मनन की।

□

8
चिकित्सा विज्ञान

भारत में चिकित्सा विज्ञान की सुदीर्घ परंपरा है तथा चिकित्सा शास्त्र को भी वेद तुल्य सम्मान दिया गया है। भारतीय चिकित्सा पद्धति के विषय में सर्वप्रथम लिखित ज्ञान 'अथर्ववेद' में मिलता है। 'अथर्ववेद' में विविध रोगों के उपचारार्थ प्रयोग किए जाने संबंधी भेषज्य 'सूत्र' के रूप में संकलित है। इन सूत्रों में विभिन्न रोगों के नाम तथा उनके निराकरण के लिए विभिन्न प्रकार की औषधियों के नाम भी दिए गए हैं। हमारे पुरातन ऋषिगण दीर्घजीवी तो होते ही थे, उनमें ओजस, तेजस तथा वर्चस की प्रधानता भी होती थी। उनमें समग्र विश्व की धारा बदल देने की अद्‌भुत सामर्थ्य थी, परंतु यह सामर्थ्य कहाँ से आई? गहन अध्ययन करने पर विदित होता है कि वेदों में दिए गए इन आरोग्य वर्धक सूक्तों ने ही उनमें ओजस, वर्चस, तेजस और दीर्घायुष्य की क्षमता प्रदान की थी।

हमारे यहाँ स्वास्थ्य का विचार करते समय मात्र शरीर ही नहीं, अपितु स्वास्थ्य के साथ विचार, भावना, जलवायु, परिवेश आदि सबका विचार किया गया। मनुष्य को दुःख दोनों प्रकार का होता है। शरीर में भी रोग होते हैं और मन में भी। अतः मोटेतौर पर रोगों का निम्न विभाजन किया गया—

(i) आधि—मन के रोग, (ii) व्याधि—शरीर के रोग। 'योगवासिष्ठ' में रोगों का विश्लेषण करते हुए महर्षि वशिष्ठ श्रीराम को कहते हैं कि रोग दो प्रकार के होते हैं, यथा—'आधीज' तथा 'अनाधिज'।

आधीज रोगों के भी दो प्रकार होते हैं—

(i) **सामान्य**—वे रोग, जो दैनिक व्यवहार करते समय, जो बार-बार तनाव उत्पन्न होता है, उस तनाव के परिणामस्वरूप उत्पन्न होते हैं।

(ii) **सार**—अर्थात् जिसमें से सभी को गुजरना है, किसी को भी छूट नहीं है,

जैसे—जन्म एवं मृत्यु।

अनाधिज—अनाधिज रोग किसी मानसिक तनाव में उत्पन्न नहीं होते हैं, जैसे—चोट (Injury), संक्रमण (Infection), आविष (Toxin) आदि। ये दवा के माध्यम से ठीक होते हैं।

महर्षि वशिष्ठ के अनुसार, मानव के मन में अनेक लालसाएँ, वासनाएँ रहती हैं, इनकी पूर्ति न होने पर मन क्षुब्ध होता है, मन के क्षुब्ध होने से प्राण क्षुब्ध होता है। यह क्षुब्ध प्राण नाड़ी तंत्र में से असंयत रूप से प्रवाहित होता है। प्राण के इस प्रकार के व्यवहार के कारण स्नायु मंडल अव्यवस्थित हो जाता है और फिर शरीर में कुजीर्णत्व (Improper Digestion), अतिजीर्णत्व (Overdigestion), अजीर्णत्व (Indigestion) होता है। और इस कारण कालांतर में शरीर में खराबी आ जाती है। इसे ही 'व्याधि' कहते हैं।

हमारे यहाँ 'अथर्ववेद' को चिकित्सा विज्ञान का जन्मदाता माना जाता है। इसे 'आगिरस' या 'भिषग्वेद' भी कहते हैं। हमारे देश में शरीर की चिकित्सा हेतु आयुर्वेद एवं अन्य चिकित्सा पद्धतियाँ विकसित हुईं। 'आयुर्वेद' को 'अथर्ववेद' का 'उपवेद' भी बताया गया है।

वस्तुतः 'आयुर्वेद' का अर्थ है—'आयु को बढ़ानेवाली विद्या', अर्थात् मनुष्य को स्वस्थ और निरोग रखनेवाला विज्ञान।

भारत में ही सबसे पहले प्रकृति पर आधारित चिकित्सा विज्ञान की शुरुआत हुई और इसका विकास भी हुआ। मोटेतौर यह कहा जा सकता है कि आज संसार में प्रचलित सभी चिकित्सा पद्धतियाँ, आयुर्वेद की ही शाखाएँ मानी जा सकती हैं।

आयुर्वेद का इतिहास : भारतीय संस्कृति में ब्रह्मा को सृष्टि का रचियता माना गया है तथा ऐसी मान्यता है कि ब्रह्मा ने ही मनुष्यों को उत्पन्न किया। जब मनुष्य पैदा हुए तो उनके साथ भाँति-भाँति के रोग भी उत्पन्न हुए। उन रोगों से निपटने के लिए ब्रह्मा ने आयुर्वेद का ज्ञान सर्वप्रथम दक्ष (प्रजापति) को दिया। प्रजापति ने यह ज्ञान अश्विनी कुमारों को दिया। अश्विनी कुमारों की विद्या से अभिभूत होकर देवराज इंद्र ने उनसे आयुर्वेद का ज्ञान प्राप्त किया। इंद्र ने आयुर्वेद का समस्त ज्ञान भरद्वाज ऋषि को दिया। तत्पश्चात् भरद्वाज ने अपने शिष्य 'आत्रेय'-पुनर्वसु को इस महत्त्वपूर्ण ज्ञान से परिचित कराया।

आत्रेय-पुनर्वसु के छह शिष्य थे—अग्निवेश, भेल, जतुकर्ण, पराशर, हारीत और क्षारपाणि। बाद में इन शिष्यों ने अपनी-अपनी प्रतिभानुसार आयुर्वेद ग्रंथों की रचना की। इनमें से ज्यादातर ने आत्रेय के ज्ञान को ही संगृहीत किया और उनमें

थोड़ा सा परिमार्जन किया। आत्रेय के सभी शिष्यों में अग्निवेश विशेष प्रतिभाशाली थे। उनके द्वारा संगृहीत ग्रंथ ही कालांतर में 'चरक संहिता' के नाम से जाना गया। इस संहिता को 'अग्निवेश संहिता' भी कहा जाता है। आयुर्वेद की तीनों संहिताओं यथा—'चरक संहिता', 'सुश्रुत संहिता' और 'काश्यप संहिता' में तीन परंपराओं का निम्न उल्लेख मिलता है—

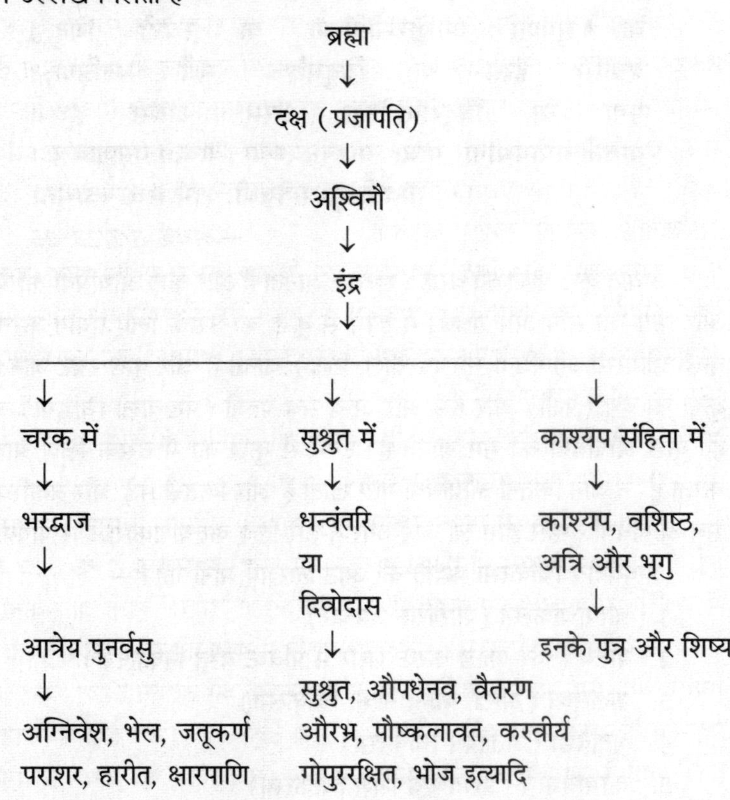

आयुर्वेद की परंपरा में 'पुनर्वसु' सबसे महान् आविष्कारक थे, 'अग्निवेश' संपादक तथा 'चरक' महान् 'संशोधक' थे। पुनर्वसु ने 'एरण्ड तैल' का विरेचन में सर्वप्रथम प्रयोग किया, जो आज तक चिकित्सा शास्त्र में इस कार्य के लिए समस्त संसार में प्रचलित है (अर्ग्यमैरण्डं तु विरेचने सू. 13/12)।

अब प्रश्न होता है कि मनुष्य ने औषधिशास्त्र कहाँ से सीखा ? कैसे उसने जाना कि अमुक-अमुक वनस्पतियाँ हमारे काम की हैं ? इस संबंध में ऐसा उल्लेख है कि उसने पशुओं से बहुत सीखा। उसने देखा कि पशुओं में एक प्रकृत्या प्रेरणा होती है,

जिससे वे अपने कष्ट के समय अपने चारों ओर प्राप्त वनस्पतियों का सेवन करते हैं। पशुओं के सहारे आविष्कार करने की प्रेरणा मनुष्य ने 'अथर्ववेद' के निम्नलिखित मंत्रों से प्राप्त की, जो एक विशेष औषध-सूक्त से लिये गए हैं—

वराहो वेद वीरुधं नकुलो वेद भेषजीम्।
सर्पा गंधर्वा या विदुस्ता अस्मा अवसे हुवे॥
या सुपर्णा आङ्गिरसीर्दिव्या या रघटो विदुः।
वयांसि हंसा या विदुर्याश्च सर्वे पतत्रिणः।
मृगा या विदुरोषधीस्ता अस्मा अवसे हुवे॥
यावतीनामोषधीनां गावः प्राश्नन्त्यध्न्या यावतीनामजावयः।
तावतीस्तुभ्यमोषधीः शर्म यच्छन्त्वाभृता

—*अथर्व. 8/7/23-25*

अर्थात् कुछ पौधों को वराह (सूअर) जानता है और कुछ औषधियों को नेवला और कुछ को साँप और गंधर्व। मैं इनमें से कुछ का उसके लिए प्रयोग करता हूँ। कुछ आंगिरसी औषधियाँ सुपर्ण (चील, गिद्ध) जानते हैं और कुछ रघट जानता है। कुछ को वय (पक्षी) और हंस और अन्य सब पतत्री (पंखवाली चिड़िया) जानते हैं। कुछ औषधियों को मृग जानते हैं। उनमें से कुछ का मैं उसके लिए आवाहन करता हूँ। न जाने कितनी औषधियाँ गायें खाती हैं और कितनी भेड़ें और बकरियाँ। ये सब औषधियाँ तुम्हारे द्वारा ली जाएँ और तुम्हारे लिए कल्याणकारी और पोषक हों।

आयुर्वेदीय चिकित्सा पद्धति की आठ शाखाएँ मानी गई हैं—

1. कायचिकित्सा (शारीरिक उपचार)
2. शल्य (चीर-फाड़ करके शरीर में प्रविष्ट वस्तु निकालना)
3. शलारव्य (आँख, कान, नाक, चिकित्सा)
4. भूतविद्या (अतींद्रिय चिकित्सा)
5. कौमार्यभृत्य (प्रसव एवं शिशु चिकित्सा)
6. अगद (विष चिकित्सा)
7. रसायन (जरा चिकित्सा)
8. वाजीकरण (काम चिकित्सा)

1. चरक एवं चरक संहिता

आयुर्वेदीय सिद्धांतों को व्यवस्थित रूप देने में सर्वाधिक योगदान महर्षि चरक का था। उनके प्रसिद्ध ग्रंथ 'चरक संहिता' में आयुर्वेद के सभी अंगों का विवरण मिलता है।

'भावप्रकाश' ग्रंथ के अनुसार 'चरक' (चित्र-36) निरंतर भ्रमण करते हुए जन-जन का स्वास्थ्य परीक्षण, वनस्पति और जीव-दृष्टि का अध्ययन करते रहते थे। इसका उद्‌देश्य होता था—औषधियों का परीक्षण और रोगियों की चिकित्सा। 'चर' शब्द का साधारण अर्थ है—चलना, निरंतर घूमने के कारण ही वे और उनके शिष्य 'चरक' कहलाए।

चित्र-36 : महर्षि चरक

ई.पू. 600 वर्ष में लिखित 'चरक संहिता' को आयुर्वेदिय चिकित्सा में सर्वोच्च स्थान दिया गया है—

निदाने माधवः श्रेष्ठः सूत्रस्थाने तु वाग्मटः।
शारीरे सुश्रुतः श्रेष्ठः चरकस्तु चिकित्सते॥

अर्थात् निदान (डायग्नोसिस) में माधवाचार्य, नुस्खे में वाग्भट्ट, शरीर रचना में सुश्रुत और चिकित्सा में चरक श्रेष्ठ हैं। 'चरक संहिता' संस्कृत भाषा में है तथा यह गद्य तथा पद्य दोनों में लिखी गई है। इसे खंडों तथा 120 अध्यायों में विभाजित किया गया है। 'चरक संहिता' के प्रथम खंड 'सूत्रस्थान' में औषधि-विज्ञान, आहार, पथ्य तथा शारीरिक एवं मानसिक रोगों की चिकित्सा का उल्लेख किया गया है। द्वितीय खंड 'निदान स्थान' में प्रमुख रोगों के कारण स्पष्ट किए गए हैं। तीसरे खंड 'विमान स्थान' में शरीरवर्धक भोजन का ज्ञान कराया गया है। चौथे खंड 'शरीर

स्थान' में शरीरवर्धक भोजन का ज्ञान कराया गया है। पाँचवें खंड 'इंद्रिय स्थान' में रोगों की चिकित्सा का वर्णन है। छठे खंड 'चिकित्सा स्थान' में कुछ विशेष रोगों की चिकित्सा का उल्लेख किया गया है। सातवें खंड 'कल्प स्थान' में तथा आठवें खंड 'सिद्धि स्थान' में विशेष उपचारों का उल्लेख किया गया है। इस संहिता का अनुवाद कई विदेशी भाषाओं में भी हुआ है। प्रसिद्ध अरब विद्वान् 'अल-बरूनी' ने इसके बारे में लिखा है—"हिंदुओं की एक पुस्तक है, जो चरक के नाम से मशहूर है। यह औषधि विज्ञान की सर्वश्रेष्ठ पुस्तक मानी जाती है।"

'चरक संहिता' में स्वस्थ मनुष्य की दी गई परिभाषा आधुनिक चिकित्सा विज्ञान से अधिक व्यापक तथा उपयुक्त है—

'समदोषः समाग्निश्च समधातुमलक्रियः।
प्रसन्नात्मेन्द्रियमनाः स्वस्थो इत्यमिधीयते॥

—चरक संहिता

अर्थात् जिसका त्रिदोष (वात, कफ, पित्त) सप्तधातु, मलप्रवृत्ति आदि क्रियाएँ संतुलित अवस्था में हों, साथ ही आत्मा, इंद्रिय एवं मन प्रसन्न स्थिति में हो, वही 'स्वस्थ मनुष्य' कहलाता है।

चरक ने मनुष्यों की शारीरिक रचना का गहन अध्ययन किया था। उन्हें आनुवंशिकी (जेनेटिक्स) के मूल सिद्धांतों का जानकार माना जाता था। उनका स्पष्ट मानना था कि बच्चों में आनुवंशिक दोष जैसे विकार उनके माता-पिता के किसी अभाव के कारण नहीं, वरन् उनके शुक्राणु और अंडाणु के कारण होते हैं। चरक ने मनुष्य के शरीर में दाँतों सहित कुल हड्डियों की संख्या 360 बताई है। उन्होंने हृदय को शरीर का नियंत्रण केंद्र माना है। उन्होंने यह भी बताया कि हृदय शरीर से 13 धमनियों द्वारा जुड़ा रहता है। उन्हें यह भी ज्ञात था कि शरीर में इसके अतिरिक्त भी सैकड़ों छोटी-बड़ी धमनियाँ होती हैं, जो ऊतकों तक भोजन का रस पहुँचाती है तथा मल एवं व्यर्थ पदार्थों को शरीर के बाहर निकालने का कार्य करती हैं।

चरक ने 'चरक संहिता' में बालक की उत्पत्ति और विकास का वैज्ञानिक ढंग से वर्णन किया है तथा शरीर के विभिन्न अंगों की बनावट और उनके कार्यों, तरह-तरह के रोग, उनके लक्षण तथा उपचार, आयुर्वेदिक जड़ी-बूटियों के नाम, उनके गुण तथा किस रोग पर कौन सी औषधि गुणकारी सिद्ध होगी आदि बातों का विस्तृत उल्लेख किया है। शरीर क्रिया के आधार पर ये औषधियाँ 50 समूहों में बाँटी गई हैं, जो चूर्ण, गोलियाँ, अवलेह, काढ़ा, आसव, कश आदि के रूप में दी जाती हैं।

वर्तमान काल में चिकित्सा विज्ञान का अध्ययन कर डॉक्टर बननेवाले प्रत्येक छात्र को 'हिप्पोक्रेट्स की शपथ' नामक एक शपथ लेनी पड़ती है। हिप्पोक्रेट्स पाँचवीं शताब्दी के युनानी चिकित्सक थे। प्राचीन काल में भारत में वैद्य का व्यवसाय करनेवालों को भी एक शपथ लेनी पड़ती थी। इस संबंध में भी 'चरक संहिता' में कुछ निर्देश तथा प्रतिज्ञाएँ वर्णित की गई हैं। इस संहिता में आयुर्वेद का अध्ययन करनेवाले विद्यार्थियों के कर्तव्यों का भी विस्तृत उल्लेख मिलता है।

चरक चिकित्सा शास्त्र की विभिन्न शाखाओं से पूर्णतया परिचित थे। आयुर्वेदिक चिकित्सा जगत् में उनका नाम सदैव स्मरणीय रहेगा।

2. सुश्रुत एवं शल्य चिकित्सा

भारत के महर्षि सुश्रुत विश्व के पहले शल्य चिकित्सक थे। कुछ वर्षों पूर्व इंग्लैंड के शल्य चिकित्सकों के विश्वप्रसिद्ध संगठन ने एक कैलेंडर निकाला, उसमें विश्व के अब तक के श्रेष्ठ सर्जनों के चित्र दिए थे। उसमें पहला चित्र 'आचार्य सुश्रुत' का था तथा उन्हें विश्व का 'प्रथम शल्य चिकित्सक' बताया गया था। (चित्र-37) सुश्रुत शल्य क्रिया ही नहीं, वरन् वैद्यक की कई शाखाओं के विशेषज्ञ भी थे।

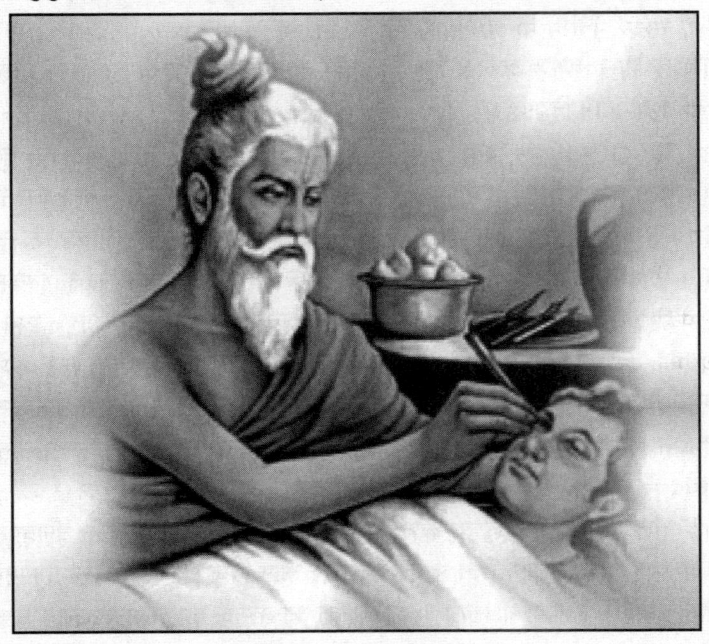

चित्र-37 : आचार्य सुश्रुत

ऐसी मान्यता है कि वे महर्षि विश्वामित्र के वंशज थे। उनके जन्म के बारे में कोई प्रामाणिक जानकारी उपलब्ध नहीं है। परंतु इतना ज्ञात है कि वे काशी में जनमे थे तथा धन्वंतरि के आश्रम में शिक्षा-दीक्षा प्राप्त की थी।

वस्तुतः हमारे देश में प्राचीन काल से चिकित्सा की दो परंपराएँ प्रचलित हैं, यथा—काय चिकित्सा एवं शल्य चिकित्सा। काय चिकित्सा में औषधियों और उपचार के द्वारा चिकित्सा की जाती है तथा जो चिकित्सा शल्य क्रिया द्वारा संपन्न होती है, उसे शल्य चिकित्सा या सर्जरी कहते हैं। वस्तुतः 'शल्य' शब्द का प्रयोग शरीर में होनेवाली पीड़ा के लिए किया जाता है। शस्त्रों और यंत्रों के प्रयोग के द्वारा उस पीड़ा को दूर करने की जो प्रक्रिया है, वह शल्य चिकित्सा के नाम से जानी जाती है। प्राचीन काल में युद्ध में सैनिकों के हाथ-पैर कट जाते थे। उनके शरीर में तीर अथवा भाले घुस जाते थे। उनके घावों की चिकित्सा चीर-फाड़ द्वारा की जाती थी। इस प्रकार शल्य चिकित्सा विकसित हुई।

भारतीय चिकित्सा के देवता धन्वंतरि को भी शल्य क्रिया का जनक माना जाता है। इस क्षेत्र में प्राचीन काल में हमारे देश के चिकित्सकों ने बहुत अच्छी प्रगति की थी, अनेक ग्रंथ भी रचे गए। इन ग्रंथों के रचयिता सुश्रुत, पुष्कलावत, गोपरक्षित, भोज, विदेह, निमि, कंकायन, गार्ग्य, गालव, जीवक, पर्वतक, हिरण्याक्ष, कश्यप आदि के नाम विशेष उल्लेखनीय हैं। इनके अतिरिक्त भी प्राचीन ग्रंथों में भारतीयों ने बहुत योगदान दिया है।

ऐतिहासिक परिदृश्य : 'ऋग्वेद' एवं 'अथर्ववेद' में दिल, पेट तथा वृक्कों के विकारों का विवरण दिया गया है। इसी तरह शरीर में नवद्वारों तथा दस छिद्रों का विवरण दिया गया है। वैदिक काल के शल्य चिकित्सक मस्तिष्क की शल्य क्रिया में भी पारंगत थे। ऋग्वेद (8-86-2) के अनुसार जब विमना और विश्वक ऋषि उद्भ्रांत हो गए थे, तब शल्य क्रिया द्वारा उनका रोग दूर किया गया। इसी ग्रंथ में नार्षद ऋषि का भी विवरण है। जब वे पूर्ण रूप से बधिर हो गए, तब अश्विनी कुमारों ने उपचार करके उनकी श्रवण शक्ति वापस लौटा दी थी। इसी प्रकार वंदन ऋषि के अंधे हो जाने पर शल्य क्रिया द्वारा पुनः नेत्र ज्योति लौटाने का उल्लेख भी ऋग्वेद में किया गया है।

पुराणों में भी शल्य क्रिया के बारे में महत्त्वपूर्ण जानकारी दी गई है। 'शिवपुराण' के अनुसार, जब भगवान् शिव ने दक्ष का सिर काट दिया था, तब अश्विनीकुमारों ने उनको नया सिर लगाया था। इसी तरह गणेशजी का मस्तक कट जाने पर उनके धड़ पर हथिनी का सिर जोड़ा गया था। 'रामायण' में एक स्थान पर कहा गया है कि 'यजमाने

स्वेके नेत्रे उद्धृत्याविमना ददौ।' अर्थात् आवश्यकता पड़ने पर एक मनुष्य की आँख दूसरे को लगा दी जाती थी (वा.रा. 2-16-5)। इसी प्रकार 'महाभारत' के 'सभा पर्व' में युधिष्ठिर व नारद संवाद से शल्य चिकित्सा के 8 अंगों का परिचय मिलता है।

सुश्रुत संहिता : सुश्रुत द्वारा रचित 'सुश्रुत संहिता' शल्य चिकित्सा का प्रामाणिक एवं प्रसिद्ध ग्रंथ है, जो संस्कृत भाषा में है। यह ग्रंथ पाँच खंडों में विभक्त है। इसके प्रथम खंड में 46 अध्याय, द्वितीय में 16, तृतीय में 10, चतुर्थ में 40 एवं पंचम में 8 अध्याय हैं। इस प्रकार इसमें कुल 120 अध्याय हैं। इसके अतिरिक्त इसमें परिशिष्ट खंड भी है, जिसे 'उत्तर-तंत्र' कहा गया है। इस खंड के अंतर्गत 66 अध्यायों में 'काय-चिकित्सा' का वर्णन किया गया है।

सुश्रुत द्वारा वर्णित शल्य क्रियाओं के नाम इस प्रकार हैं—(i) छेद्य (छेदन करने के लिए), (ii) भेद्य (भेदन हेतु), (iii) लेख्य (अलग करने हेतु), (iv) वेध्य (शरीर से हानिकारक द्रव्य निकालने हेतु), (v) ऐष्य (नाड़ी में घाव ढूँढ़ने हेतु), (vi) अहार्य (हानिकारक उत्पत्तियों को निकालने के लिए), (vii) विश्रव्य (द्रव निकालने हेतु), (viii) सीव्य (घाव सिलने के लिए)।

सुश्रुत ने शरीर में हड्डियों की संख्या और स्थान तथा मानव शरीर में स्नायुओं अर्थात् नसों और तंत्रिकाओं की संख्या और स्थान तथा मर्म स्थानों की जानकारी प्रत्येक शल्य चिकित्सक के लिए प्रतिपादित की। 'सुश्रुत संहिता' में मानव शरीर में मौजूद हड्डियों की संख्या इस प्रकार बताई गई हैं—

कलंग—60, लंबी अस्थियाँ—20, आधारभूत (स्थायी)—4, कुर्च (अस्थि गुच्छ)—8, टखने व कलाई—8, पैर व अग्रबाहू—8, एड़ी—4, कुहनी व घुटने—4, जंघा व भुजा—4, पसली व उलूखल संधि—72, पृष्ठ—20, वक्ष—8, जघनास्थि—1, कूल्हे—2, गुदा—1, गाल—2, कान—2, कनपटी—2, ग्रीवा—9, जबड़े—2, तालू—1, नासिका—3, कपाल—6 आदि।

इसी प्रकार मानव शरीर में स्नायुओं की संख्या 900 बताई गई है तथा 107 मर्म स्थान बताए गए हैं। नाभि से सात सौ पिराओं और 24 धमनियों के निकलने की बात भी 'सुश्रुत संहिता' में उल्लेख की गई है।

'सुश्रुत संहिता' में शस्त्र क्रियाओं के लिए आवश्यक यंत्रों (साधनों) तथा शस्त्रों (उपकरणों) का भी विस्तार से वर्णन किया गया है (चित्र-38)। आजकल की शल्य क्रिया में 'फौरसेप्स' तथा 'संदंस' यंत्र फौरसेप्स तथा टोंग से मिलते-जुलते हैं। सुश्रुत के महान् ग्रंथ में 24 प्रकार के स्वस्तिकों, 2 प्रकार के संदसों, 28 प्रकार की शलाकाओं तथा 20 प्रकार की नाड़ियों का (नलिका) का उल्लेख किया

गया है। इनके अतिरिक्त शरीर के प्रत्येक अंग की शल्य क्रिया के लिए बीस प्रकार के शस्त्रों (उपकरणों) का भी वर्णन किया गया है। पूर्व में जिन आठ प्रकार की शल्य क्रियाओं को वर्णित किया गया है, वे विभिन्न साधनों तथा उपकरणों से की जाती थीं। उपकरणों के नाम इस प्रकार हैं—

चित्र–38 : शल्य चिकित्सा के उपकरण तथा यंत्र

अर्ध आधार, अतिमुख, आरापत्र, बंडिश (Hocks), दंतशंक (Tooth Pilk), एषणी (Sharp Probes), कर–पत्र (Saw), कृतारिका, कुठारिका

(हथौड़ी), कुश-पत्र (Bistoury), मंडलाग्र (Circular or round knife), मुद्रिका (Fingerknife), नखशस्त्र (Nail Pairs), शरारिमुख, सूचि (Needle), त्रिकुर्चक, (3 छोटी छुरियोंवाला), उत्पल पत्र (Lancel), वृद्धि-पत्र (Scalpel), व्रीहिमुख (Trocer) तथा वेतस-पत्र (Narrow bladed knife)।

आज से लगभग तीन हजार वर्ष पूर्व सुश्रुत ने सर्वोत्कृष्ट इस्पात के उपकरण बनाए जाने की आवश्यकता बताई। उन्होंने इस बात पर भी बल दिया कि उपकरण तेज धारवाले हों तथा इतने पैने कि उनसे बाल को भी दो भागों में काटा जा सके।

शल्य क्रिया से पहले व बाद में वातावरण व उपकरणों की शुद्धता (रोग प्रतिरोधी वातावरण) पर सुश्रुत ने इतना जोर दिया है तथा इसके लिए ऐसे साधनों का वर्णन किया है कि आज के शल्य चिकित्सक भी चकित हो जाएँ। सर्जरी से पूर्व रोगी को संज्ञा-शून्य करने (एनेस्थेसिया) की विधि व इसकी आवश्यकता भी बताई गई है।

'सुश्रुत संहिता' में शल्य चिकित्सा में प्रयुक्त किए जानेवाले यंत्रों को मुख्य रूप से निम्न छह श्रेणियों में वर्गीकृत किया गया है—

1. **स्वस्तिक यंत्र :** ये यंत्र क्रॉस अथवा स्वस्तिक के आकार जैसे होते थे, इसलिए इन्हें 'स्वस्तिक यंत्र' कहा गया। इनकी संरचना कुछ-कुछ जंगली जानवरों और पक्षियों के मुँह जैसी लगती थी। इसलिए इनके नाम जानवरों/पक्षियों के नाम पर ही रखे गए थे। जैसे—सिंहमुख, व्याघ्रमुख, वृकमुख, तरक्षुमुख, ऋक्षमुख, द्वीपिमुख, शृगालमुख, मृगैर्वारुकमुख, काकमुख, कंकुमुख, चासमुख, भासमुख, शशघातीमुख, उलकमुख, चिल्लिमुख, श्येनमुख, क्रौञ्चमुख, अवभञ्जनमुख, नंदीमुख, मार्जारमुख एवं गृध्रमुख। ये यंत्र टूटी हुई हड्डियाँ निकालने के लिए उपयोग में लाए जाते थे।
2. **संदंश यंत्र :** जो यंत्र शरीर की त्वचा, मांस अथवा सिरा को निकालने के काम आते हैं, उन्हें संदंश यंत्र कहा गया था। ये यंत्र देखने में संडासी के समान होते थे।
3. **ताल यंत्र :** कान और नाक की हड्डियों का आकार तथा बनावट शेष शरीर की हड्डियों से भिन्न होने के कारण शल्य क्रिया में उनके लिए अलग यंत्रों की आवश्यकता होती है। सुश्रुत ने ऐसे यंत्रों को 'ताल यंत्र' का नाम दिया है।

4. **नाड़ी यंत्र :** नाड़ी यंत्र नली के समान होते थे। इनसे विभिन्न प्रकार के काम लिये जाते थे।
5. **शलाका यंत्र :** शलाका यंत्र एक प्रकार की सलाइयों को कहा गया है, जो शल्य क्रिया के दौरान मांस को खोदने अथवा किसी अंग विशेष को भेदने के काम में प्रयुक्त होते थे। शल्य कार्य में 28 प्रकार की सलाइयाँ काम में आती थीं।
6. **उप यंत्र :** 'सुश्रुत संहिता' में उप यंत्रों की कुल संख्या 25 बताई गई है। शल्य क्रिया के दौरान इनसे विभिन्न प्रकार के कार्य लिये जाते थे। ये हैं—रज्जु, वेणिका, पट्ट, चर्मांत, वल्कल, लता, वस्त्र, अष्टीलाश्म, मुदर, पाणितल, पादतल, उँगली, जिह्वा, दंत, नख, मुख, बाल, अश्वकटक, शाखा, ष्टीवन, प्रवाहण, हर्ष, अयस्कान्तमय, क्षार और अग्निभेषज यंत्र। शल्य क्रिया में घावों और त्वचा को सिलते समय विशेष सावधानी की आवश्यकता होती है। इसके लिए सुश्रुत ने बारीक सूत, सन, रेशम, बाल आदि का प्रयोग करने की सलाह दी है। घावों की सिलाई की ही भाँति उन्होंने पट्टी बाँधने के लिए सन, ऊन, रेशम, कपास, पेड़ों की छाल आदि को उपयुक्त बताया है। शल्य क्रिया के मर्मज्ञ महर्षि सुश्रुत ने 14 प्रकार की पट्टियों का विवरण दिया है। उन्होंने हड्डियों के खिसकने के छह प्रकारों तथा अस्थि-भंग के 12 प्रकारों की विवेचना की है। यही नहीं, उनके ग्रंथ में कान, नाक संबंधी बीमारियों के 28 प्रकार एवं नेत्र रोगों के 26 प्रकार बताए गए हैं। 'सुश्रुत संहिता' में मनुष्य की आँतों में कर्कट रोग (कैंसर) के कारण उत्पन्न हानिकर तंतुओं (टिश्युओं) को शल्य क्रिया से हटा देने का भी विवरण है। शल्य क्रिया द्वारा शिशु जन्म (सीजेरियन) की विधियों का भी वर्णन किया गया है। 'न्यूरो सर्जरी' अर्थात् रोग-मुक्ति के लिए नाड़ियों पर शल्य क्रिया का भी उल्लेख किया गया है।

'सुश्रुत संहिता' में सर्वाधिक प्रचलित 'प्लास्टिक सर्जरी' का विस्तारपूर्वक उल्लेख मिलता है तथा सुश्रुत को 'प्लास्टिक सर्जरी का पिता' भी कहा जाता है। (चित्र-39) 'सुश्रुत संहिता' में नई नाक बनाने के लिए व्यक्ति के गाल से चमड़ी निकालकर की जानेवाली शल्य क्रिया का भी वर्णन है। इसे चिकित्सा विज्ञान में 'फेशियल क्लेप' विधि कहा जाता है। आचार्य सुश्रुत ने कटे कान जोड़ने के लिए भी 'फेशियल क्लेप' विधि का वर्णन किया है। पीले कत्थे के अतिरिक्त कुछ विशेष तेल एवं शहद व घी के प्रयोग को भी सुश्रुत ने उपयोगी बताया है। वस्तुतः सुश्रुत

ने अपनी कृति में तीन सौ शल्य क्रियाओं का वर्णन किया है। सोलहवीं शताब्दी के लगभग एक विद्वान् ने 'सुश्रुत संहिता' की कुछ पंक्तियों को फ्रेंच भाषा में अनुवाद किया था, तब विश्व इस तथ्य से परिचित हुआ था कि प्राचीन भारत में प्लास्टिक सर्जरी प्रचलित थी। इस रहस्योद्घाटन के बाद पश्चिमी देशों की पुस्तकों में प्लास्टिक सर्जरी की भारतीय पद्धति का अंश जुड़ा। 'सुश्रुत संहिता' का सबसे पहला अनुवाद आठवीं शताब्दी में अरबी भाषा में हुआ था, जोकि 'किताब-ए-सुसरूद' के रूप में बहुत लोकप्रिय हुई। अनेक देशी-विदेशी चिकित्सा विज्ञानियों के अनुसार 'सुश्रुत संहिता' एक ऐसी अमूल्य कृति है, जिसका आधुनिक चिकित्सा-जगत् में सार्थक उपयोग किया जा सकता है।

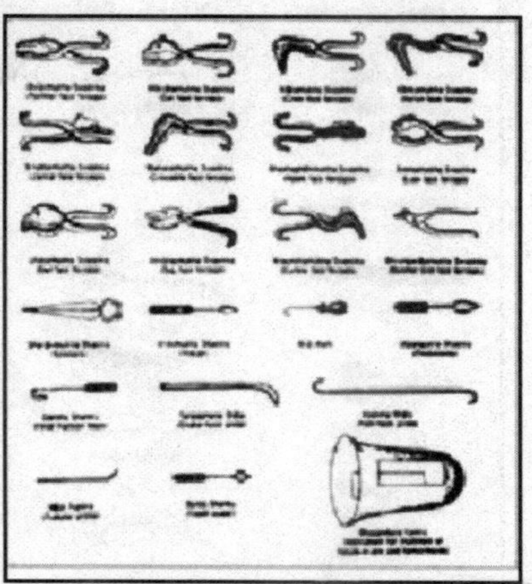

चित्र-39 : सर्जरी उपकरण

सुश्रुत-एक सुयोग्य शिक्षक एवं प्रशिक्षक

आचार्य सुश्रुत न केवल निष्णात शल्य चिकित्सक ही थे, वरन् सुयोग्य प्रशिक्षक भी थे। शल्य चिकित्सा के लिए चीर-फाड़ के तरीके सीखना आवश्यक होता है। 'सुश्रुत संहिता' के प्रारंभ में उल्लेख किया गया है कि छात्रों को किस प्रकार कुम्हड़ा, लौकी, तरबूज आदि फलों को काटकर शल्य क्रिया का अभ्यास करना चाहिए। वे स्वयं छात्रों को शल्य चिकित्सा का ज्ञान कराने के लिए मोम के पुतलों, फलों और मरे हुए जानवरों का प्रयोग करते थे। विद्यार्थी प्रारंभ में इन्हीं पर चीर-फाड़ का अभ्यास करते थे।

मानव शरीर का सम्यक् ज्ञान प्राप्त करने के लिए शव परीक्षण अथवा शव की चीर-फाड़ आवश्यक है। सुश्रुत अपने छात्रों को शव-छेदन (अध्ययन के लिए मुर्दा शरीर की चीर-फाड़) की शिक्षा फलों की चीर-फाड़ के बाद देते थे। (चित्र-40) उन्होंने समझाया कि अच्छे शव को प्राप्त करके किस प्रकार उसकी परीक्षा करनी चाहिए। इसके लिए शव को नदी के बहते हुए जल में घास-फूस से ढककर रख देते थे। धीरे-धीरे शरीर की त्वचा अलग हो जाती थी। तब शरीर की मांसपेशियाँ, हड्डियाँ और भीतरी अंगों का क्रियात्मक अध्ययन कराया जाता था। तथा

उन मर्म स्थलों का विशेष रूप से अध्ययन किया जाता था, जिनकी शल्य क्रिया करना खतरनाक होता था। सुश्रुत ने शल्य क्रिया के 101 यंत्रों का ज्ञान कराया था।

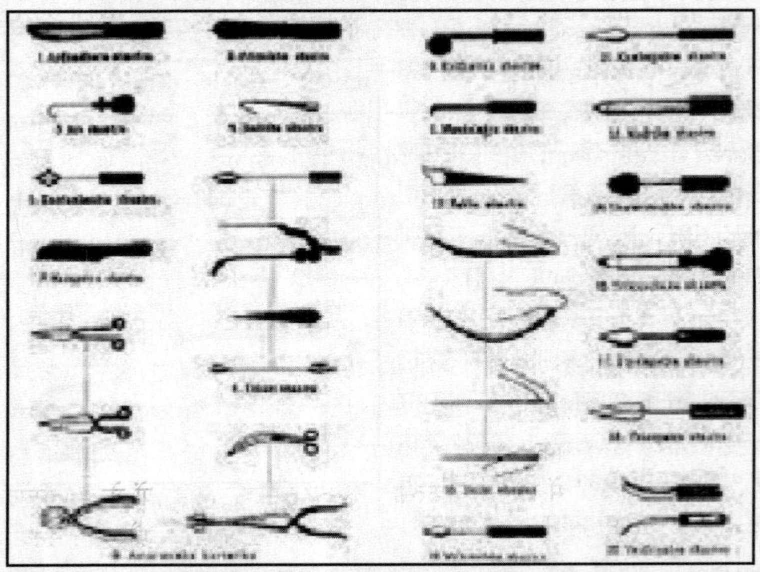

चित्र-40 : मुर्दा शरीर की चीर-फाड़ व उपकरण

उन्होंने 'वृणितागार' अर्थात् चिकित्सालय की साफ-सफाई के भी उपयोगी निर्देश दिए हैं। उनके अनुसार औषधालय में शुद्ध, शीलवान, आचारवान, स्नेह करनेवाले, कुशल सूपौदन पाचक (दाल-भात पकानेवाले), स्नापक (स्नान करानेवाले), संवाहक (अंग दबानेवाले), उत्थापक (शैया से उठानेवाले), संवेशक (सुलानेवाले) और औषधपेषक (दवा पीसनेवाले) परिचारक होने चाहिए। इसके अतिरिक्त औषधालय में अच्छे बछड़ेवाली गायें और इनके चरने के लिए स्थान एवं पीने के लिए पानी की व्यवस्था भी होनी चाहिए। आचार्य ने औषधालय में 'गीतवादित्रोल्लापक' (गाने, बजाने और स्तोत्र पढ़नेवाले) तथा 'गाथाख्यायिकतिहासपुराण' कुशल व्यक्ति होने की भी अनुशंसा की है।

सुश्रुत ने सफल चिकित्सक के लिए पुस्तकीय ज्ञान के अलावा प्रयोगात्मक अथवा व्यावहारिक अभ्यास की आवश्यकता को प्रतिपादित किया। उनके मत के अनुसार, जो चिकित्सक केवल पुस्तकीय ज्ञान के आधार पर अथवा पुस्तकीय ज्ञान के बिना केवल क्रियात्मक अभ्यास के आधार पर चिकित्सा करता है, वह दंडनीय है।

'सुश्रुत संहिता' में शल्य चिकित्सा तथा आयुर्वेदिक औषधियों के अतिरिक्त अन्य कई तथ्यों का उल्लेख किया गया है। उन्होंने विभिन्न मौसमों, उनकी वनस्पतियों, मनुष्यों तथा पशुओं पर पड़नेवाले प्रभाव, जीवविज्ञान और वनस्पति विज्ञान की वैज्ञानिक और विद्वत्तापूर्ण विवेचना की है। भारत के इस महान् शल्य चिकित्सक का नाम विश्व के चिकित्सा जगत् में युगों-युगों तक स्मरणीय रहेगा।

चिकित्सा जगत् में अन्य प्राचीन भारतीय वैज्ञानिक

1. **भरद्वाज :** आयुर्वेद जगत् में अश्विनी कुमार और धन्वंतरि को देव-पुरुष और अवतार की संज्ञा भी दी गई है। इस दृष्टि से भरद्वाज पहले व्यक्ति थे (चित्र-41), जिन्होंने आयुर्वेद चिकित्सा विज्ञान का विधिवत् अध्ययन कर संसार के अन्य लोगों को उसकी शिक्षा प्रदान की।

   भरद्वाज द्वारा इंद्र से आयुर्वेद का ज्ञान पाने की कथा 'चरक संहिता' में वर्णित है। इंद्र ने भरद्वाज में ज्ञान प्राप्ति की अद्भुत प्रतिभा देखकर उन्हें कुछ शब्दों में ही आयुर्वेद के मूल सिद्धांत बतलाए, जिनके आधार पर उन्होंने आयुर्वेद विज्ञान का ज्ञान प्राप्त किया और अन्य ऋषि-मुनियों को इसकी शिक्षा दी। अपने औषधीय ज्ञान के कारण वे सदैव स्वस्थ रहे तथा तीन पीढ़ियों की दीर्घ आयु उन्होंने पाई। भरद्वाज द्वारा बताई गई अनेक औषधियाँ और उपचार आज भी वैद्यों द्वारा प्रयोग की जाती हैं।

चित्र-41 : महर्षि भरद्वाज

2. **पुनर्वसु आत्रेय :** ऐसी मान्यता है कि पुनर्वसु आत्रेय अत्रि ऋषि के पुत्र और भरद्वाज के शिष्य थे। (चित्र-42) वे आयुर्वेद चिकित्सा विज्ञान के महान् विद्वान् और सुयोग्य अध्यापक भी थे। उनके अनेक योग्य शिष्य चिकित्सा जगत् में बहुत प्रसिद्ध हुए और उन्होंने अपने गुरु से प्राप्त ज्ञान का प्रचार-प्रसार संपूर्ण देश में किया।

आत्रेय ने भी चिकित्सा विज्ञान पर कई ग्रंथ लिखे। उनका 4,65,001 श्लोकों का ग्रंथ 'आत्रेय संहिता' चिकित्सा विज्ञान के वृहद् ज्ञानकोश के रूप में सबसे प्रसिद्ध ग्रंथ है। इस ग्रंथ के प्रारंभ में आत्रेय अपनी शिष्य मंडली को बतलाते हैं, 'आयुर्वेद चिकित्सा' शास्त्र इतना गहन और विशाल है कि एक जन्म में इसका संपूर्ण ज्ञान प्राप्त कर लेना असंभव है। अत: इसका जितना भी ज्ञान हमें इस जीवन में प्राप्त हो सके, उससे संतोष करना चाहिए।

वस्तुत: आत्रेय पहले आयुर्वेदवेत्ता थे, जिन्होंने रोगों के लक्षणों का ज्ञान कराया, नाड़ी और श्वास की गति पर प्रकाश डाला, साध्य और असाध्य रोगों को श्रेणियों में विभक्त किया तथा अपने शिष्यों को परामर्श दिया कि

किन रोगों का इलाज उन्हें करना चाहिए और किन का नहीं। उन्होंने वायु, मिट्टी और ऋतु का विभिन्न परिस्थितियों में होनेवाले प्रभाव का भी पता लगाया तथा खट्टे, मीठे, तिक्त और कसैले स्वाद के शरीर पर पड़नेवाले प्रभावों को भी स्पष्ट किया।

चित्र-42 : पुनर्वसु आत्रेय

सर्वप्रथम आत्रेय ने ही पानी में अनेक तत्त्वों के विद्यमान होने का ज्ञान विश्व को कराया तथा गरम और ठंडे पानी के प्रभाव का भेद स्पष्ट किया। इसी प्रकार उन्होंने विभिन्न प्रकार के दूध, गन्ना, चावल आदि के गुण तथा अन्न, फल, तरकारियों और मधु-मैरेय आदि मदिराओं के गुण-अवगुण ज्ञात किए। उन्होंने वात, पित्त और कफ की वैज्ञानिक विवेचना की। उन्होंने प्रश्नोत्तर के माध्यम से अनेक प्रकार की औषधियों के नाम एवं उनके गुणों का उल्लेख 'चरक संहिता' में किया है।

आत्रेय आयुर्वेद विज्ञान के एक महत्त्वपूर्ण एवं विख्यात अध्यापक थे। आत्रेय के प्रसिद्ध शिष्यों में कश्यप, भेल, हरित आदि आयुर्वेदशास्त्रियों के नाम उल्लेखनीय हैं। आत्रेय ने सर्वप्रथम आयुर्वेद को विज्ञान का स्वरूप प्रदान किया। उन्होंने लोगों के उस अंधविश्वास का उन्मूलन किया कि रोग दैवी प्रकोप से ही होते हैं, वरन् असावधानी बरतने के कारण उत्पन्न होते हैं। उनके अनुसार समुचित चिकित्सा अथवा उपचार करने से रोग से बचा जा सकता है।

चित्र-43 : जीवक

3. **जीवक :** जीवक महात्मा बुद्ध के चिकित्सक थे। (चित्र-43) वे 600-500 ई.पू. में भारत में अपने चिकित्सा ज्ञान के लिए प्रसिद्ध थे। उनके चिकित्सा ज्ञान की प्रशंसा बौद्ध-ग्रंथों में मिलती है। उन्होंने तक्षशिला में रहकर सात वर्ष तक आयुर्वेद का गहन अध्ययन किया। उनकी शिक्षा पूरी होने पर उनके ज्ञान की परीक्षा लेने हेतु गुरु ने आदेश दिया कि तक्षशिला

के चारों ओर के क्षेत्र में जितनी वनस्पति उगी हैं, उसका अध्ययन करो और मुझे ऐसी वनस्पति ढूँढ़कर लाकर दो, जिसमें कोई औषधीय गुण न हो। उन्होंने तक्षशिला के चारों ओर 13 किलोमीटर क्षेत्र में भ्रमण कर उगी हुई समस्त वनस्पतियों का गहन अध्ययन कर अपने गुरुजी को बताया कि मुझे ऐसी कोई वनस्पति नहीं मिली, जिसमें कोई औषधीय गुण विद्यमान न हों। उनके प्रत्युत्तर से तथा गुरुजी के आशीर्वाद से वे एक सफल आयुर्वेद चिकित्सक हो गए।

जीवक ने उस काल के अनेक राजा-महाराजाओं, सेठ-साहूकारों के परिवार में हुए भयंकर दीर्घकालीन रोगों को ठीक किया, जिससे उनकी ख्याति हुई एवं अनेक पुरस्कारों से उन्हें नवाजा गया।

4. **वाग्भट्ट :** वाग्भट्ट का जन्म सिंधु नदी के तटवर्ती क्षेत्र में हुआ था (चित्र-44)। उनके पिता सिंहगुप्त वैदिक ब्राह्मण थे। वाग्भट्ट ने आयुर्वेद के दो महत्त्वपूर्ण ग्रंथों, यथा—'अष्टांग संग्रह' और 'अष्टांग हृदय संहिता' की रचना की। उनके ग्रंथ आज भी बड़े उपयोगी हैं।

चित्र-44 : आचार्य वाग्भट्ट

अपने इस ग्रंथ 'अष्टांग हृदय संहिता' के प्रथम भाग में वाग्भट्ट ने प्राचीन आयुर्वेदिक औषधियों, विद्यार्थियों के लिए आवश्यक निर्देश, दैनिक एवं मौसमी निरीक्षण, रोगों की उत्पत्ति, विभिन्न प्रकार के खाद्य पदार्थों के गुण-दोष, विषैले खाद्य पदार्थों की पहचान और उपचार, व्यक्तिगत सफाई, औषधि और उनके विभाग तथा उनके लाभ आदि का वर्णन किया है। इस ग्रंथ के द्वितीय भाग में उन्होंने मानव शरीर की रचना, शरीर के प्रमुख अंगों, मनुष्य स्वभाव, रूप और उनके आचरणों की व्याख्या की है। इसके तीसरे भाग में उन्होंने ज्वर, मिरगी, उलटी, दमा, चर्म रोग आदि बीमारियों के कारण और उपचार; चौथे भाग में वमन और स्वच्छता के विषय में; पाँचवें और अंतिम भाग में बच्चों और उनसे संबंधित रोगों, साथ ही पागलपन, आँख, कान, नाक, मुख आदि के रोग और घाव आदि के उपचार तथा विभिन्न जानवरों और कीड़ों के काटने के उपचार का भी वर्णन किया है। इस प्रकार उनके द्वारा रचित यह ग्रंथ महत्त्वपूर्ण साबित हुआ। यह इस बात का प्रमाण है कि मध्य युग में भारत का आयुर्विज्ञान अत्यंत उन्नत था।

5. **माधवाकर :** आयुर्वेद चिकित्सा के क्षेत्र में माधवाकर का नाम भी महत्त्वपूर्ण और गौरवपूर्ण रहा है। माधवाकर ने रोगों के लक्षण और रोग-निदान के क्षेत्र में अपनी मौलिक खोज और अध्ययन द्वारा उसके विकास में अपना महत्त्वपूर्ण योगदान दिया था।

माधवाकर, 'माधवाचार्य' के नाम से भी प्रसिद्ध हैं। उनके पिता का नाम इंदुकर था। उनका जन्म दक्षिण भारत के किष्किंधा क्षेत्र (वर्तमान गोलकुंडा जिला) में हुआ था। उनके भाई का नाम सायण था, जिन्होंने संस्कृत भाषा में ऋग्वेद की टीका लिखी थी।

प्राचीन आयुर्वेद ग्रंथों के आधार पर माधवाकर का काल नवीं या दसवीं शताब्दी का माना जाता है। वृद्धावस्था में उन्होंने संन्यास ग्रहण कर लिया था। उनके ज्ञान के कारण लोग उन्हें 'विद्यारण्य स्वामी' कहकर पुकारते थे। उन्हें कितने विषयों के बारे में ज्ञान प्राप्त था, इसका निश्चय कर पाना संभव नहीं है।

उनका चिकित्सा विज्ञान पर प्रसिद्ध ग्रंथ 'रुग्विनिश्चय' अथवा 'माधव निदान' आयुर्वेद चिकित्सा पद्धति में रोग-लक्षण और रोग-निदान का पहला विशाल ग्रंथ है। यह ग्रंथ आज भी आयुर्वेद के छात्रों को पाठ्य-

पुस्तक के रूप में पढ़ाया जाता है। इस ग्रंथ में रोगों का वर्णन, उनके कारण और निदान का बहुत व्यवस्थित रूप से वर्णन किया गया है। इस ग्रंथ में चेचक पर एक पृथक अध्याय है। इस ग्रंथ पर अनेक टीकाएँ लिखी गई हैं, जिनमें विजयाक्षति और श्रीकंठदत्त की टीकाएँ प्रसिद्ध हैं।

6. **दृढ़बल :** दृढ़बल मध्यकालीन भारत के महान् आयुर्वेदिक चिकित्सक थे। उनका कार्यकाल संवत् 900 था। उनका जन्म पैचनंदपुर (पंजौर), कश्मीर में हुआ था। उनके पिता का नाम कपिलबाला था। उन्होंने आयुर्वेद की महान् रचना 'चरक संहिता' का संपादन किया था, जिसके बहुत से पृष्ठ उनसे पहले नष्ट-भ्रष्ट हो गए थे। उन्होंने 'चरक संहिता' का नए सिरे से संकलन एवं संपादन कर बहुत सेवा का कार्य किया।

7. **भाव मिश्र :** प्राचीन भारतीय औषधि शास्त्र के अंतिम आचार्य भाव मिश्र संवत् 1550 में वाराणसी में निवास करते थे। उनके पिता का नाम लटका मिश्र था। वे अपने समय के प्रकांड विद्वान् और चिकित्सा जगत् के आचार्य माने जाते थे। उन्होंने लगभग 400 छात्रों को आयुर्वेद चिकित्सा विज्ञान की शिक्षा प्रदान की।

   भाव मिश्र ने अपनी प्रसिद्ध पुस्तक 'भाव प्रकाश' में प्राचीन विद्वानों की प्रसिद्ध कृतियों, चिकित्सा संबंधी निजी अनुभवों के साथ-साथ चिकित्सा शास्त्र के क्रमबद्ध इतिहास और उसके प्रमुख विभागों का विस्तृत वर्णन किया है। इसमें चिकित्सा संबंधी विभिन्न विषयों में इतनी क्रमबद्धता है कि अनेक प्राचीन विधाएँ स्पष्ट हो गई हैं। भाव मिश्र की पुस्तक 'भावप्रकाश' आज भी आयुर्वेद की एक महत्त्वपूर्ण और बहुपयोगी पाठ्य-पुस्तक है।

अतः यह पूर्ण विश्वास के साथ कहा जा सकता है कि प्राचीन भारत में चिकित्सा विज्ञान कितना समृद्ध था! हमारे त्रिकालदर्शी आयुर्वेदाचार्यों ने संपूर्ण विश्व को अपने ज्ञान से लाभान्वित किया है, उनसे हम उऋण नहीं हो सकते हैं। □

9

ऊर्जा की प्रतिनिधि—अग्नि

हमारे प्राचीन वैदिक ग्रंथों में अग्नि को ऊर्जा का प्रतिनिधि माना गया है। 'यजुर्वेद' में उल्लेख किया गया है कि अग्नि या एनर्जी अक्षय और अमर है। इसका कारण बताया गया है कि ऊर्जा में वयस् यानी स्थितिज ऊर्जा (Potential Energy) है। वेदों में स्थितिज ऊर्जा के लिए 'वयस्' शब्द है—

मर्तेषु-अग्निरमृतो नि धायिः (यजु, 12.24)
अग्निरमृतो अभवद् वयोभिः (यजु. 12.25)

ऋग्वेद में 1400 के लगभग मंत्र अग्निपरक है, जिनमें अग्नि का पूरा विज्ञान परिलक्षित होता है। अग्नि में सभी कार्यों को करने की क्षमता होने के कारण उसे 'विश्वकर्मा' भी कहते हैं। ऊर्जा सभी रूपों (शब्द, रूप, प्रकाश, गति) आदि को धारण करती है। अतः उसे 'विश्वरूप' भी कहा गया है।

वेदों में गविष्टि और अश्वमिष्टि शब्दों का पारिभाषिक शब्दों के रूप में प्रयोग हुआ है। गविष्टि = गो + इष्टि गो शब्द का अर्थ सूर्य की किरणें हैं। अतः गविष्टि सूर्य किरण-विज्ञान अर्थात् सूर्य की किरणों का विवेचन एवं विश्लेषण हैं तथा अश्वमिष्टि = अश्व + इष्टि अर्थात् अग्नि आदि की अश्व शक्ति या कार्य परिमाण (Horse Power, H.P.) का विवेचन। आधुनिक विज्ञान के अनुसार अश्वशक्ति = 745.7 वाट प्रति सेकंड है—

मघवन् गविष्टये-अश्वमिष्टये।

—ऋग्वेद 8.61.7

अग्नि...अश्वमिष्टे...

—ऋग्वेद 2.6.2

वैश्वानर अग्नि : वेदों की मान्यता है कि विश्व के प्रत्येक कण (Molecule) में ऊर्जा है। विश्वव्यापी ऊर्जा को वेदों में 'वैश्वांतर अग्नि' कहा गया है। इस 'वैश्वानर अग्नि' को संसार का केंद्र माना गया है। यह सारे संसार को अपने आकर्षण या चुंबकत्व (Magnetism) से अपने वश में किए हुए हैं।

अग्नि या ऊर्जा की व्यापकता एवं विराट् रूप

ऋग्वेद में ऊर्जा या अग्नि के विभिन्न रूपों का वर्णन करते हुए बताया गया है कि ऊर्जा ही इंद्र, विष्णु, ब्रह्म, धाता, मित्र, वरुण, अर्यमा, त्वष्टा, रूद्र, मरुत्, पूषा आदि देव हैं। ऊर्जा देव ही नहीं, अपितु महान् देवियों के रूप में भी विद्यमान है। विभिन्न क्रियाकलापों के आधार पर ऊर्जा ही अदिति, इड़ा, सरस्वती और भारती है—

त्वमग्न इंद्रः, त्वं विष्णु, त्वं, ब्रह्मा

—ऋग्. 2.1.3

त्वं वरुणः, त्वं मित्रः, त्वं अर्यमा

—ऋग्. 2.14

त्वं रुद्रः, त्वं मारुतं, त्वं पूषा

—ऋग्. 2.16

त्वं अदितिः, त्वं भारती, त्वम् इडा, त्वं सरस्वती

—ऋग्. 2.1.11

ऊर्जा मूल रूप में गुप्त या अव्यक्त है। वह सूक्ष्म भी है तथा स्थूल भी। इसी प्रकार वह मूर्त भी है और अमूर्त भी। इसलिए अग्नि को या ऊर्जा को 'गुहा सन्तम्' या 'गह्वरेष्ठ' कहा गया है, क्योंकि वह सूक्ष्म रूप में अप्रकट है। कहीं वह वृक्ष आदि में अप्रकट रूप में विद्यमान है, कहीं भूगर्भ, समुद्र आदि में गुप्त रूप में विद्यमान है। वही घर्षण (Friction) आदि से भी प्रकट होती है—

त्वं वनेम्य...जायसे शुचिः

—ऋग्. 2.1.1

या ते अग्ने...तनूः...गहवरेष्ठा

—यजु. 5.8

चारों वेदों में ऊर्जा को सर्वव्यापक बताया है। यह द्युलोक, अंतरिक्ष और भूमि के प्रत्येक कण में व्याप्त है। ऊर्जा के कारण ही गति, स्थिति और परिवर्तन होता है। अग्नि विश्व की गति का केंद्र है और द्यावापृथिवी में व्याप्त है।

विश्व के प्रथम वैज्ञानिक–अथर्वा ऋषि

भारतवर्ष के ऋषि 'अथर्वा' को विश्व के प्रथम वैज्ञानिक होने का सम्मान प्राप्त है। अथर्वा महर्षि ने अग्नि विषयक निम्न तीन आविष्कार किए हैं, जिनका उल्लेख ऋग्वेद, यजुर्वेद और अथर्ववेद में किया गया है—

(अ) **वृक्षादि से अग्नि का आविष्कार :** अथर्वा महर्षि ने सर्वप्रथम अरणि नामक वृक्ष की लकड़ियों को रगड़कर अग्नि का आविष्कार किया था। इसका यजुर्वेद और ऋग्वेद में विस्तृत उल्लेख है। अथर्वा ऋषि ने मंथन (घर्षण) के द्वारा अग्नि उत्पन्न की। यज्ञ में इस अग्नि का प्रयोग सर्वप्रथम अथर्वा के पुत्र दधीचि ऋषि ने किया था—

अथर्वा त्वा प्रथमो निरमन्थद अग्ने
तमु त्वा दध्यङ् ऋषिः पुत्र ईधे अथर्वणः

—यजु. 11.32 व 33

ऋग्वेद में अरणियों के घर्षण से अग्नि उत्पन्न करने का वर्णन है तथा अरणि नामक वृक्ष की समिधाओं में अग्नि है। दो अरणियों के घर्षण से अग्नि उत्पन्न होती है—

अरण्योर्निहितो जातवेदाः

—ऋग्. 3.29.2

(ब) **जल के मंथन से अग्नि (Hydroelectric, Hydel) :** अथर्वा ऋषि का द्वितीय आविष्कार है—जलीय विद्युत्। ऋग्वेद, यजुर्वेद, सामवेद और तैत्तिरीय संहिता में उल्लेख है कि अथर्वा ऋषि ने तालाब के जल से मंथन (Friction) के द्वारा जलीय विद्युत् (Hydel) का आविष्कार किया था—

त्वामग्ने पुष्करादधि-अथर्वा निरमन्थत।

—ऋग्. 6.16.13

(स) **भूगर्भीय अग्नि (पुरीष्य अग्नि, Oil and Natural Gas) :** अथर्वा ऋषि का तृतीय आविष्कार है—भूगर्भीय अग्नि (गैस) का पता लगाना और उसे उत्खनन द्वारा निकालना। इसका विस्तृत वर्णन ऋग्वेद, यजुर्वेद और तैत्तिरीय संहिता में मिलता है। भूगर्भीय अग्नि के अंतर्गत पुरीष्य अग्नि शब्द के द्वारा सभी प्रज्वलनशील पदार्थों यथा—पेट्रोल, गैस, कैरोसीन (मिट्टी का तेल) आदि के बारे में जानकारी मिलती है।

यजुर्वेद में उल्लेख किया है कि 'योनिरञ्ने' अर्थात् ये अग्नि के कारण अत्यंत प्रज्वलनशील पदार्थ है तथा 'पुरीष्योऽसि विश्वभरा' यानी ये विश्व के लिए अत्यंत उपयोगी है। इसी प्रकार 'समुद्रम् अभितः' के द्वारा स्पष्ट किया कि ये अग्नियाँ (गैस, पेट्रोल आदि) समुद्रों में बहुत विस्तृत भाग में फैली हुई हैं।

खानों में अग्नि : अथर्ववेद में कोयले की खानों का भी उल्लेख है। इनके अंदर होनेवाली अग्नि की भयंकरता का विस्तृत वर्णन भी किया गया है। खानों की अग्नि का वर्णन करते हुए कहा गया है कि यह अत्यंत घातक (म्रोक), दम घुटानेवाली (मनोहा) शरीर को झुलसानेवाली और गंदा करनेवाली, जला देनेवाली (निर्दाह) और अत्यंत भयंकर (घोट) है—

म्रोको मनोहा खनो निर्दाह आत्मदूषिस्तनदूषिः घोरं तदेतत्।

—*अथर्व. 16.1.3*

समुद्री अग्नि : अथर्ववेद में उल्लेख है कि समुद्र में भी अग्नि व्याप्त है। समुद्री अग्नि घोर और शांत दोनों प्रकार की है।

दस प्रकार की अग्नियाँ : ऋग्वेद में उल्लेख है कि अग्नियाँ दस प्रकार की हैं, जैसे—जलीय ऊर्जा, भूगर्भीय ऊर्जा, सौर ऊर्जा, वृक्ष आदि से उत्पन्न ऊर्जा आदि। आधुनिक विज्ञान में भी ऊर्जा के अनेक प्रकार बताए हैं, जैसे—यांत्रिक ऊर्जा, रासायनिक ऊर्जा, नाभिकीय ऊर्जा, सौर एवं पवन ऊर्जा आदि।

ऋग्वेद, यजुर्वेद आदि में उल्लेख है कि अग्नि ही परमाणुओं में गति देती है तथा यह अग्नि की ऊर्जा ही है, जिससे प्रत्येक परमाणु गतिशील हैं। इस कारण अग्नि को द्युलोक और पृथ्वी का स्वामी कहा गया है। यही ऊर्जा सर्वत्र काम कर रही है, जिससे विश्व के प्रत्येक कण में गति, प्रगति, विस्तार तथा नित-नूतनता विद्यमान है।

अग्नि के तीन रूप : यजुर्वेद में अग्नि के तीन रूपों का वर्णन दिया गया है। ये हैं—

1. **अयः शया तनू (Terrestrial Energy) :** वस्तुतः अयस् का अर्थ है—धातु मात्र। अतः अयःशया का अर्थ है—धातुओं में विद्यमान अग्नि। प्रत्येक धातु में अग्नि विद्यमान है। यह अकार्बनिक रसायन विज्ञान का भी मत है। अतः लोहा, सोना आदि धातुओं को गलाने पर उनका आग्नेय रूप प्रकट होता है। पृथ्वी के अंदर विद्यमान अग्नि के कारण ही सभी धातुओं का निर्माण होता है।

2. **रजः या तनू (Atomspheric Energy) :** रजस शब्द का अर्थ अंतरिक्ष, धूल, कण एवं आकाश हैं। आकाशीय कणों में ऊर्जा विद्यमान होती है, अतएव विद्युत्, आँधी, तूफान आदि की उत्पत्ति होती है।
3. **हरिशया तनू (Solar Energy) :** हरि शब्द का प्रयोग सूर्य एवं सूर्य की किरणों के लिए होता है। सूर्य में सूर्य की किरणों में जो ऊष्मा विद्यमान है, वह अग्नि रूपी ऊर्जा का ही रूप है—

या ते अग्नेऽयः शया तनूः
या ते अग्ने रजः शया तनूः
या ते अग्ने हरिशया तनूः

—यजुर्वेद 5.8

बिजली के आविष्कारक महर्षि अगस्त्य : आजकल के लोगों को यही ज्ञात है कि विद्युत् या बिजली के आविष्कारक बेंजामिन फ्रेंकलिन थे। परंतु बेंजामिन ने अपनी एक पुस्तक में लिखा है कि एक रात वे संस्कृत का वाक्य पढ़ते-पढ़ते सो गए। उसी रात उन्हें स्वप्न में संस्कृत के वाक्य का अर्थ और रहस्य समझ आया, जिससे उनको बहुत सहायता मिली।

महर्षि अगस्त्य वैदिक ऋषि थे तथा उनकी गणना सप्तऋषियों में की जाती है। ऋषि अगस्त्य ने 'अगस्त्य संहिता' नामक ग्रंथ की रचना की। इस ग्रंथ में विद्युत् उत्पादन से संबंधित सूत्र मिलते हैं—

'संस्थाप्य मृण्मये पात्रे ताम्रपत्रं सुसंस्कृतम्।
छादयेच्छिरिवग्रीवेन चााभिः काष्ठापांसुभिः॥
दस्तालोष्टो निधात्वयः पारदाच्छादितस्ततः।
संयोगाज्जायते तेजो मित्रावरुणसंज्ञितम्॥'

—अगस्त्य संहिता

अर्थात् मिट्टी का पात्र लें, उसमें ताम्र पट्टिका (Copper Sheet) डालें तथा शिखिग्रीवा (कॉपर सल्फेट) डालें, फिर बीच में गीली काष्ट पांसु (Wet Sawdust) लगाएँ, ऊपर पारा तथा दस्त लोष्ट (जिंक) डालें, फिर तारों को मिलाएँगे तो उससे मित्रावरुणशक्ति (Electricity) का उदय होगा।

'अगस्त्य संहिता' में विद्युत् का उपयोग विद्युत् लेपन (इलेक्ट्रोप्लेटिंग) के लिए करने का भी विवरण मिलता है। उन्होंने बैटरी द्वारा ताँबे या सोने या चाँदी पर पॉलिश चढ़ाने की विधि विकसित की। अतः अगस्त्य को 'कुमोद्भव' (Battery Bone) कहते हैं। 'अगस्त्य संहिता' के द्वारा निर्मित सेल को चित्र-45 में दरशाया गया है।

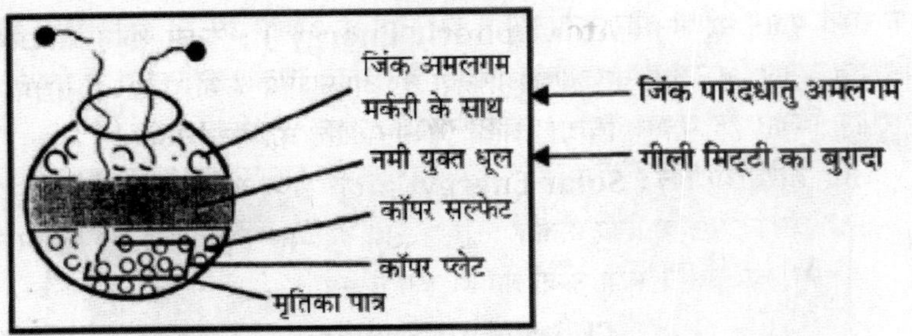

चित्र-45 : 'अगस्त्य संहिता' में वर्णित सेल

महर्षि अगस्त्य के अनुसार सौ कुंभों (उपर्युक्त प्रकार से बने तथा शृंखला में जोड़े गए सौ सेलों) की शक्ति का पानी पर प्रयोग करेंगे तो पानी अपना रूप बदलकर प्राणवायु (ऑक्सीजन) तथा उदान वायु (हाइड्रोजन) में परिवर्तित हो जाएगा।

विद्युत् तार : आधुनिक नौकाचलन और विद्युत् वहन, संदेश वहन आदि के लिए जो अनेक बारीक तारों की बनी मोटी केबल या डोर बनती है, वैसी ही प्राचीन काल में भी बनती थी, जिसे 'रज्जु' कहते थे—

नवभिस्तरन्तुभिः सूत्रं सूत्रैस्तु नवभिर्गुणः।
गुणैस्तु नवभिपाशो रश्मिस्तैर्नवभिर्भवेत्।
नवाष्टसप्तषड् संख्ये रश्मिभिर्रज्जवः स्मृताः॥

अर्थात् नौ तारों का सूत्र बनता है। नौ तारों का एक गुण, नौ गुणों का एक पाश, नौ पाशों से एक रश्मि और नौ, आठ, सात या छह रज्जु रश्मि मिलाकर एक रज्जु बनती है।

इसके अतिरिक्त भी वेदों में विद्युत् का अनेक मंत्रों में उल्लेख किया गया है। विद्युत् द्यावा पृथ्वी की शक्ति को भी बढ़ाती है। ऐसा कहा गया है—

अग्निर्हि विद्वाना निदो देवो मर्त्तमुरुष्यति।
सहावा यस्यावृतो रयिर्वाजेष्व वृतः

—*ऋग्वेद 6.14.5*

अर्थात् विद्युत् उत्पादन करना मनुष्यों को जानना चाहिए एवं विद्युत् शक्ति से काम आनेवाले उपकरणों/यंत्रों आदि की भी खोज करनी चाहिए। अतः हमारे वैदिक ग्रंथों का चिंतन सदैव उपयोगी सिद्ध हुआ है।

महर्षि कणाद–परमाणु विज्ञान के प्रणेता

विज्ञान और अध्यात्म के क्षेत्र में भारतीय ऋषि-मुनियों का अवदान विश्व स्तर पर अतुलनीय रहा है। इतिहास साक्षी है कि भारत का विज्ञान और अध्यात्म अरब

के रास्ते यूनान पहुँचा और यूनानियों ने इस ज्ञान के आधार पर जो आविष्कार और सिद्धांत बनाए, उससे ही आधुनिक विज्ञान को मदद मिली। इसी क्रम में विश्व में परमाणु विज्ञान के जनक हमारे भारतीय महर्षि कणाद थे (चित्र-46)।

चित्र-46 : महर्षि कणाद

महर्षि कणाद का समयकाल छठी शताब्दी ईसा पूर्व का माना जाता है। किंतु कुछ लोग उन्हें दूसरी शताब्दी ईसा पूर्व का भी मानते हैं। महर्षि कणाद का जन्म गुजरात के प्रभास क्षेत्र (द्वारका के निकट कृष्ण के निर्वाण स्थल पर) में हुआ था। वे एक महान् संत उल्का के पुत्र थे। उन्होंने भगवान् शिव की तपस्या कर आध्यात्मिक ऊर्जा और शक्ति को प्राप्त किया था। उन्हें बचपन से ही हर चीज को गहराई से जानने की बहुत जिज्ञासा थी। कहा जाता है कि काशी में इनके द्वारा स्थापित और आराधित शिवलिंग अभी तक विद्यमान है।

ऐसा भी उल्लेख मिलता है कि वे 'उच्छवृत्ति' के थे और धान्य के कणों का संग्रह कर उसी को खाकर तपस्या करते थे। इसलिए इन्हें 'कणाद' या 'कणमुक' कहते थे। उनके अनासक्त जीवन के बारे में यह रोचक मान्यता भी है कि वे किसी काम से बाहर जाते तो घर लौटते समय रास्तों में पड़े अन्न के कणों को बटोरकर अपना जीवन-यापन करते थे। इसी कारण वे 'कणाद' कहलाए। महर्षि कणाद का जन्म चरक और पतंजलि के पूर्व हुआ था। वे उलूक, कश्यप, पैलुक आदि नामों से भी प्रख्यात थे।

महर्षि कणाद ने परमाणु के संबंध में विस्तार से सिद्धांत प्रतिपादित किया। भौतिक जगत् की उत्पत्ति सूक्ष्मातिसूक्ष्म कण परमाणुओं के संघनन से होती है। इसके

अलावा महर्षि कणाद ने गति के तीन नियम भी बताए थे। उनके अनुसार, परमाणु सूक्ष्म वस्तुएँ हैं, जो अविनाशी हैं। यह बात आधुनिक युग के परमाणु विज्ञानी 'जॉन डॉल्टन' को बहुत बाद में ज्ञात हुई। कणाद ने यह तथ्य उजागर किया कि द्रव्य के परमाणु होते हैं। महर्षि कणाद ने परमाणु को ही अंतिम तत्त्व माना।

महर्षि कणाद ने लगभग 2600 वर्ष पूर्व ब्रह्मांड का विश्लेषण परमाणु विज्ञान की दृष्टि से सर्वप्रथम एक शास्त्र के रूप में सूत्रबद्ध ढंग से अपने 'वैशेषिक दर्शन' में प्रतिपादित किया था। उन्होंने द्वयाणुक (दो अणु वाले) तथा त्रयाणुक की चर्चा की। कुछ मामलों में महर्षि कणाद का प्रतिपादन आज के विज्ञान से भी आगे है। विख्यात इतिहासकार 'टी.एन. कोलेब्रूक' ने लिखा है कि उस समय-काल के दौरान अणुशास्त्र में आचार्य कणाद तथा भारतीय आचार्य यूरोपीय वैज्ञानिकों की तुलना में विश्वविख्यात थे। उन्होंने विज्ञान सिखाने के लिए 'वैशेषिक विद्यालय' की स्थापना की थी तथा 'वैशेषिक दर्शन' नामक ग्रंथ (चित्र-47) की रचना की थी, जो भारत के षट्दर्शन में एक है। 'वैशेषिक दर्शन' में मुख्य रूप से 'प्रमेय-मीमांसा' यानी भौतिक पदार्थों का विश्लेषण है। न्याय और वैशेषिक दर्शन मुख्य रूप से इस विचारधारा पर आधारित हैं कि जिन चीजों का हमें अनुभव होता है, वे सत हैं। लिहाजा दृश्यमान जगत् से परे जो गुत्थियाँ हैं, उन पर विचार केंद्रित करने की अपेक्षा जो जगत् दिखाई देता है, उसकी सत्ता का विश्लेषण करना ही ठीक है। वैशेषिक दर्शन का लौकिक दृष्टि से भी बहुत महत्त्व है।

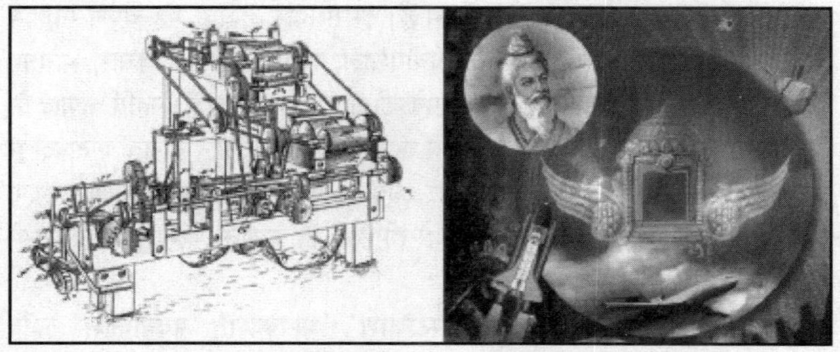

चित्र-47 : कणाद का वैशेषिक दर्शन

महर्षि कणाद ने भौतिक राशियों (अमूर्त) को दृव्य, गुण, कर्म, सामान्य, विशेष और समवाय के रूप में नामांकित किया है। यहाँ द्रव्य के अंतर्गत ठोस (पृथ्वी), द्रव (अप), ऊर्जा (तेजस), गैस (वायु), प्लाज्मा (आकाश), समय

(काल) एवं मुख्यतया सदिश लंबाई के संदर्भ में 'आत्मा' और 'मन' सम्मिलित हैं। वैशेषिक दर्शन केवल प्रत्यक्ष और अनुमान इन्हीं दो प्रमाणों को मानता है, कणादकृत 'वैशेषिक सूत्र' में 10 अध्याय हैं।

कणाद के अनुसार, परमाणु स्वतंत्र नहीं रह सकते। एक प्रकार के दो परमाणु संयुक्त होकर 'द्विणुक' का निर्माण कर सकते हैं। यह 'द्विणुक' ही आज के रसायनज्ञों का 'बायनरी मॉलिक्यूल' लगता है। उन्होंने यह भी कहा था कि भिन्न-भिन्न पदार्थों के परमाणु भी आपस में संयुक्त हो सकते हैं। 'वैशेषिक सूत्र' में परमाणुओं को सतत गतिशील भी माना गया है तथा द्रव्य के संरक्षण (कंजर्वेशन ऑफ मैटर) की भी बात कही गई है। ये बातें भी आधुनिक विज्ञान के सम्मत हैं।

महर्षि कणाद के अनुसार, द्रव्य को छोटा करते जाएँगे तो एक स्थिति ऐसी आएगी, जहाँ से उसे और छोटा नहीं किया जा सकता, क्योंकि यदि उससे अधिक छोटा करने का प्रयत्न किया तो उसके पुराने गुणों का लोप हो जाएगा। उनके अनुसार, द्रव्य की दो स्थितियाँ हैं—एक आणविक और दूसरी महत्। आणविक स्थिति सूक्ष्मतम है तथा महत् यानी विशाल ब्रह्मांड। दूसरे, दृव्य की स्थिति एक समान नहीं रहती है।

द्रव्य को जानना

उनके अनुसार कुछ भी जानने के लिए प्रथम माध्यम हमारी इंद्रियाँ ही हैं। इनके द्वारा मनुष्य देखकर, चखकर, सूँघकर, स्पर्श कर तथा सुनकर ज्ञान प्राप्त कर सकता है। बाह्य जगत् के ये माध्यम हैं। दूसरा और अधिक महत्त्वपूर्ण माध्यम अंतर्ज्ञान माना गया, जिसमें शरीर को प्रयोगशाला बनाकर समस्त विचार, भावना, इच्छा इनमें स्पंदन शांत होने पर सत्य अपने को उद्घाटित करता है। महर्षि कणाद के अनुसार तेज भी द्रव्य है, जबकि पदार्थ व ऊर्जा एक हैं। यह ज्ञान बीसवीं शताब्दी में आया है। इसके अतिरिक्त उनके अनुसार आकाश भी द्रव्य है तथा आकाश परमाणु रहित है तथा सारी गति आकाश के सहारे ही होती है, क्योंकि परमाणु के भ्रमण में हरेक के बीच प्रभाव-क्षेत्र रहता है।

अतः हमारे भारतीय दर्शन में 'घटाकाश', 'महाकाश', 'हृदयाकाश' आदि शब्दों का प्रयोग होता है। महर्षि कणाद के अनुसार, दिक् (Diversion) तथा काल (Time) यह भी द्रव्य हैं, जबकि पश्चिम से इसकी अवधारणा आइंस्टाइन के सापेक्षतावाद के प्रतिपादन के बाद आई।

महर्षि कणाद के मत में मन तथा आत्मा भी द्रव्य हैं। आत्मा वस्तुतः किस तरह द्रव्य है, आज का विज्ञान भी इसे समझने में सक्षम नहीं है। वस्तुतः जिस तरह

आकाश के कई प्रकार हैं, उसी तरह आत्मा के। अत: प्रत्येक द्रव्य की स्थिति आणविक है। वे गतिशील हैं तथा परिमंडलाकर उनकी स्थिति है—

'नित्यं परिमण्डलम्'

—वै.द. 7/20

अर्थात् परमाणु छोटे-बड़े रहते हैं, इस विषय में उनका मत है—

'एतेन दीर्घत्वह्रस्वत्वे व्याख्याते'

—वै.दे. 7-1-17

अर्थात् आकर्षण-विकर्षण से अणुओं में छोटापन और बड़ापन उत्पन्न होता है। परमाणु कैसे प्रभावित होते हैं, तो महर्षि कणाद के अनुसार—

'विभवान्महानाकाशस्तथा च आत्मा'

—वै.द. 7-22

अर्थात् उच्च ऊर्जा, आकाश व आत्मा के प्रभाव से परमाणु प्रभावित होते हैं।

परमाणुओं से सृष्टि प्रक्रिया : इस विषय में महर्षि कणाद का मत है कि पाकज क्रिया से यह संभव है। इसे 'पीलुपाक क्रिया' भी कहते हैं, अर्थात् अग्नि या ताप द्वारा परमाणुओं का संयोजन होता है। दो परमाणु मिलकर द्वयणुक बनते हैं। तीन द्वयणुक से एक त्रयणुक, चार त्रयणुक से एक चतुर्णुक तथा इस प्रकार स्थूल पदार्थों निर्मित होते जाते हैं। वे कुछ समय रहते हैं तथा बाद में पुन: उनका क्षरण होता है और मूल रूप में लौटते हैं। हमारे शरीर और इस ब्रह्मांड की रचना उनके अनुसार इसी तरह हुई है।

गति के नियम : महर्षि कणाद ने न्यूटन के गति के नियम के पूर्व ही गति के तीन नियम बताए थे। यथा—

वेग: निमितविशेषात कर्मणो जायते।
वेग: निमित्तापेक्षात कर्मणो जायते नियतदिक क्रिया प्रबन्ध हेतु।
वेग: संयोग विशेष विरोधी॥

—वै.द.

अर्थात् वेग पाँचों द्रव्यों पर निमित्त व विशेष कर्म के कारण उत्पन्न होता है तथा नियमित दिशा में क्रिया होने के कारण संयोग विशेष से नष्ट होता है या उत्पन्न होता है।

अत: परमाणु विज्ञान के क्षेत्र में यह निश्चय रूप से कहा जा सकता है कि इसके जनक भारतीय वैज्ञानिक महर्षि कणाद ही थे।

□

10

प्राचीन भारतीय वैज्ञानिक ही गणितशास्त्र के जनक

समस्त विज्ञान का मूल ही गणित है। इसका उपयोग प्रत्येक कला एवं विज्ञान में हुआ है। वस्तुतः गणित ही सृष्टि-रचना के मूल में है। संसार की प्रत्येक वस्तु किसी नियम से बँधी हुई है, उसमें कोई क्रम है। उस नियम और क्रम का ज्ञान गणित के अंतर्गत आता है। सृष्टि की प्रत्येक वस्तु में गति है और गति का संबंध गणना से है। यह गणना गणित का विषय है। पूरा ज्योतिष-शास्त्र भी गणित पर ही निर्भर है। स्थान तथा समय का निर्धारण गणित के आधार पर ही होता है। वस्तुतः गति की निरंतरता का नाम 'समय' (Time) है और गति का चतुर्दिक् प्रसार ही 'स्थान' (Space) है। इनके ज्ञान के लिए गणित की आवश्यकता होती है। गणित के द्वारा गति का आकलन किया जाता है, अतः गणित को विज्ञान की 'आधारशिला' कहा जाता है। गणित के महत्त्व को प्रतिपादित करनेवाला एक श्लोक 'वेदांग ज्योतिष' में वर्णित किया गया है—

यथा शिखा मयूराणां नागानां मणयो यथा।
तद्वद् वेदांगशास्त्राणां गणित मूर्धनि स्थितम्॥

—वेदांग ज्योतिष, याजुष, 4

अर्थात् जिस प्रकार मयूरों की शिखाएँ और नागों में मणियाँ सर्वोच्च स्थान पर रहती हैं, उसी प्रकार सारे वेदांगों में गणित का स्थान सर्वोपरि है। इसी प्रकार 'ईशावास्योपनिषद्' के 'शांति मंत्र' में उल्लेख किया गया है—

ॐ पूर्णमदः पूर्णमिदं पूर्णात् पूर्णमुदच्यते।
पूर्णस्य पूर्णमादाय पूर्णमेवशिष्यते॥

इस मंत्र में न केवल आध्यात्मिक वर्णन, वरन् अत्यंत महत्त्वपूर्ण गणितीय संकेत छिपा हुआ है, जो समग्र गणितशास्त्र का आधार बना है। अर्थात् यह भी पूर्ण है, वह पूर्ण है, पूर्ण से पूर्ण की उत्पत्ति होती है तो भी वह पूर्ण है और अंत में पूर्ण में लीन होने पर भी अवशिष्ट पूर्ण ही रहता है। जो वैशिष्ट्य पूर्ण के वर्णन में है, वही वैशिष्ट्य शून्य व अनंत में है। शून्य में शून्य जोड़ने और घटाने पर शून्य ही रहता है। यही बात अनंत की भी है।

प्रसिद्ध गणितज्ञ महावीराचार्य (लगभग 850 ई.) ने अपने ग्रंथ 'गणितसारं संग्रह' (अध्याय 1.9.99) में उल्लेख किया है कि इस चराचर जगत् में कोई ऐसी वस्तु नहीं है, जिसके मूल में गणित न हो। गणित ज्ञान और विज्ञान सभी शाखाओं का आधार है—

बहुभिर्विप्रलापैः किं त्रैलोक्ये सचराचरे।
यत् किंचिद् वस्तु तत् सर्वं गणितेन विना न हि॥

वेदों में छंद रचना के मूल में गणित है। इसी आधार पर गायत्री (8.81/8 = 4 वर्ण) अनुष्टुप (8, 8/8.8 = 32 वर्ण) त्रिष्टुप् (11, 11, 11, 11 = 44 वर्ण), जगती (12,12/12,12 = 48 वर्ण) आदि विभिन्न छंदों की विशेषताओं की सृष्टि हुई है।

गणितशास्त्र का उद्भव एवं महत्त्व

वेदों के अध्ययन से ज्ञात होता है कि उनमें गणितशास्त्र से संबद्ध पर्याप्त सामग्री उपलब्ध है। 'छांदोग्य उपनिषद्' में सर्वप्रथम गणितशास्त्र का राशिविद्या और ज्योतिष का नक्षत्रविद्या के नाम से उल्लेख है। वस्तुतः राशिविद्या शब्द अंकगणित के लिए है तथा नक्षत्रविद्या ज्योतिष के लिए है। इसी प्रकार यजुर्वेद (30.20) और तैत्तिरीय ब्राह्मण (3.4.15) में गणक (गणना करनेवाला) शब्द मिलता है।

जैनियों ने भी अपने अनुयायियों के लिए गणित के ज्ञान पर बल दिया। बौद्धों ने भी गणना और संख्यान को प्रमुखता दी है। कौटिल्य के 'अर्थशास्त्र' में उल्लेख किया गया है कि शिक्षा का प्रारंभ लिपि (वर्णमाला) और संख्यान (गणित) से होना चाहिए।

प्राचीन बौद्ध साहित्य में तीन प्रकार के गणित का उल्लेख मिलता है—

1. मुद्रा (उँगलियों पर गिनना)
2. गणना (सामान्य गणित, मौखिक गणना)
3. संख्यान (उच्च गणित)

गणित के अर्थ में 'संख्यान' शब्द का प्रयोग अनेक ग्रंथों में मिलता है। क्षेत्रगणित या ज्यामिति (Geometry) का विवरण वेदांग के रूप में प्रचलित 'कल्पसूत्र' और 'शुल्बसूत्रों' में मिलता है। अज्ञात राशि, राशि से संबंध रखनेवाला 'बीजगणित' (Algebra) कहलाया।

वस्तुतः गणना करने का कार्य उँगलियों पर आरंभ हुआ और फिर मानसिक हिसाब का समय आया। इसके बाद लकड़ी की पट्टी पर जब लिखकर हिसाब लगाया जाने लगा, तब इसे 'पाटी-गणित' कहा जाने लगा और बालू या मिट्टी बिछाकर हिसाब भी करने की प्रथा रही, जिसे 'धूलि-कर्म' कहा गया। हमारे देश में बाद में बीजगणित भी आरंभ हुआ। श्रीधराचार्य ने 'पाटी-गणित' और 'बीजगणित' पर अलग-अलग ग्रंथ लिखे। ब्रह्मगुप्त ने अपने 'ब्राह्मस्फुट सिद्धांत' में बीजगणित की क्रिया का नाम 'कुट्टक' रखा।

जैसाकि विदित है, गणित की कई क्षेत्रों में उपयोगिता है। चित्रकला का आधार रेखागणित है। संगीतकला में स्वरों का निर्देशन, तार की लंबाइयों तथा कंपन संख्याओं से ही होता है। बाँसुरी में सप्तक के स्वरों को उत्पन्न करने के लिए छेद गणित के अनुसार ही किए जाते हैं। हारमोनियम बाजे की उत्पत्ति स्वर ग्राम को बारह समान अंतरों में बाँटकर ही हुई, जिसमें स्वर ग्राम के अंतर 2 का बारह राशि मूल (वर्गमूल का घन मूल) सर्वप्रथम लिया गया। पिंगल शास्त्र के 'गण' शब्द की उत्पत्ति गणना से ही हुई। इसी प्रकार भेषज विज्ञान में होमियोपैथी में औषधियों की शक्ति उन्हें दस और सौ घोलों में बनाकर उनमें प्रकट की जाती है।

भौतिकशास्त्र, जिसने बेतार के तार आदि से युग परिर्वतन कर दिया है, पूर्णतः गणित पर अवलंबित है। रेडियो की तरंगों की उपस्थिति सर्वप्रथम गणित द्वारा ही सिद्ध की गई। वनस्पति विज्ञानी वृक्षों की आयु उनके तनों की परतों को गिनकर ही जान पाते हैं। आकाश में टिके ज्योतिष शास्त्र का आधारस्तंभ गणित ही है। रेखागणित का उपयोग अन्य क्षेत्रों में भी हुआ है। मनुष्य ने अपनी सुविधा के लिए विविध प्रकार की गाड़ियाँ बनाई हैं, जो सब पहियों पर चलती हैं, जिनका वृत्तीय आकार ज्यामिति का अंग है। समानांतर रेखाओं के ज्ञान के बिना रेल की पटरियाँ नहीं बिछाई जा सकती थीं तथा लंब ज्ञान के बिना दीवारें खड़ी नहीं का जा सकती थीं। स्वयं प्रकृति भी गणितमय है। आकाश में कितने ही पिंड हैं, जिनमें हमारी पृथ्वी भी है सदैव बिना टक्कर खाए घूमते रहते हैं। नियमानुसार हमारा जीवन भी गणित पर आधारित है।

भारत गणितशास्त्र का जनक रहा है, यह तथ्य संपूर्ण विश्व मानने लगा है।

यूरोप की सबसे पुरानी गणित की पुस्तक 'कोडेक्स विजिलेंस' है, जो स्पेन की राजधानी मेड्रिड के संग्रहालय में रखी है। इसमें लिखा है—

"गणना के चिह्नों से (अंकों से) हमें यह अनुभव होता है कि प्राचीन हिंदुओं की बुद्धि बड़ी पैनी थी तथा अन्य देश गणना व ज्यामिति तथा अन्य विज्ञान में उनसे बहुत पीछे थे। यह उनके नौ अंकों से प्रमाणित हो जाता है, जिनकी सहायता से कोई भी संख्या लिखी जा सकती है।"

नौ अंक और शून्य के संयोग से अनंत गणनाएँ करने की सामर्थ्य और उसका विश्व के वैज्ञानिक विकास में महत्त्वपूर्ण भूमिका की वर्तमान युग के विज्ञानी 'लाप्लास' और 'अल्बर्ट आइंस्टाइन' ने मुक्त कंठ से प्रशंसा की है।

गणित के मनीषी : भारत में निम्न गणितज्ञ मनीषी हुए हैं, जिनका अवदान विश्व में अतुलनीय रहा है।

इनमें कुछ के महत्त्वपूर्ण योगदान को इस पुस्तक के आगामी पृष्ठों में दिया गया है। (चित्र-48 से 53 तक)

चित्र-48 : आर्यभट

1. अंकगणित : अंकगणित विज्ञान के मूल में अंकों के उद्भव की कहानी है। हमारे वाङ्मय में अंकों को प्रकट करने के लिए दो प्रणालियाँ थीं—प्रथम को अक्षरांक शब्दांक तथा द्वितीय को दशमलवांक प्रणाली कहते हैं।

अक्षरांक और शब्दांक : इसमें हर अंक के लिए अक्षर नियुक्त थे, जैसे 1 के लिए 'क' तथा 0 के लिए 'न' अक्षर का प्रयोग। यह प्रयोग आर्यभट के ज्योतिष ग्रंथों में किया गया है। इसी प्रणाली के समानांतर है शब्द प्रकृति। इसमें कोई पदार्थ या व्यक्ति अपनी संख्या का सूत्रक हो जाता है।

चित्र-49 : ब्रह्मगुप्त

चित्र-50 : बौधायन

चित्र-51 : श्रीधर

चित्र-52 : भास्कराचार्य

चित्र-53 : वराहमिहिर

यजुर्वेद, तैत्तिरीय संहिता, मैत्रायणी और काठक संहिताओं में 1 से परार्ध तक की संख्याओं के नाम मिलते हैं। इनमें से प्रत्येक अगली संख्या 10 गुनी है। ये नाम हैं—

एक (1), दश (10), शत (100), सहस्त्र (1000), अयुत (10 हजार), नियुत (1 लाख), प्रयुत (10 लाख), अर्बुद (1 करोड़), न्यर्बुद (10 करोड़), समुद्र (1 अरब), मध्य (10 खरब), अंत (1 खरब), परार्ध (10 खरब)। ऋग्वेद में एक-दश, शत, सहस्त्र, अयुत तक ही संख्या शब्द मिलते हैं। अथर्ववेद (8.8.7) में शत, सहस्त्र, अयुत और न्यर्बुद तक की संख्याएँ दी गई हैं।

संख्याओं का स्थानिक मान (Notional Places)

दशम पद्धति पर संख्याओं का लिखना 'भारतवर्ष का विशेष आविष्कार' है। आर्यभट प्रथम (सन् 499) ने 'आर्यभटीय' (2.2) में लिखा है कि किसी लिखी हुई संख्या में एक-एक स्थान बाई ओर हटने पर स्थानिक मान निम्नलिखित क्रम में 10 गुना बढ़ता जाता है। एक (इकाई), दश (दहाई), शत (सैकड़ा), सहस्त्र (हजार),

अयुत (दस हजार), नियुत (लाख), प्रयुत (दस लाख), कोटि (करोड़), अर्बुद (दस करोड़) और वृंद (अरब)। इसमें अंक-संज्ञा के अर्थ में 'स्थान' शब्द का प्रयोग हुआ है। यह स्थानिक मान का सूचक है।

श्रीधराचार्य (750 ई.) ने अपने ग्रंथ 'त्रिशतिका' में 18 स्थानों के नाम दिए हैं और इन्हें 'दशगुणाः संज्ञाः' कहा है। ये हैं—एक, दश, शत, सहस्त्र अयुत, नियुत, प्रयुत, कोटि, अर्बुद, अब्ज, खर्व, निखर्व, महासरोज, शंकु, सरितापति, अन्त्य, मध्य, परार्ध। भास्कर द्वितीय (1150 ई.) ने 'लीलावती' ग्रंथ में श्रीधर की ही नामावलि ली है। केवल तीन स्थानों पर अंतर किया है। दो स्थानों पर इनके पर्यायवाची शब्द दे दिए हैं। ये हैं—महासरोज के स्थान पर महापद्म और सरितापति के स्थान पर जलधि शब्द तथा नियुत के स्थान पर लक्ष शब्द।

यजुर्वेद (17.2) के भाष्य में महीधर ने एक से परार्ध तक 18 संख्या संज्ञाओं का उल्लेख किया है और कहा है कि न्यर्बुद के बाद खर्व, निखर्व, महापद्म और शंकु संज्ञाओं का परिगणन समझना चाहिए। ये हैं—

1. एक (1) = 10^0
2. दश (10) = 10^1
3. शत (100) = 10^2
4. सहस्त्र (1000) = 10^3
5. अयुत (10 हजार) = 10^4
6. नियुत (लक्ष) (1 लाख) = 10^5
7. प्रयुत (10 लाख) = 10^6
8. कोटि (1 करोड़) = 10^7
9. अर्बुद (10 करोड़) = 10^8
10. न्यर्बुद (अब्ज) 1 अरब = 10^9
11. खर्व (10 अरब) = 10^{10}
12. निखर्व (1 खरब) = 10^{11}
13. महापद्म (10 खरब) (महासरोज) = 10^{12}
14. शंकु (1 नील) = 10^{13}
15. समुद्र (जलधि) (10 नील) = 10^{14}
16. मध्य (100 नील) (अन्त्य) = 10^{15}
17. अंत (अन्त्य) (1 हजार नील) (मध्य) = 10^{16}
18. परार्ध (10 हजार नील) = 10^{17}

संख्या शब्दों का विभिन्न प्रकार से उल्लेख

(अ) विषम संख्याएँ : 1 से 33 तक

यजुर्वेद के एक मंत्र में 1 से 33 तक की केवल विषम संख्याएँ ही दी गई हैं—

'एका च मे, तिस्त्रश्च मे, पंच, सप्त, नव, एकविंशति, त्रयोविंशति, एकत्रिंशत्, त्रयस्त्रिंशत् (यजु. 18.24)।

ये हैं—1, 3, 5, 7, 9, 11, 13, 15, 17, 19, 21, 23, 25, 27, 29, 31 और 33।

(ब) सम संख्याएँ 4 से 48 तक (4 का पहाड़ा, 4 × 12 = 48)

यजुर्वेद के ही एक अन्य मंत्र में 4 का पहाड़ा 48 तक चला गया है। जैसे—4, 8, 12, 16, 20, 24, 28, 32, 36, 40, 44, 48

चतस्त्रः अष्टौ, द्वादश, षोडश, विंशति, चतुर्विंशति, अष्टाविंशति, चत्वारिंशत्, चतुश्चत्वारिंशत्, अष्टचत्वारिंशत्। (यजु. 18.25)।

1. **जोड़** (अ) की दो संख्याओं को जोड़ते जाइए, (ब) भाग में उनके उत्तर मिलते जाएँगे। उपर्युक्त मंत्र में 3, 5, 7 आदि शब्द दो बार पढ़े गए हैं। अत: ये दोनों और कार्य करते हैं। जैसे—1 + 3 = 4, 3 + 5 = 8, 5 + 7 = 12, 7 + 9 = 16, 9 + 11 = 20, 11 + 13 = 24, 13 + 15 = 28 आदि।

2. **घटाना :** इसका ठीक उलटा करने पर घटाने की प्रक्रिया हो जाएगी। (ब) भाग में से (अ) भाग की संख्याएँ घटाने पर शेष बचनेवाली संख्या मिलती जाएँगी। केवल (अ) भाग में उलटी ओर से 2 घटाएँ, उत्तर मिलता जाएगा। इसी प्रकार (ब) भाग में 4 घटाते जाएँ, उत्तर मिलता जाएगा।

(i) जैसे—4 - 1 = 3, 8 - 3 - 5, 12 - 5 - 7, 16 - 7 - 9, 20 - 9 = 11 एवं 24-11 = 13

(ii) भाग (अ) की संख्याओं में से 2 घटाने पर पूर्ववर्ती संख्या उत्तर होती है। जैसे—33-2=31, 31-2-29

(iii) (ब) भाग की संख्याओं में से उलटी ओर से 4 घटाने पर पूर्ववर्ती संख्या उत्तर होती है। जैसे—48 - 4 = 44, 44 - 4 = 40, 40 - 4 = 36

3. **गुणा करना : 'ख'** भाग में 4 का पहाड़ा है। क्रमशः 1, 2, 3, का गुणा करते जाइएगा, उत्तर प्राप्त होता जाएगा। जैसे—4 × 1 = 4, 4 × 2 =

8, 4 × 3 = 12, 4 × 4 = 16, 4 × 10 = 40, 4 × 11 = 44, 4 × 12 = 48।

4. **भाग देना :** 'ख' भाग में ही क्रमशः 1, 2, 3, 4, का भाग देने पर 4 का उत्तर आता जाएगा, जैसे—4 ÷ 1 = 4, 8 ÷ 2 = 4, 12 ÷ 3 = 4, 16 ÷ 4 = 4 आदि।

(ख) 'ख' भाग वाली संख्याओं में एक-एक संख्या छोड़ते जाएँ और 4 का भाग दें तो भाग (क) वाली संख्याएँ क्रमशः उत्तर होंगी, जैसे—4 ÷ 4 = 1, 12 ÷ 4 = 3, 20 ÷ 4=5, 28 ÷ 4=7, 36 ÷ 4=9। यजुर्वेद में दो अत्यंत महत्त्वपूर्ण मंत्र हैं। इनमें एक में 1 से 33 तक की विषम संख्याएँ दी हैं, दूसरे में 4 से 48 तक का पहाड़ा दिया गया है। इन मंत्रों को एक साथ आमने-सामने पढ़ने पर गणित की अधिकांश क्रियाएँ स्पष्ट दिखती हैं। जोड़, घटाना, गुणा और भाग तो है ही। साथ ही वर्ग और वर्गमूल की प्रक्रिया भी स्पष्ट हो जाती है।

(स) संख्याएँ 1 से 200 तक संक्षेप में : 'तैत्तिरीय संहिता' के एक मंत्र में 1 से 100 तक की संख्याएँ तथा बाद में 200 संख्या संक्षेप में इस प्रकार दी गई हैं—

(i) 1 से 19 तक पूरी संख्याएँ—1, 2, 3, 4, 5, 6, 7, 8, 9, 10, 11, 12, 13, 14, 15, 16, 17, 18 और 19।

(ii) इसके बाद केवल 9 (नौ) अंकवाली संख्याएँ 99 तक। 29, 39, 49, 59, 69, 79, 89, 99।

(iii) फिर 100 और 200। इस प्रकार 1 से 200 तक की संख्याएँ समझाई गई हैं। इसके बाद 10 मंत्रों के अंत में एक मुहावरा दिया गया है—'सर्वस्मै स्वाहा'। इसका अभिप्राय यह है कि इसी प्रकार आगे की सब संख्याएँ बनाते जाएँ।

दस (10) संख्या के लिए 'ति' प्रत्यय लगाना

दस संख्या के लिए 'ति' प्रत्यय लगाना भाषा विज्ञान की दृष्टि से बहुत महत्त्वपूर्ण है। 10 के लिए 'ति' का प्रयोग इंगलिश में भी होता है। और इसका अर्थ होता है—10 गुना। इंगलिश में यह Ten (10) का संक्षिप्त रूप 'Ty' है। भाषा विज्ञान में इसे भारोपीय भाषा या Indo-European Language कहते हैं। जैसे—

संख्या	संस्कृत	इंगलिश
60	षष्टि (षष् + ति)	Sixty (Six + ty)
70	सप्तति (सप्त + ति)	Seventy (Seven + ty)
80	अशीति (अष्ट + ति)	Eighty (Eight + ty)
90	नवति (नव + ति)	Ninety (Nine + ty)

9 के लिए आरोह और अवरोह क्रम : वेदों में 19, 29, 39 आदि संख्याओं में 9 अंक के लिए आरोह और अवरोह दोनों क्रम अपनाए गए हैं। आरोह क्रम (Ascending Order) का अभिप्राय है—संख्या का आगे की ओर बढ़ना।

अवरोह क्रम (Descending Order) का अभिप्राय है—अगली संख्या देकर पीछे की ओर मुड़ना। हिंदी में 19, 29, 39 आदि गिनती में अवरोह-क्रम अपनाया गया है। जैसे—19 के लिए उन्नीस (ऊन-बीस, अर्थात् 20 से 1 कम), 29 के लिए उनतीस (ऊन-तीस, तीस में से एक कम), 69 के लिए उनहत्तर (ऊन-सत्तर, सत्तर में से एक कम), 79 के लिए उन्नासी (ऊन-अस्सी, अस्सी में से एक कम)। हिंदी में यह विधि वैदिक विधि से ली गई है। वेदों में 19, 29 आदि के लिए आरोह और अवरोह क्रम दोनों अपनाए गए हैं। जैसे—नवदशन् (19), नवषष्टि (69), नवाशीति (89) आदि में आरोह-क्रम अपनाया गया है, अर्थात् 10 + 9 = 19, 60 + 9 = 69, 80 + 9 = 89। दूसरी ओर 19, 29 आदि में 'एक कम' के अर्थ में 'एकोन', 'एकान्न' और केवल 'ऊन' (ऊन = न्यून अर्थात् कम) शब्दों का प्रयोग मिलता है। एकोनविंशति आदि।

'अथर्ववेद' में एकोनविंशति (19, एक कम बीस) प्रयोग मिलता है। इसी प्रकार 'तैत्तिरीय' संहिता में 'एकान्न' (एक कम) वाले प्रयोग मिलते हैं। जैसे—एकान्नविंशति (19), एकान्नाशीति (79), एकान्नशत (99)। 'सूत्रकाल' में 'एकोन' में से 'एक' शब्द हटाकर केवल 'ऊन' शब्द का ही प्रयोग चलने लगा। जैसे—ऊनविंशति (19), ऊनत्रिंशत् (29)। यही विधि हिंदी में भी अपनाई गई है।

गणित के मूल कार्य : भास्कराचार्य ने गणित के आठ मूल कार्य माने हैं—

(1) संकलन (जोड़),

(2) व्यवकलन (घटाना),

(3) गुणन (गुणा करना),

(4) भाग (भाग करना),

(5) वर्ग (वर्ग करना),
(6) वर्गमूल (वर्गमूल निकालना),
(7) घन (घन करना),
(8) घनमूल (घनमूल निकालना)।

ये सभी गणितीय क्रियाएँ हजारों वर्षों से देश में प्रचलित रहीं। परंतु भास्कराचार्य ने 'लीलावती' को एक अद्‍भुत रहस्य बताया कि 'इन सभी परिक्रमों के मूल में दो ही मूल परिकर्म हैं—वृद्धि और ह्रास। जोड़ वृद्धि है, घटाना ह्रास है। इन्हीं दो मूल क्रियाओं से संपूर्ण गणितशास्त्र व्याप्त है।'

आजकल कंप्यूटर द्वारा बड़ी-से-बड़ी और कठिन गणनाओं का हल थोड़े से समय में मिल जाता है। इसमें सारी गणना वृद्धि और ह्रास के दो चिह्न (+, -) द्वारा होती है। इन्हें विद्युत् संकेतों में बदल दिया जाता है; फिर सीधा प्रवाह जोड़ने के लिए उलटा प्रवाह घटाने के लिए। इसके द्वारा विद्युत् गति से गणना होती है। वृद्धि, ह्रास, एक, शून्य तो ध्यान में आता है। इसकी मूल समझ भी भास्कराचार्य को ही थी।

दशमलवांक प्रणाली : भारतीय अंकों में जिह्वामूलीय तथा उपध्मानीय अक्षरों का होना इस बात का प्रमाण है कि उनकी उत्पत्ति वैदिक काल में ही हो चुकी थी। एक शैली में 1 से 9 तक के ही अंक थे और दहाई से गणना करने का नियमन था। दूसरी शैली में शून्य की योजना थी और दहाई से गिनते थे।

संख्याओं का नामकरण भी विशुद्ध रूप से वैज्ञानिक है। अपनी 'निरुक्त' पुस्तक में (3/2/9) में यास्काचार्य संग्राम वाची 46 पर्यायों का उल्लेख करते हैं और उदाहरण रूप उद्‍धृत करते हैं।

सृष्टि की उत्पत्ति का काल बताने के लिए 'अथर्ववेद' में निम्न मंत्र (8/2/2) का उल्लेख है—

शतं ते अयुतं हायनान् द्वे युगे त्रीणि चत्वारि कृण्मः।
इंद्राग्नी विश्वे देवास् तेऽनुमन्यामिह नोऽभावाः॥

शतम् (सौ)	000
अयुतम् (दस हजार)	00000
द्वे	20000000
त्रीणि	300000000

चत्वारि	4000000000
योग	4,32,0000000

अर्थात् चार अरब बत्तीस करोड़ वर्ष।

दशमलव प्रणाली का आविष्कार

विश्व में भारतीय गणितज्ञों ने ही 'दशमलव प्रणाली' का आविष्कार किया है। जिस प्रकार 'दस' को आधार मान स्थानमूलक प्रणाली द्वारा 1, 2, 3, 4, 5, 6, 7, 8, 9 और 0, इन दस अंकों के प्रयोग से स्थान बदलकर कोई भी एक बड़ी संख्या लिखी जा सकती है, उसी प्रकार दशमलव प्रणाली द्वारा दशमलव बिंदु लगाकर एक छोटी-से-छोटी प्रत्येक संख्या लिखी जा सकती है। इसका मूल 'ऋग्वेद' में उल्लेख किया गया है—

दशावनिभ्यो दशकक्ष्येभ्यो
दशयोक्त्रेभ्यो दशयोजनेभ्यः।
दशामीशुभ्योअर्चताजरेभ्यो
दश धुरो दशयुक्ता वहद्भ्य॥

—ऋग्वेद 10/94/7

दश के अंक की प्रतिष्ठा में यहाँ निम्न विशेषण आए हैं—

अवनिभ्यः = रक्षा करनेवाला
कक्ष्येभ्यः = कर्मों को प्रकाशित करनेवाला
योजनेभ्यः = जोड़नेवाला, दशमलव पद्धति में जोड़ने की सुविधा का संकेत
अभीशुभ्यः = गुणा करने की सुविधा
अजरेभ्यः = विभाजन की सुविधा

यह दस से गुणित और विभाजित करने की दशमलव प्रणाली विश्व को भारतवर्ष की ही देन है। अलबरूनी के अनुसार, यह प्रणाली खलीफावलीद के बाद 773 में अरब गई। Encyclopaedia Britanica भाग-17, पृष्ठ-626 पर उल्लेख है कि अरब से 12वीं शताब्दी में यह पद्धति यूरोप गई और इसे वहाँ (गणित अल् गोरिलस अल्गोरिथम) कहा गया, जो विदेशी शब्द अल्खारिज्मी का अक्षरांतर मात्र है।

शून्य का आविष्कार एवं महत्त्व

गणित के क्षेत्र में भारतीय वैज्ञानिकों का एक अन्य आविष्कार 'शून्य' का

है। यह मानव सभ्यता का एक महान् आविष्कार है तथा इसकी संकल्पना ने गणित को पूर्णता प्रदान की है। शून्य सृष्टि का आदि और अंत है। इसको दार्शनिकों और वैज्ञानिकों ने अलग-अलग नाम दिए हैं। आर्श प्रणाली में विभिन्न अंक थे—1, 2, 3, 4, 5, 6, 7, 8 और 9। स्थानमूलक प्रणाली में दाई ओर से बाई ओर चलते हुए प्रथम स्थान इकाई का, द्वितीय स्थान दहाई का, तीसरा स्थान सैकड़े का, चौथा स्थान हजार का, पाँचवाँ स्थान दस हजार का, छठा स्थान लाख आदि और इस प्रकार विभिन्न स्थानों का मान अपने से पहले स्थान के मान का दस गुणा करने से प्राप्त हो जाता है। परंतु इस प्रकार संख्याओं को लिखना एवं समझना तथा उनके साथ विभिन्न प्रक्रियाएँ करना अत्यंत दुष्कर कार्य था। इस समस्या का समाधान भारतीय वैदिक ऋषियों की आश्चर्यजनक खोज 'शून्य' (चित्र-54) ने किया।

शून्य के लिए इन शब्दों का प्रयोग मिलता है—'ख', गगन, अंबर, आकाश, अंतरिक्ष, अनंत, तुच्छय, रिक्त, वशी, वशिक, नम, पूर्ण। वेदों में 'शून्य' और 'शून' दोनों शब्दों का प्रयोग रिक्त, खाली, अभाव, रिक्तता (Empty, Emptiness) के अर्थ में हुआ है।

चित्र-54 : शून्य

शून्य और जीरो (Zero) का संबंध

महावीर और भास्कर के गणित में शून्य तथा भास्कर के पहले श्रीधर ने शून्य का वर्णन किया है। भारत में शून्य की जो आकृति अपनाई गई, वही संसार के अधिकांश देशों में प्रचलित हुई। अरब देशवालों ने शून्य का 'सिफर' नाम दिया तथा संभवतः इसी से अंग्रेजी शब्द 'साईफर' बना और अंग्रेजी में प्रयुक्त 'जीरो' शब्द की उत्पत्ति भी लैटिन शब्द 'जेफिराम' से हुई। शून्य के विभिन्न भाषाओं के नाम निम्नवत् हैं—

संस्कृत	फ्रेंच	अरबी	अंग्रेजी	स्पेनिश
शून्य	सिफ्रे	सिफ्र	साइफर	सिप्रा
शून्य	जीरो	सिफ्र	जीरा	—

अरबी का सिफ्र पुरानी फ्रेंच में सिफ्रे हुआ और अंग्रेजी में साइफर। वहीं नई फ्रेंच तथा अंग्रेजी में जीरो हुआ।

शून्य का स्वरूप : शून्य का स्वरूप यजुर्वेद के 40.17 मंत्रानुसार ॐ खं ब्रह्म से स्पष्ट होता है। यजुर्वेदानुसार, शून्य 'ख' या 'शून्य' उस अनंत, अपरिमित, अपरिमेय या असंख्येय शक्ति (ऊर्जा, Energy) का प्रतीक है, जिससे समस्त अंकों और संख्याओं की उत्पत्ति हुई है। मूल ऊर्जा के प्रतीक इस शून्य को विज्ञान, दर्शन तथा अन्य शास्त्रों ने विभिन्न नाम दिए हैं। यह धनात्मक और ऋणात्मक शक्तियों में यह धनात्मक और ऋणात्मक शक्तियों में विभक्त होकर धनात्मक परार्ध एवं ऋणात्मक अवरार्ध को सूचित करता है। इसके लिए धन या योग (+) और वियोग या ऋण (–) का चिह्न देकर धनात्मक एवं ऋणात्मक बड़ी–से–बड़ी संख्या को बताया जा सकता है। वस्तुतः यह धनात्मक एवं ऋणात्मक शक्तियों के बीच में विद्यमान एवं अदृश्य शक्ति है, जिसको गणित में शून्य के चिह्न द्वारा अभिव्यक्त किया जाता है। अन्य स्थानों पर शून्य, सैकड़ा, हजार, लाख आदि स्थानमान को सूचित करता है।

शून्य का जब संख्याओं में उपयोग होता है तो यह अपना करिश्मा दिखाता है। किसी संख्या के अंत में एक शून्य लगा देने से वह दस गुनी हो जाएगी। दो शून्य लगा देने से वह संख्या सौ गुनी हो जाएगी, तीन से हजार गुना आदि होती रहेगी। शून्य के आविष्कार तथा इसके महत्त्व की जितनी भी महिमा की जाए, कम है। 'कुछ नहीं' वाले इस शून्य को न केवल एक स्थान, नाम, चिह्न या संकेत प्रदान करना, वरन् इसमें उपयोगी शक्ति भरना, उस भारतीय मस्तिष्क की विशेषता है, जिसने इसे उत्पन्न किया है।

यजुर्वेद में शून्य को अनंत एवं अपरिमेय बताया गया है। किसी भी संख्या में शून्य को जोड़ें, घटाएँ या गुणा करें तो उसका मान वही रहता है। उसमें कोई परिवर्तन नहीं होता है। भास्कराचार्य द्वितीय (1150 ई.) ने सर्वप्रथम यह स्पष्ट किया कि किसी भी संख्या को शून्य से भाग देने पर 'अनंत' संख्या आती है। इस अनंत राशि को ही 'खहर' कहा जाता है। भास्कराचार्य के अनंत संबंधी नियमों को निम्न प्रकार से व्यक्त किया जा सकता है—

अ/0 = अनंत, अनंत + क = अनंत और अनंत – क = अनंत

भास्कर के निम्न श्लोक से यह और स्पष्ट हो जाता है—

अस्मिन् विकारः खहरे न राशौ, वपि प्रविष्टेष्वपि निः सृतेषु।
बहुष्वपि स्याद् लय-सृष्टि काले, ऽनन्तेच्युते भूतगणेषु यद्वत्॥

अर्थात् उस भिन्न में, जिसके हर में शून्य हो (खहर), चाहे जितना जोड़ दें या उसमें से चाहे जितना निकाल दें, उसमें कोई परिवर्तन नहीं होता। उसी प्रकार

जगत् की उत्पत्ति या नाश पर या कितने जीवों के पैदा होने पर या मर जाने पर अनंत और अपरिवर्तनशील ईश्वर में कोई अंतर नहीं पड़ता है। यही भाव उपर्युक्त श्लोक में तथा निम्न श्लोक में भी मिलता है कि पूर्ण में से पूर्ण निकाल लेने पर भी पूर्ण ही बचता है, अर्थात् शून्य में से शून्य निकाल लेने पर भी शून्य (पूर्ण) शेष बचता है। शून्य आकाश के तुल्य एक पूर्ण संख्या है। उसमें से घटाने आदि से कोई अंतर नहीं पड़ता है—

ॐ पूर्णमदः पूर्णमिदं, पूर्णात् पूर्णमुदच्यते।
पूर्णस्य पूर्णमादाय, पूर्णमेवावशिष्यते॥

—उपनिषदों में शांति पाठ

बीजगणित : वस्तुतः बीजगणित का अभिप्राय उस गणित से है, जिसमें अंकों की सहायता से बिना संकेताक्षरों या वर्णों से गणित की क्रिया की जाती है। बीजगणित की उत्पत्ति का केंद्र भारत ही रहा है। इसे अव्यक्त गणित या बीजगणित कहा जाता था। इस अव्यक्त गणित बीज का आदिकरण होता है, व्यक्त।

विश्व वंदनीय गणितज्ञ—आर्यभट

विश्व के महान् गणितज्ञों में भारत के आर्यभट का नाम उच्च शिखर पर स्थित है। वस्तुतः उन्होंने उस समय ब्रह्मांड के रहस्यों को विश्व के सामने रखा, जब शेष संसार के लोगों ने ठीक से गिनती गिनना भी नहीं सीख पाया था।

अधिकतर लोग आर्यभट्ट को 'आर्यभट' भी लिखते हैं, किंतु यह शायद यह सोचकर कि ब्राह्मण-रचनाकार 'भट्ट' ही हो सकता है, भट नहीं। आर्यभटीय के रचनाकार ने अपना नाम आर्यभट ही लिखा है। प्राचीन भारत के दूसरे सभी गणितज्ञों-ज्योतिषियों ने भी आर्यभट नाम से उनका उल्लेख किया है। वस्तुतः भट शब्द का अर्थ होता है—'योद्धा'। अतः उन्होंने अपने समय में पुरातनपंथी धारणाओं के विरुद्ध एक योद्धा की तरह कार्य किया था।

जन्म : वैसे तो आर्यभट के जन्म के समय की तिथि आदि तथा उनके माता-पिता के बारे में कोई जानकारी उपलब्ध नहीं है। स्वयं आर्यभट ने अपने ग्रंथ में जानकारी दी है कि जब वे 23 वर्ष के थे, तब कलियुग के प्रारंभ से 3600 वर्ष बीत चुके थे। भारतीय काल-गणना के अनुसार कलियुग का आरंभ ईसा पूर्व 3101 से माना जाता है। इस तरह से आर्यभट का रचनाकाल 499 ई. होता है। इस प्रकार हमें विदित होता है कि आर्यभट का जन्म 476 ई. में हुआ था।

कुछ विद्वानों का मत है कि आर्यभट का जन्म नर्मदा और गोदावरी के बीच के किसी क्षेत्र में हुआ था, जिसे संस्कृत साहित्य में 'अश्मकजनपदपात' कहा गया है। प्राचीन भारत का यह अश्मक जनपद दक्षिण में गोदावरी के तट पर था। दक्षिण भारत में आर्यभटीय का बहुत प्रचार रहा है और इस ग्रंथ की हस्तलिपियाँ भी दक्षिण भारत से ही मिली हैं। इसलिए कुछ विद्वानों का मत है कि आर्यभट का जन्म दक्षिण भारत में हुआ था और ज्ञानार्जन के लिए वे कुसुमपुर (पाटलिपुत्र) पहुँचे थे। आर्यभट ने अपने एक और महत्त्व की सूचना दी है। वे लिखते हैं—

आर्यभटस्त्विहनिगदतिकुसुमपुरेऽभ्यर्चितंज्ञानं।

अर्थात् आर्यभट इस कुसुमपुर में अतिशय पूजित ज्ञान का वर्णन करता है। पाटलिपुत्र (पटना) को प्राचीन काल में कुसुमपुर भी कहा जाता था। इसलिए अनेक विद्वानों ने उनका निवासस्थल भी पाटलिपुत्र माना था।

महत्त्वपूर्ण कृति : प्राचीन भारत के जिस ज्योतिषी-गणितज्ञ के बारे में पहली बार हमें ठोस जानकारी मिलती है, वह आर्यभट थे। आर्यभट की उपलब्ध कृति का नाम है 'आर्यभटीय'। वस्तुतः आर्यभटीय भारतीय गणित-ज्योतिष का पहला 'पौरुषेय' ग्रंथ है।

'आर्यभटीय' ग्रंथ संस्कृत में है और सूत्ररूप में पथबद्ध है। चार पादों या भागों में विभक्त इस ग्रंथ में कुल 121 श्लोक हैं। ये चार भाग हैं—दशगीतिकापाद, गणितपाद, कालक्रियापाद और गोलपाद।

- **दशगीतिकापाद :** 'आर्यभटीय' ग्रंथ का यह सबसे छोटा भाग है। इसमें कुल 13 श्लोक हैं। शेष तीन पादों में आर्या छंद के कुल 108 श्लोक हैं। इस खंड में गणित और ज्योतिष, दोनों की साथ-साथ जानकारी दी गई है।

  आर्यभट को कम-से-कम शब्दों में अपने नियम प्रस्तुत करने थे, इसलिए उन्होंने संस्कृत के वर्णाक्षरों को संख्यामान देकर एक नई वर्णांक पद्धति प्रस्तुत कर दी। संस्कृत के व्याकरण के नियमों का उपयोग करके दशगीतिका के केवल एक श्लोक में ही उन्होंने अपनी इस अक्षरांक पद्धति को स्पष्ट कर दिया है। यह अद्‌भुत श्लोक है—

  वर्गाक्षराणि वर्गेऽवर्गेऽवर्गाक्षराणि कात्‌ङ्मौ यः।
  खदिनवके स्वरा नव वर्गेऽवर्गे नवान्त्यवर्गे वा॥

  इस श्लोक के अनुसार—

क = 1	म = 25	व = 60	ह = 100
ख = 2	च = 6	ट = 11	त = 16
ग = 3	छ = 7	ठ = 12	थ = 17
घ = 4	ज = 8	ड = 13	द = 18
ङ = 5	झ = 9	ढ = 14	ध = 19
प = 21	ञ = 10	ण = 15	न = 20
फ = 22	य = 30	श = 70	
ब = 23	र = 40	ष = 80	
भ = 24	ल = 50	स = 90	

अ = 1
इ = 100
उ = 10000
ऋ = 100000
लृ = 100000000
ए = 10000000000
ऐ = 1000000000000
ओ = 100000000000000
औ = 10000000000000000

- **गणितपाद :** इस खंड में गणित का विवेचन किया गया है। इसमें कुल 33 श्लोक हैं, पर इतने में ही उन्होंने अंकगणित, रेखागणित और बीजगणित के प्रमुख नियम संक्षेप में स्पष्ट कर दिए हैं। इस पाद के दूसरे श्लोक में वृंद (अरब) तक की संख्या-संज्ञाएँ देकर आगे के श्लोकों में आर्यभट ने वर्ग, वर्गमूल, घन, घनमूल, वर्गक्षेत्र, त्रिभुज का क्षेत्रफल, वृत्त का क्षेत्रफल, गोल का क्षेत्रफल आदि जानने के नियम दिए हैं। आर्यभट परिधि/व्यास के अनुपात का इतना शुद्ध मान (3.1416) देनेवाले प्रथम भारतीय गणितज्ञ हैं। आर्यभट ने तथाकथित 'पाइथागोरस का प्रमेय' भी दिया है।

गणितपाद में अंतिम दो श्लोकों में 'कुट्टक' गणित की जानकारी भी दी है। यहाँ आर्यभट ने बीजगणित के अनिर्धारित समीकरणों (अक्ष-बय = क) को हल करने

की विधि दी है। इस तरह के समीकरणों का हल देनेवाले आर्यभट संसार के पहले गणितज्ञ हैं। कुछ विशेषज्ञों का मत है कि 'कुट्ट' की इस विधि का एक एलगोरिथम के रूप में आधुनिक कंप्यूटरों की तीव्र गणनाओं के लिए भी उपयोग हो सकता है।

- **कालक्रियापाद :** इसका अर्थ होता है—काल-गणना। इस खंड में 25 श्लोक हैं। यह खंड खगोल विज्ञान पर केंद्रित है। इसमें काल एवं वृत्त का विभाजन, सौर वर्ष, चंद्रमास नक्षत्र दिवस, अंतर्वेशी मास, ग्रहीय प्रणालियाँ एवं गतियों का वर्णन है।
- **गोलपाद :** यह 'आर्यभटीय' का सबसे वृहद् एवं महत्त्वपूर्ण खंड है। इस खंड में कुल 50 श्लोक हैं। इस खंड के अंतर्गत एक खगोलीय गोले में ग्रहीय गतियों के निरुपण की विधि समझाई गई है। आर्यभट की खगोल विज्ञान संबंधी सभी प्रमुख धारणाओं का वर्णन भी इसी खंड में मिलता है।

आर्यभट त्रिकोणमिति के सिद्धांतों के लिए विशेष रूप से जाने जाते हैं। आर्यभट ने त्रिकोणमिति में एक नई पद्धति, जिसे 'ज्या' अथवा 'भुजज्या' कहा जाता है, का आविष्कार किया। यह सिद्धांत अरबों के द्वारा यूरोप तक पहुँचा और साइन (Sine) के नाम से प्रचलित हुआ। आर्यभट ने अपने ग्रंथ में Sine को अर्ध ज्या कहा है, जो बाद में ज्या (Jya) के नाम से प्रचलित हुआ। आर्यभटीय का अरबी में अनुवाद करते समय अनुवादकर्ताओं ने 'ज्या' को 'जिबा' (Jiba) लिखा। धीरे-धीरे यह जिबा से 'जब' में परिवर्तित हो गया। जब अरबी ग्रंथों का लैटिन में अनुवाद हुआ तो उन्होंने इसे गलती से 'जेब' पढ़ा। जेब का अर्थ होता है 'छाती'। इसलिए लैटिन में इस शब्द के लिए 'सिनुस्' (Sinus) का प्रयोग हुआ, जिसका अर्थ भी छाती था। इस सिनुस् से ही अंग्रेजी का शब्द 'साइन' (Sine) बना। इसके अतिरिक्त आर्यभट ने बीजगणित तथा अंकगणित के बहुत से महत्त्वपूर्ण सूत्र दिए, जो गणित की प्रारंभिक एवं उच्च कक्षाओं में पढ़ाए जाते हैं।

आर्यभट और खगोल विज्ञान : आर्यभट एक विलक्षण वैज्ञानिक थे। उन्होंने बिना दूरबीन आदि की सहायता से आकाश का अध्ययन करके खगोल विज्ञान के ऐसे महत्त्वपूर्ण सूत्र बताए, जिसे बाकी संसार के वैज्ञानिक शताब्दियों बाद समझ पाए। उन्होंने अपनी खगोल विज्ञान संबंधी निम्न धारणाएँ प्रतिपादित की थीं—

1. **पृथ्वी का अक्ष पर घूमना :** आर्यभट के पूर्व यह मान्यता प्रचलित थी कि पृथ्वी स्थिर है और समस्त खगोल इसकी परिक्रमा करता है। परंतु उन्होंने अपने अध्ययन से पाया कि पृथ्वी गोल है तथा वह अपनी धूरी पर चक्कर लगाती है। उन्होंने पृथ्वी केंद्रित सौरमंडल का सिद्धांत प्रस्तुत किया।

2. **सूर्यग्रहण और चंद्रग्रहण :** आर्यभट ने प्राचीन अंधविश्वासों पर टिकी मान्यताओं का खंडन कर अपने अध्ययन के द्वारा बताया कि पृथ्वी की छाया जब चंद्रमा पर पड़ती है तो चंद्रग्रहण होता है। इसी प्रकार चंद्रमा की छाया जब पृथ्वी पर पड़ती है तो सूर्यग्रहण होता है। उन्होंने 'आर्यभटीय' के प्रारंभिक श्लोकों में अपने इस सिद्धांत को वर्णित किया है।
3. **आकाशीय पिंडों का घूर्णन काल :** आर्यभट ने अपने वृहत् अनुभव से स्थिर तारों के सापेक्ष पृथ्वी का अपने अक्ष पर घूर्णन काल बता दिया था। उन्होंने बताया कि पृथ्वी 23 घंटे 56 मिनट और 4.1 सेकंड में अपना एक चक्कर लगाती है, जबकि पृथ्वी का वास्तविक घूर्णनकाल 23 घंटे 56 मिनट और 4.091 सेकंड है। यह समय आर्यभट द्वारा निकाले गए मान के लगभग बराबर ही है। इसी प्रकार आर्यभट ने बताया कि 1 वर्ष 365 दिन, 6 घंटे, 12 मिनट और 30 सेकंड का होता है। यह गणना भी वास्तविक मान से मात्र 3 मिनट 20 सेकंड अधिक है। यह महत्त्वपूर्ण बात है कि आर्यभट ने ये गणनाएँ आज से पंद्रह सौ वर्ष पूर्व की थीं। जबकि वर्तमान काल की गणनाएँ बड़ी-बड़ी दूरबीनों तथा अत्याधुनिक यंत्रों से की जाती हैं। परंतु आर्यभट के आकलन ही सही पाए गए हैं।

सम्मान : आर्यभट के उत्कृष्ट गणितीय एवं खगोलीय योगदान को दृष्टिगत रखते हुए भारत सरकार ने भारत के प्रथम उपग्रह का नाम 'आर्यभट्ट' रखा। यही नहीं, चंद्रमा पर एक खड्ड का नामकरण तथा इसरो के वैज्ञानिकों द्वारा 2009 में खोजे गए एक बैक्टीरिया (बैसिलस आर्यभट) का नामकरण भी उनके नाम पर किया गया है। इसी प्रकार उनके सम्मान में उत्तराखंड के नैनीताल के निकट 'आर्यभट प्रेक्षण विज्ञान अनुसंधान संस्थान' (Aryabhatta Research Institute of Observational Sciences, ARIES) की स्थापना की गई है, जिसमें खगोल विज्ञान, खगोल भौतिकी और वायुमंडलीय विज्ञान पर अनुसंधान कार्य हो रहे हैं। संपूर्ण विश्व का वैज्ञानिक समुदाय भारत के निष्णात वैज्ञानिक आर्यभट का अवदान सदैव याद रखेगा।

विश्व के महान् गणितज्ञ—भारत के ब्रह्मगुप्त

ब्रह्मगुप्त अपने समय के संसार के एक महान् गणितज्ञ थे। इसकी पुष्टि कई विदेशी विद्वानों ने भी की थी। वे न केवल सर्वश्रेष्ठ वैज्ञानिक, वरन् अरबी गणितज्ञों के आदिगुरु भी थे। आर्यभट प्राचीन भारत के पहले गणितज्ञ-ज्योतिषी थे।

जीवन परिचय : ब्रह्मगुप्त (चित्र-55) का जन्म 598 ई. में पश्चिम भारत के भिन्नमाल (वर्तमान भीनमाल, जिला जालौर, राजस्थान) नगर में हुआ था। उस समय यह आबूपर्वत के 65 कि.मी. पश्चिमोत्तर में लूनी नदी के तट पर बसा उत्तर गुजरात की राजधानी था। इसे भीलमाल या श्रीमाल नगर भी कहते थे। चीनी बौद्ध यात्री युंवान-च्वाङ् ने जिस 'पि-लो-मो.तो' नगर का उल्लेख किया है, वह यही भिल्लमाल है। ब्रह्मगुप्त के एक टीकाकार ने उन्हें 'भिल्लमालकाचार्य' भी कहा है। उनके पिता का नाम जिष्णु गुप्त था तथा वे वैश्य परिवार के थे।

चित्र-55 : ब्रह्मगुप्त

ब्रह्मगुप्त पहले भारतीय गणितज्ञ हैं, जिन्होंने गणित को दो भागों में बाँटा—पाटीगणित और बीजगणित। लेकिन उस समय तक बीजगणित शब्द अस्तित्व में नहीं आया था। ब्रह्मगुप्त ने बीजगणित के लिए 'कुट्टक गणित' शब्द का प्रयोग किया है और 'कुट्टकाध्याय' में बीजगणित का अलग से विवेचन किया है। वस्तुतः पहली बार 'बीजगणित' शब्द का प्रयोग 'ब्राह्मस्फुट सिद्धांत' के टीकाकार पृथूदकस्वामी (860 ई.) ने किया है।

ब्रह्मगुप्त ने दो प्रसिद्ध ग्रंथों की रचना की थी—'ब्राह्मस्फुट सिद्धांत' और 'खंड-खाद्यक'। ब्रह्मगुप्त ने आर्यभट की तरह अपने 'ब्राह्मस्फुट सिद्धांत' ग्रंथ में गणित और ज्योतिष, दोनों की जानकारी एक साथ दी। इस ग्रंथ में 25 अध्याय और कुल 1008 श्लोक हैं। 12वें 'गणिताध्याय' में अंकगणित और क्षेत्रमिति से संबंधित विषयों की जानकारी है और 18वें 'कुट्टकाध्याय' में बीजगणित का विवेचन है। ब्रह्मगुप्त से पहले ज्योतिष के कई सिद्धांत ग्रंथ थे और वे नवीन ज्ञान से मेल नहीं खाते थे, अतः उन्होंने नया 'स्फुट सिद्धांत' लिखा। 'स्फूट' का अर्थ है—फैलाया हुआ या संशोधित।

उनका 'खंड-खाद्यक' एक करण यानी पंचांग से संबंधित ग्रंथ है। 'खंड-खाद्यक' का अर्थ है—खाँड या गुड़ से बना खाद्य-पदार्थ। यह बड़ा विचित्र नाम है। यह एक 'करण-ग्रंथ' है, यानी इसका उपयोग पंचांग बनाने के लिए होता है। इसमें कुल 265 श्लोक हैं।

भारतीय गणित-ग्रंथों में अंकगणित के लिए प्रायः 'पाटीगणित' शब्द का प्रयोग हुआ है। पुराने जमाने में तख्ती या जमीन पर धूल बिछाकर गणनाएँ की जाती थीं, इसलिए अंकगणित के लिए 'पाटीगणित' और 'धूलिकर्म', दोनों शब्द प्रचलित थे।

'ब्राह्मस्फुट सिद्धांत' के 'गणिताध्याय' का पहला श्लोक है—

'परिकर्मविंशति' यः सकलिताद्या पृथग्विजानाति।
अष्टौ च व्यवहारान् छायान्तान् भवति गणकः सः॥

अर्थात् जो संकलित आदि 20 परिकर्मों को और छाया सहित 8 व्यवहारों को भलीभाँति जानता है, वही कुशल गणक कहलाता है। बीस परिकर्म हैं—संकलित (जोड़), व्यवकलित (घटा), गुणन, भाग, वर्गमूल, घन, घनमूल, पंच जाति (भिन्नों के पाँच मानक रूपों में संबंधों को व्यक्त करनेवाले पाँच नियम), त्रैराशिक, व्यस्त-त्रैराशिक, पंचराशिक, नवराशिक, एकादशराशिक, भांड-प्रतिभांड (विनिमय तथा लेन-देन)। आठ व्यवहार हैं—मिश्रक, श्रेढी, क्षेत्र, खात (उत्खनन), चिति (माल), क्राकचिक (आरी), राशि (ढेरी) और छाया।

ब्रह्मगुप्त ने अपने सभी प्रमुख परिकर्मों और व्यवहारों के संक्षिप्त नियम प्रस्तुत कर दिए हैं। आर्यभट की तरह ब्रह्मगुप्त का ग्रंथ भी पद्य में है, इसलिए उसमें संख्याओं का प्रयोग नहीं हुआ है। ब्रह्मगुप्त ने शब्दाकों का प्रयोग किया है, जैसे—सप्तरसपक्षा = 267 और गुणरस = 63।

ब्रह्मगुप्त शून्ययुक्त नई दाशमिक स्थानमान अंक-पद्धति से भलीभाँति परिचित थे। बीजगणित में शून्य का उपयोग करनेवाले ब्रह्मगुप्त पहले भारतीय गणितज्ञ हैं। उन्होंने नियम दिए हैं—

अ – 0 = अ

–अ – 0 = –अ

0 – 0 = 0

अ × 0 = 0

0 × 0 = 0

0 ÷ 0 = 0

यहाँ ब्रह्मगुप्त का यह कथन है कि 0 ÷ 0 = 0, सही नहीं है। उन्होंने अ ÷ 0 को 'तच्छेद' कहा है, जो ठीक है। भास्कराचार्य (1150 ई.) ने इसे 'ख-हर' (अनंत राशि) का नाम दिया था।

ब्रह्मगुप्त की बीजगणित के क्षेत्र में गवेषणाएँ विशेष महत्त्व की हैं। उन्होंने 'कुट्टकाध्याय' के अंतर्गत बीजगणित का स्वतंत्र विवेचन किया है। 'कुट्टक' का अर्थ है—'चूर-चूर करनेवाला' या चक्की। विशेष प्रकार के समीकरणों को बार-बार दोहराने की एक विशेष विधि से हल किया जाता था, इसलिए यह 'कुट्टक' शब्द अस्तित्व में आया था। बाद में व्यापक अर्थ वाले 'बीजगणित' तथा 'अव्यक्त गणित' शब्द अस्तित्व में आए।

भारतीय बीजगणित में अज्ञात राशि के लिए यावत्-तावत् (जितना-उतना) शब्द का प्रयोग देखने को मिलता है। ब्रह्मगुप्त ने अज्ञात के लिए वर्ण (रंग, अक्षर) शब्द का प्रयोग किया है। इसलिए कालांतर में अज्ञात के लिए कालक (का), नीलक (नी), पीतक (पी) आदि रंगों या अक्षरों का इस्तेमाल होता रहा। जोड़ के लिए यु (युत), भाग के लिए 'भा' और गुणा के लिए 'गु' अक्षरों का प्रयोग होता था। घटा के लिए - चिह्न का प्रयोग देखने को मिलता है। कालांतर में घटा (व्यवकलन) को व्यक्त करने के लिए अंक के ऊपर एक बिंदी लगा दी जाती थी, जैसे, 8° का अर्थ था : –8, समीकरण को प्रस्तुत करने की व्यवस्था को 'न्यास' कहते थे।

गणित के क्षेत्र में ब्रह्मगुप्त की सबसे बड़ी उपलब्धि है, एक विशेष प्रकार के समीकरण (अ $य^2$ + 1 = $र^2$) का हल करना। इसे 'अनिर्धार्य वर्ग-समीकरण' कहते हैं। भारतीय गणितज्ञों ने इसे 'वर्ग-प्रकृति' का नाम दिया था। पाश्चात्य गणित के इतिहास में इस समीकरण को हल करने का श्रेय 'जोन पेल' (1668 ई.) को दिया जाता है और यह 'पेल समीकरण' के नाम से ही जाना जाता है। परंतु वास्तविकता यह है कि पेल के एक हजार साल पहले ब्रह्मगुप्त ने इस समीकरण के हल के लिए दो लघु-प्रमेय प्रस्तुत कर दिए थे। तत्पश्चात् भास्कराचार्य (1150 ई.) ने इस समीकरण के हल के लिए एक नई विधि की खोज की थी।

ब्रह्मगुप्त की क्षेत्रमिति के क्षेत्र की उपलब्धियाँ भी महत्त्वपूर्ण हैं। उन्होंने क, ख, ग, घ भुजाओं वाले चक्रीय चतुर्भुज का क्षेत्रफल दिया है—

$$\sqrt{(\text{स}-\text{क})\,(\text{स}-\text{ख})\,(\text{स}-\text{ग})\,(\text{स}-\text{घ})}$$

जहाँ 2 स = क + ख + ग + घ। बाद में ब्रह्मगुप्त के इस प्रमेय को महावीराचार्य और भास्कर द्वितीय ने भी बहुत विकसित किया।

ब्रह्मगुप्त न केवल एक महान् गणितज्ञ थे, वरन् एक महान् वेद्यकर्ता भी थे। 'ब्राह्मस्फुट सिद्धांत' के 'यंत्राध्याय' में उन्होंने कई ज्योतिष यंत्रों की जानकारी दी है। 'तुरीय यंत्र' की खोज शायद ब्रह्मगुप्त ने ही की थी। वेधकार्य में अधिकतर गोलयंत्र का उपयोग होता था। आधे चक्र से चापयंत्र बनता था और आधे चाप से तुरीय यंत्र।

ब्रह्मगुप्त मौलिक प्रतिभा के गणितज्ञ थे। बाद के अनेकानेक भारतीय तथा अरबी गणितज्ञों ने उनको बड़े आदर से सम्मान प्रदान किया। उद्भट भारतीय गणितज्ञ भास्कराचार्य ने ब्रह्मगुप्त को 'गणकचक्रचूड़ामणि' कहा है। जर्मन गणितज्ञ 'हरमान हंकेल' ने 1874 ई. में लिखा था—"यदि बीजगणित का अर्थ सभी प्रकार के परिणामों पर अंकगणित के परिकर्म लागू करना है...तो भारतीय पंडित ही बीजगणित के सच्चे आविष्कारक है।" भारतीय बीजगणित के विकास में ब्रह्मगुप्त का योगदान सर्वोपरि रहा है।

'ब्राह्मस्फुट सिद्धांत' के अंतिम 'संज्ञाध्यायं' के दो श्लोकों में वर्णित ब्रह्मगुप्त का परिचय इस प्रकार है—

श्रीचापवंशतिलके श्रीव्याघ्रमुखे नृपे शकनृपाणाम्।
पंचाशत्संयुक्तैर्वर्षशतैः पंचभिरतीतैः॥ 7॥
ब्राह्म स्फुटसिद्धान्तः सज्जनगणितज्ञगोलवित्प्रीयै।
त्रिंशद्वर्षेण कृतो जिष्णुसुतब्रह्मगुप्तेन॥ 8॥

'ब्राह्मस्फुट सिद्धांत' के प्रथम अध्याय 'मध्यमाधिकार' के आरंभिक 12 श्लोक निम्न हैं—

'ब्रह्मस्फुट-सिद्धांत' के प्रथम अध्याय के आरंभिक 12 श्लोक

ब्रह्मस्फुट-सिद्धांत के प्रथम अध्याय -'मध्यमाधिकार' के आरंभिक 12 श्लोक

3. रेखा गणित या ज्यामिति

रेखागणित की जन्मस्थली भी हमारा भारत देश ही रहा है। वेदों में रेखागणित के कुछ पारिभाषिक शब्द मिलते हैं। इसका विस्तृत विवरण शूल्बसूत्रों में मिलता है। प्राचीन काल से यज्ञों के लिए वेदियाँ बनती थीं। इनका आधार ज्यामिति या रेखागणित रहता था। ऋग्वेद में इससे संबंधित निम्न जानकारी हैं—

कासीत् प्रमा प्रतिमा किं निदानम्,
आज्यं किमासीत् परिधिः क आसीत्।
छन्दः किमासीत् प्रउगं किमुक्थं यद् देवा देवमयजन्त विश्वे॥

—*ऋग्. 10.130.13*

इस मंत्र में रेखागणित से संबद्ध ये शब्द हैं—

1. प्रमा—नाप, परिमाण (Measurment)
2. प्रतिमा—नक्शा, रूपरेखा (Outline)
3. निदानम्—कारण, मूल सिद्धांत (Basic Principles)
4. परिधि—घेरा (Circumference)
5. छंद—नापने के साधन, रज्जु आदि। इसी को 'शुल्ब' कहा गया है।
6. प्रउग—शुल्बसूत्रों में समद्विबाहु त्रिभुज (Isosceles Triangle) के लिए इस शब्द का प्रयोग है।

ऋग्वेद के एक मंत्र में वृत्त (Circle) के बारे में भी आवश्यक विवरण मिलता है—

चतुर्भिः साकं नवतिं च नाममिः।
चक्र न वृत्तं व्यतींरवीविपत्॥

—ऋग्. 1.153.6

इस मंत्र का कथन है कि एक वृत्त में 4 × 90 = 360 अंश होते हैं। और एक वृत्त में 90 अंश के 4 खंड (त्रिज्या, Radius) होते हैं। ऋग्वेद और अथर्ववेद में एक अन्य मंत्र में रेखागणित से संबद्ध कई महत्त्वपूर्ण तथ्य प्राप्त होते हैं—

द्वादश प्रधयश्चक्रमेकं त्रीणि नभ्यानि क उ तच्चिकेत।
तस्मिन् साकं त्रिशता न शंकवो अर्पिताः षष्टिर्न चलाचलासः॥

—ऋग्. 1.164.48, अथर्व. 10.8.4

इसमें वर्षचक्र का वर्णन करते हुए उल्लेख किया गया है कि एक चक्र (Circle) है, उसमें 12 प्रधियाँ हैं, अर्थात् 30-30 अंश पर 12 अरे हैं। पूरे चक्र में 120 अंश वाले 3 केंद्रबिंदु हैं और पूरे चक्र में 360 अंश हैं। रेखागणित की दृष्टि से हमारे यहाँ शुल्बसूत्र हैं, यथा—बौधायन शुल्बसूत्र, आपस्तंब शुल्बसूत्र, कात्यायन शुल्बसूत्र और मानव शुल्बसूत्र।

बौधायान प्रमेय या पाइथागोरस प्रमेय (Pythagorean Theorem)

बौधायन, आपस्तंब और कात्यायन शुल्बसूत्रों में आयत (Rectangle) के कर्ण (Hypotenuse) के विषय में कहा गया है कि आयत का कर्ण दोनों क्षेत्रफलों को उत्पन्न करता है, जिसे उसकी लंबाई और चौड़ाई अलग-अलग उत्पन्न करती है—

दीर्घचतुरस्त्रस्याक्ष्णया रज्जुस्तिर्यङ्मानी पार्श्वमानी च यत्।
पृथग्भूते कुरुतः तदुभयं करोतीति क्षेत्रज्ञानम्॥

—बौधायन शुल्ब 1.48

अर्थात् किसी आयत के कर्ण पर खींचा गया वर्ग, क्षेत्रफल में उन दोनों वर्गों के योग के बराबर होता है, जो दोनों भुजाओं पर खींचे जाएँ। किसी आयत का कर्ण क्षेत्रफल में उतना ही होता है, जितना उसकी लंबाई और चौड़ाई का होता है। बौधायन ने 'शुल्बसूत्र' में यह सिद्धांत दिया है। इसको पढ़ते ही तुरंत समझ में आता

है कि यदि किसी आयत का कर्ण 'ब स', लंबाई 'अ ब' तथा चौड़ाई 'अ स' है तो बौधायन का प्रमेय ब $स^2$ = अ $ब^2$ + अ $स^2$ बनता है (चित्र-56)। इस प्रमेय को आजकल के विद्यार्थियों को 'पाइथागोरस प्रमेय' के नाम से पढ़ाया जाता है, जबकि वास्तविकता यह है कि यह पूरा नियम बौधायन, आपस्तंब और कात्यायन शुल्बसूत्रों के पूर्वोक्त उद्धरणों से स्पष्ट है, जो कम-से-कम एक हजार वर्ष पुराने हैं।

बौधायन ने उक्त प्रसिद्ध प्रमेय के अतिरिक्त कुछ और प्रमेय भी दिए हैं, यथा—किसी आयत का कर्ण आयत का समद्विभाजन करता है, आयत के दो कर्ण एक-दूसरे का सम द्विभाजन करते हैं, समचतुर्भुज के कर्ण एक-दूसरे को समकोण पर विभाजित करते हैं आदि।

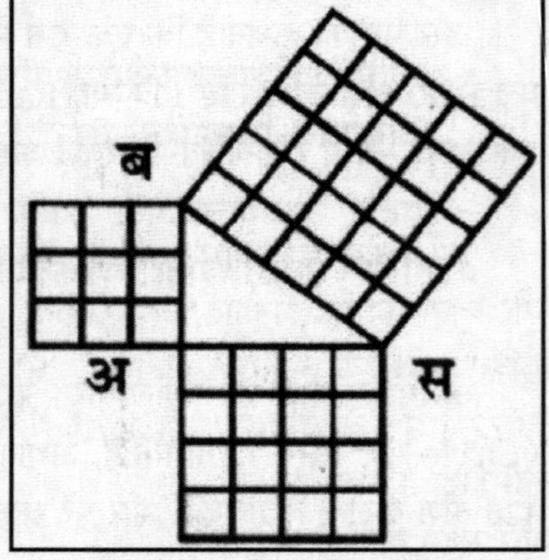

चित्र-56 : बौधायन प्रमेय

'शुल्बसूत्र' में किसी त्रिकोण के क्षेत्रफल के बराबर क्षेत्रफल का वर्ग बनाना, वर्ग के क्षेत्रफल के बराबर का वृत्त बनाना, वर्ग के क्षेत्रफल के बराबर का वृत्त बनाना वर्ग के दोगुने, तीन गुने या एक-तिहाई क्षेत्रफल के समान क्षेत्रफल का वृत्त बनाना आदि विधियाँ बताई गई हैं।

आर्यभट ने त्रिभुज के क्षेत्रफल निकालने का सूत्र भी दिया है। यह सूत्र इस प्रकार है—

'त्रिभुजस्य फलशरीरं समदल कोटी भुजार्धासंवर्गः'

त्रिभुज का क्षेत्रफल उसके लंब तथा लंब के आधार वाली भुजा के आधे के गुणनफल के बराबर होता है।

परिधि, व्यास और 'पाई' का मान (Circumference, Diameter, Value of Pie)

वृत्त की परिधि एवं व्यास के अनुपात को यूनानी अक्षर 'पाई' (π) कहा जाता है। वस्तुतः पाई एक ऐसा नियतांक है, जिसके बारे में सदियों से जिज्ञासा रही है और अभी तक बनी हुई है। ऋग्वेद में वृत्त की परिधि और व्यास के अनुपात को 'त्रित' शब्द के द्वारा दिया गया है और इसका 22/7 माना है। आर्यभट (476 ई.) ने 'आर्यभटीय' के 'गणितपाद' में इससे अधिक सूक्ष्म मान दिया है। वृत्त की परिधि

और व्यास का यह अनुपात चार दशमलव स्थान तक शुद्ध है। आर्यभट के अनुसार, 104 को 8 से गुणा करो और 62 हजार जोड़ो अर्थात् 62,832 उस वृत्त की परिधि का आसन्न मान (निकटतम मान) है, जिसका व्यास 20,000 है।

$$\frac{\text{परिधि}}{\text{व्यास}} = \frac{62,832}{20,000} = 3.1416$$

चतुरधिंक शतमष्टगुणं द्वाषष्टिस्तथा सहस्त्राणाम्।
अयुतद्वय-विष्कम्भस्यासन्नो वृत्तपरिणाहः॥

(गणितपाद 10)

इस श्लोक में आर्यभट का यह कथन बहुत महत्त्वपूर्ण है कि वृत्त की परिधि और व्यास का यह अनुपात 'आसन्नमान' अर्थात् निकटतम है। इसका अभिप्राय यह है कि 'पाई' एक अपरिमेय संख्या है, इसका ठीक-ठीक मान प्राप्त करना असंभव है। 22/7 में 3 के बाद पेश 1/7 बचता है, यह एक ऐसी भिन्न है, जिसका कहीं अंत नहीं होता है। भास्कराचार्य द्वितीय (1114 ई.) ने 'लीलावती' में 'पाई' का स्थूल और सूक्ष्म दोनों मान दिए हैं—

पाई का स्थूलमान–22/7 = 3.14

पाई का सूक्ष्ममान 3927/1250 = 3.1416

अतः आर्यभट को ही संसार में 'पाई' का मान बतानेवाला प्रथम व्यक्ति माना गया है।

4. वैदिक गणित : पुरी के पूर्व शंकराचार्य (स्वामी भारती कृष्ण तीर्थ) ने एक नवीन गणितीय पद्धति खोजी, जिसका नाम उन्होंने 'वैदिक गणित' कहा तथा इसका आधार भी वेद है। उन्होंने 16 मुख्य सूत्र तथा 13 उपसूत्र दिए, जिनका अभ्यास करने पर दस प्रकार का गणित अंकगणित, बीजगणित, रेखागणित, गोलीय, त्रिकोणमिति, घन ज्यामिति, समाकल, अवकल-कलन इत्यादि सभी प्रकार के प्रश्न बहुत जल्दी हल किए जा सकते हैं। उन्होंने इस गणित के देश के कई विश्वविद्यालयों में प्रदर्शन भी किए। उनकी इस पद्धति पर कई शोध-कार्य हो रहे हैं।

प्राचीन भारत के अंतिम महान् गणितज्ञ भास्कराचार्य

वस्तुतः भास्कराचार्य आधुनिक काल के पूर्ववर्ती प्रायशः महान् गणितज्ञ थे। उनकी उत्कृष्ट दक्षता के कारण भारत सरकार ने 'भास्कर-2' नामक भूमि-दर्शक अंतरिक्ष यान उन्हीं के नाम पर रखा था और अंतरिक्ष में भेजा था।

भास्कराचार्य का जन्म 1114 ईसवी में महाराष्ट्र में स्थित सहयाद्रि पर्वत प्रदेश में विज्जडविड नामक गाँव में हुआ था। उनके पिता महेश्वराचार्य भी उच्चकोटि के गणितज्ञ थे। अपने पुत्र को प्रतिभाशाली जानकर ही उसका नाम उन्होंने 'भास्कराचार्य' रखा था। भास्कराचार्य ने अपने पिता के लिखे हुए ग्रंथों को पढ़ा और उनकी रुचि गणित और ज्योतिष में हुई। कुछ विद्वानों के मतानुसार भास्कराचार्य का कार्यक्षेत्र उज्जैन माना जाता है। उनके अनुसार उन्होंने यहीं पर विद्यार्जन किया और ग्रंथों का प्रणयन भी किया। वे स्वतंत्र प्रकृति के विद्वान् थे और बिना किसी राजा की सहायता के अपना अनुसंधान कार्य करने में रुचि रखते थे।

कृतियाँ : भास्कराचार्य ने अनेक ग्रंथों की रचना की, जिनमें प्रमुख हैं—सूर्य सिद्धांत, लीलावती, करण कौतुहल, समय सिद्धांत शिरोमणि तथा रस गुण।

भास्कराचार्य की पुत्री का नाम 'लीलावती' था। अतः उन्होंने अपना ग्रंथ लीलावती को समर्पित किया। इस ग्रंथ में उन्होंने अनेक प्रश्नों के उत्तर बड़े मनोरंजक ढंग से दिए हैं। प्राचीन काल में प्रचलित ग्रंथ रचना की पद्धति का निर्वाह करते हुए भास्कराचार्य ने भी अपने ग्रंथों की रचना छंदों के रूप में संस्कृत भाषा में की है। यूरोपीय विद्वानों ने भास्कराचार्य के ग्रंथों की भूरि-भूरि प्रशंसा की है तथा अनेक विद्वानों ने उन पर अपनी टीकाएँ भी लिखी हैं।

उनके रचित ग्रंथ 'लीलावती' का भी रोचक प्रसंग है। लीलावती उनकी पुत्री थी तथा ज्योतिषियों ने भविष्यवाणी की थी कि उसका वैवाहिक जीवन कष्टमय होगा। अतः लीलावती को सांत्वना देने के लिए उन्होंने उससे कहा कि मैं तुम्हारे नाम पर एक ऐसा ग्रंथ रचूँगा, जो अमर कीर्ति बन जाएगा। 'लीलावती' बहुत उपयोगी और रोचक ग्रंथ है। सन् 1810 में इस ग्रंथ का अनुवाद अंग्रेजी में किया गया। 'लीलावती' में दशगुणोत्तर प्रणाली से अंक दरशाए गए हैं। जोड़, बाकी, गुणा, भाग, वर्ग, वर्गमूल, घन, घनमूल आदि के अतिरिक्त इसमें त्रैराशिक, पंचराशिक, मिश्रण, श्रेणी, कुहक आदि से संबंधित प्रश्न सम्मिलित हैं।

उनका ग्रंथ 'सूर्य सिद्धांत' तो ज्योतिष का महत्त्वपूर्ण ग्रंथ माना जाता है। कई विद्वानों ने इस पर टीकाएँ भी लिखी हैं तथा अंग्रेजी में भी इसका अनुवाद हुआ है। पहले विश्व के वैज्ञानिकों और ज्योतिषियों की धारणा थी कि पृथ्वी अचल और स्थिर है तथा सूर्य उसके चारों और चक्कर लगाता है। इस धारणा को भास्कराचार्य से पूर्व एक भारतीय वैज्ञानिक ने गलत प्रमाणित किया; भास्कराचार्य ने भी इसे परिपुष्ट और प्रमाणित किया।

भास्कराचार्य का ग्रंथ 'सिद्धांत शिरोमणि' चार खंडों, यथा—पाटीगणित या लीलावती, बीजगणित, गणिताध्याय और गोलाध्याय में विभक्त है। प्रथम दो खंड पाटी गणित या लीलावती और बीजगणित से तथा शेष दो खंड ज्योतिष से संबंधित हैं। 'लीलावती' पाटीगणित अर्थात् अंकगणित की पाठ्य-पुस्तक भी कही जा सकती है। इसे सुविधा के लिए 13 प्रकरणों में विभक्त किया गया है। उसके प्रमुख विषय सारणियाँ, संख्या प्रणाली, आठ परिक्रम, भिन्न, शून्य, त्रैराशिक, श्रेणी, क्षेत्रमिति, चिति (ढेरी), क्रकच (लकड़ी चिरना), छाया, कुट्टक, अनिवार्य समीकरण और अंक पाश (क्रमचय-उपचय) हैं। गणित संबंधी दोनों खंड अद्भुत मौलिक उद्भावनाओं से परिपूर्ण हैं, जबकि उनकी ज्योतिष संबंधी पुस्तक परंपरागत और प्राचीन सिद्धांतों पर आधारित हैं। 'गणिताध्याय' और 'गोलाध्याय' के अध्ययन से भारतीय ज्योतिष का संपूर्ण ज्ञान संक्षेप में हो जाता है।

भास्कराचार्य का ग्रंथ 'सिद्धांत शिरोमणि' बहुत लोकप्रिय रहा है। इस पर कई विद्वानों ने टीकाएँ लिखी हैं तथा कई भाषाओं में इसका अनुवाद भी हुआ है। भास्कराचार्य ने दो उत्कृष्ट कार्य किए हैं। एक तो उन्होंने गोले की सतह और उसके घनफल को निकालने के जर्मन ज्योतिर्विद 'केपलर' के नियम का पूर्वाभ्यास कर लिया था। दूसरा उन्होंने सत्रहवीं शताब्दी में उत्पन्न अंग्रेज वैज्ञानिक न्यूटन के लगभग 550 वर्ष पूर्व ही गुरुत्वाकर्षण सिद्धांत प्रतिपादित किया था।

उनके अनुसार—

मरुच्लो भूरचला स्वभावतो यतो, विचित्रावतवस्तु शक्तयः।

—सिद्धांत शिरोमणि, गोलाध्याय-भुवनकोश-5

आकृष्टिशक्तिश्च मही तयायत् रवस्थं, गुरुस्वाभिमुखं स्वशक्तत्या॥
आकृष्यते तत्पततीव भाति, समेसमन्तात् क्व पतत्वियं रवे॥

—सिद्धांत शिरोमणि, गोलाध्याय-भुवनकोश-6

अर्थात् पृथ्वी में स्वयं की आकर्षण शक्ति है। वह अपनी आकर्षण शक्ति से पदार्थों को अपनी ओर खींचती है। इसी आकर्षण के कारण वह पृथ्वी पर गिरते हैं। परंतु जब आकाश में (विभिन्न ग्रहों के द्वारा) समानशक्ति चारों ओर लगे तो कोई कैसे गिरे? अर्थात् आकाश में ग्रह निरावलंब रहते हैं, क्योंकि आकाश में स्थित सभी ग्रहों की गुरुत्व शक्तियाँ आपस में संतुलन बनाए रखती हैं। भास्कराचार्य ने अपने सिद्धांतों को सरल व स्पष्ट करने के लिए 'वासना भाष्य' नामक टीका भी लिखी थी।

उनका 'बीजगणित' नामक खंड महान् क्रमबद्ध प्रयास का प्रमाण है। शुरू में नकारात्मक (क्षय) और सकारात्मक (स्व) अज्ञात संख्याओं की धारणा से चलकर इसमें उनके जोड़, बाकी, गुणा और भाग का वर्णन किया गया है और यह स्पष्ट किया गया है कि किसी भी सकारात्मक अथवा नकारात्मक संख्या का वर्ग सकारात्मक ही होता है। इसमें धन-ऋण संख्याओं का योग, समीकरण आदि का वर्णन है। उन्होंने शून्य की प्रकृति को भी ज्ञात किया था।

भास्कराचार्य के 'गणिताध्याय' का मुख्य विषय ज्योतिष संबंधी सामग्री, यथा—ग्रहों के मध्य और यथार्थ गतियाँ, काल, दिशा और स्थान से संबंधित समस्याएँ, सूर्य और चंद्र ग्रहण, ग्रहों के उदय, अस्त और उनकी युतियाँ आदि हैं। यह संपूर्ण सामग्री 'सूर्य सिद्धांत' में वर्णित सामग्री के समान है।

सैद्धांतिक ज्योतिष की दृष्टि से 'गोलाध्याय' अधिक महत्त्वपूर्ण ग्रंथ है, जिसमें ग्रहों की गति के कारण के अधिकृत सिद्धांत को पूर्ण विकसित रूप से वर्णन किया गया है। इसके 'यंत्राध्याय' में ज्योतिष से संबंधित अनेक यंत्रों का विवरण है। भास्कराचार्य के अनुसार, सूर्य की गति, क्रांति-वृत्त सदैव एक समान नहीं रहती। यह सिद्धांत अत्याधुनिक अनुसंधानों द्वारा भी सत्य सिद्ध हुआ है।

भास्कराचार्य ने 68 वर्ष की आयु में एक अन्य ग्रंथ 'कर्ण-कुतुहल' भी लिखा। इस पुस्तक में उन्होंने पंचांग बनाने के तरीके समझाए थे। इसे 'कारण-ग्रंथ' भी कहा जाता है। ज्योतिष के क्षेत्र में यह एक बहुत ही महत्त्वपूर्ण कृति है।

भास्कराचार्य में दो विलक्षण एवं महत्त्वपूर्ण गुण थे। वे बड़े ही परिश्रमी थे और भूख-प्यास तथा नींद को छोड़कर आकाश के रहस्यों को खोजते रहते थे। दूसरा, उनका मनोबल एवं उत्साह बहुत था। वे विषम परिस्थितियों में सहर्ष तथा भयरहित रहते थे। पाश्चात्य विद्वानों ने भी उनकी सूक्ष्म विवेचना को उत्कृष्ट बताया।

भास्कराचार्य वैष्णव धर्मानुरागी थे। नित्य पूजा-पाठ, धार्मिक ग्रंथों का अध्ययन और उन पर टीकाएँ लिखना उनका प्रिय कार्य था। अपने गुरुत्वाकर्षण सिद्धांत जैसे अनेक अन्वेषणों के कारण उनका नाम सदा स्मरणीय रहेगा।

□

उपसंहार

विश्व के महानतम वैज्ञानिकों ने यथा—हाइजेनबर्ग, आइंस्टाइन, नीलाबोर, इरविंग श्रोडिंगर आदि ने अपने सिद्धांत को मूर्त देने में भारतीय वेदांत-दर्शन से प्रेरणा प्राप्त की। ऋषियों के चिंतन की धारा विज्ञान की किसी एक शाखा तक सीमित नहीं रही। वस्तुतः यही कारण है कि विज्ञान की विभिन्न शाखाओं की मूलभूत अवधारणाएँ हमारे प्राचीन साहित्य में मिल जाती हैं और विश्व के अनेक देशों ने ज्ञान-विज्ञान की अमूल्य निधि भारत से ही प्राप्त की। अरब ने तो भारत से वेदांत, दर्शन, ज्योतिष, गणित, आयुर्वेद, रसायनशास्त्र आदि सभी प्राप्त किए। इतना ही नहीं, यूनान में भी विचारों का विकास, भारतीय विचारों और विचारकों के प्रभाव से ही हुआ।

प्रो. मैक्समूलर ने उल्लेख किया है—"यूनानियों को जितना अधिक भारत की दार्शनिक प्रकृति ने प्रभावित किया, उतना किसी और ने नहीं किया।" विज्ञान के विभिन्न क्षेत्रों में भी प्राचीन भारत में अद्वितीय प्रगति हुई और वह विश्व का 'सिरमौर' रहा। अतः आज आवश्यकता है कि प्राचीन साहित्य के दोहन के महत्त्वपूर्ण कार्य में अधिक-से-अधिक लोग भागीदार बनें। जिससे न केवल हम दुनिया को दिखा सकें कि हम विज्ञान के क्षेत्र में अग्रगण्य रहे हैं, वरन् हम अपना मस्तक भी स्वाभिमान के साथ ऊँचा उठा सकें और हमारे देश की विकसित पुरानी प्रौद्योगिकी को पुनर्जीवित कर सकें।

वस्तुतः इस उद्देश्य की पूर्ति में कुछेक बाधाएँ हैं, जैसे—देश में जिन्हें संस्कृत का ज्ञान है, उन्हें विज्ञान का ज्ञान नहीं है और जिन्हें विज्ञान का ज्ञान है, उन्हें संस्कृत नहीं आती है। विज्ञान की अपनी 'कूट' भाषा होती है। पुरातन वेद-पुराणों में विद्यमान संस्कृत के इन 'कूट' शब्दों की व्याख्या करना भी हरेक की सामर्थ्य नहीं होती है, इस दिशा में प्राचीन भारतीय वैज्ञानिक शब्दावली बनाने की आवश्यकता प्रतीत होती है।

आज स्थिति बड़ी विकट हो रही है। एक तरफ विज्ञान ने मानवता को एक ऐसी जगह खड़ा कर दिया है कि जहाँ एक ओर तो वह विज्ञान की सहायता से अंतरिक्ष, चंद्रमा में गया है, एक सेकंड से भी कम समय में पृथ्वी के एक कोने से दूसरे कोने तक अपना संदेश पहुँचा सकता है, विश्व के किसी भी भाग में हुई घटना को स्क्रीन पर देख सकता है। दूसरी ओर प्रकृति के प्रति मातृत्व की भावना के स्थान पर भोग्या की अवधारणा के कारण विज्ञान समूची जैव सृष्टि का शत्रु भी बनता जा रहा है। अनियंत्रित औद्योगिकीकरण के फलस्वरूप उसके पश्च प्रभाव घातक रोगों का कारण तथा प्राकृतिक संसाधनों का ह्रास कर रहे हैं, मौसम अनियमित हो रहा है, ध्वनि, जल, वायु, मृदा प्रदूषण अत्यधिक बढ़ रहे हैं और जैव संपदा भी संकटग्रस्त हो चुकी है।

इस प्रकार चौराहे पर खड़ी मानवता हेतु विज्ञान और अध्यात्म के समन्वय की कुंजी भारत के पास है और भविष्य में भारत को ही इसे निभाना है। कुछेक वर्षों पूर्व इंग्लैंड के प्रसिद्ध इतिहासवेत्ता तथा नोबेल पुरस्कार विजेता अर्नोल्ड टॉयनबी ने एडिनबर्ग के एक दीक्षांत समारोह में कहा था—

"India will be leader in 21st century. India will make great progress in every field and what is more, will harmonise science and religion, the only country that could and would do it."

अर्थात् 21वीं सदी का नेता भारत होगा, प्रत्येक क्षेत्र में भारत की महान् प्रगति होगी। उससे भी अधिक वह विज्ञान और धर्म को समन्वित करेगा। मात्र भारत यह कर सकता है और करेगा भी।

आज विश्व के विज्ञानी, चिंतक, इतिहासकार व मनीषी भारत की भूमिका के बारे में बहुत आशान्वित हैं। उसकी पूर्ति हेतु आवश्यक है कि भारत को पुनः उसकी महानता के चरमोत्कर्ष पर हम सभी समन्वित प्रयासों से पहुँचाएँ। अतः समाज में विज्ञान, प्रौद्योगिकी, कला-कौशल का विकास समुचित ढंग से होना चाहिए तथा हमें स्वदेशी प्रौद्योगिकी को बढ़ावा देना होगा।

आज आवश्यकता है कि विज्ञान का विकास प्रकृति से सुसंगत हो, पर्यावरण स्नेही हो, संपूर्ण विश्व के लिए कल्याणकारी हो। ऐसी तकनीक भारत की एकात्मक विज्ञान दृष्टि से ही उद्भूत हो सकती है। आज के उदीयमान वैज्ञानिक अपने पूर्वज वैज्ञानिकों, मनीषियों के चिंतन, सिद्धांत व ज्ञान के प्रति आदर भाव रखते हुए अपने पुरुषार्थ से ही देश को सर्वांगीण उन्नति के पथ पर लाने में समर्थ होंगे। परमेश्वर की महती कृपा इस संकल्प को पूरा करने में सामर्थ्य प्रदान अवश्य करेगी।

□

संदर्भ-ग्रंथ

1. श्वेताश्वतर उपनिषद्—आचार्य महामंडलेश्वर श्री स्वामी महेशानंदजी गिरि महाराज : श्री दक्षिणामूर्ति पीठ प्रकाशन, वाराणसी।
2. पुरुष सूक्त, भाग प्रथम व द्वितीय—आचार्य म.म. श्री स्वामी महेशानंदजी गिरि महाराज : श्री दक्षिणामूर्ति पीठ प्रकाशन, वाराणसी।
3. कठोपनिषद्—आचार्य म.म. श्री स्वामी महेशानंदजी गिरि महाराज : श्री दक्षिणामूर्ति पीठ प्रकाशन, वाराणसी।
4. ईशोपनिषद्—आचार्य म.म. श्री स्वामी महेशानंदजी गिरि महाराज : श्री दक्षिणामूर्ति पीठ प्रकाशन, वाराणसी।
5. श्रीकृष्ण संदेश—दक्षिणामूर्ति पीठ प्रकाशन, वाराणसी।
6. शतपथ ब्राह्मण—6/6/3/14, 11/14/3/3।
7. तैत्तिरीय संहिता 10/5/21।
8. ऐतरेय आरण्यक, ब्राह्मण।
9. वेद व विज्ञान—स्वामी प्रत्यगात्मानंद सरस्वती।
10. वेदों में विज्ञान—डॉ. कपिलदेव द्विवेदी, विश्वभारती अनुसंधान परिषद्, ज्ञानपुर, 2000।
11. डॉ. विद्याधर शर्मा गुलेरी—संस्कृत में विज्ञान, 143।
12. धर्मपाल—इंडियन साइंस एंड टेक्नोलॉजी इन दी एटीन्थ सेंचुरी, 180।
13. वैशेषिक दर्शन—एक अध्ययन—श्री नारायण मिश्र, चौखंबा, संस्कृत सीरीज, वाराणसी, 1968।
14. वैदिक वाङ्मय में विज्ञान—डॉ. रामेश्वरदयाल गुप्त, महर्षि सांदीपनि राष्ट्रीय वेद विद्या प्रतिष्ठान, उज्जैन, 1997।
15. वेदों का सार—आयुर्वेद—डॉ. हरिवीर सिंह बघेल, वाई.के. पब्लिशर्स, आगरा, 1998।
16. धर्म और विज्ञान—डॉ. हरिप्रसाद सोमाणी, प्रभात पेपरबैक्स, 2019।
17. भारतीय दर्शन तथा आधुनिक विज्ञान, डॉ. सुद्युम्न आचार्य, वेदवाणी वितानम् प्रकाशन व शिक्षण संस्थान, सतना, 2002।
18. विज्ञान और वेद—डॉ. डी.डी. ओझा, साइंटिफिक पब्लिशर्स (इंडिया), जोधपुर, 2005।
19. पर्यावरण प्रबंधन—डॉ. डी.डी. ओझा, साइंटिफिक पब्लिशर्स (इंडिया), जोधपुर, 1999।

20. जल चिकित्सा—डॉ. डी.डी. ओझा, ज्ञान विज्ञान एजूकेयर, नई दिल्ली, 2014।
21. लोकोपयोगी विज्ञान संग्रह—डॉ. डी.डी. ओझा एवं गीजूभाई भराड़, भराड़ पब्लिकेशंस, राजकोट, 2014।
22. वैज्ञानिक विकास की भारतीय परंपरा—डॉ. सत्यप्रकाश, बिहार राष्ट्रभाषा परिषद्, पटना, 1954।
23. प्रज्ञा-प्रवाह—डॉ. मुरली मनोहर जोशी, पराग प्रकाशन, दिल्ली, 1991।
24. हिंदू संस्कृति अंक (कल्याण) संकलन, गीताप्रेस, गोरखपुर, 1950।
25. श्रीमद्भगवतगीता।
26. भारत में वैज्ञानिक चिंतन—डॉ. हीरालाल शुक्ल, 'रचना', 2004।
27. भास्कराचार्य, गुणाकर मूले, ज्ञान विज्ञान प्रकाशन, नई दिल्ली, 1995।
28. संस्कृत में विज्ञान—डॉ. विद्याधर शर्मा गुलेरी, संस्कृत भारती, नई दिल्ली, 2000।
29. गुरुकुल शोध भारती पत्रिका, गुरुकुल काँगड़ी प्रकाशन, हरिद्वार, 2000।
30. रुद्राष्टाध्यायी।
31. भाव प्रकाश।
32. वसुंधरा पत्रिका, सी.एस.आई.आर.-एन.जी.आर.आई. पत्रिका, 2014।
33. विज्ञान प्रकाश पत्रिका, 2005, 2008।
34. विज्ञान प्रगति पत्रिका, वर्ष-1988, 2006, 2013, 2018, 2019।
35. वेद विद्या पत्रिका—महर्षि सांदीपनी राष्ट्रीय वेद विद्या प्रतिष्ठान प्रकाशन, उज्जैन, 2012।
36. जल चेतना पत्रिका—रा.ज.वि. संस्थान प्रकाशन, रुड़की, 2016, 2017।
37. वैज्ञानिक पत्रिका—भा.प.अ.सं. प्रकाशन, मुंबई, 2015।
38. 'इलेक्ट्रॉनिकी आपके लिए' पत्रिका, आईसेक्ट प्रकाशन, भोपाल, 2019।
39. 'साहित्य अमृत' पत्रिका, नई दिल्ली, अप्रैल 2021
40. विज्ञान परिषद् प्रयाग—शताब्दी प्रकाशन, इलाहाबाद, वर्ष 2013।
41. आविष्कार पत्रिका—एन.आर.डी.सी. प्रकाशन, नई दिल्ली, 1997।
42. 'विज्ञान गरिमा सिंधु' पत्रिका—वै.त.श.आ. प्रकाशन, नई दिल्ली, वर्ष 2000।
43. प्राचीन भारत में वैज्ञानिक चिंतन—डॉ. पुरुषोत्तम भट्ट चक्रवर्ती, आइसेक्ट प्रकाशन, भोपाल, 2009।
44. बृहदारण्यक उपनिषद् गीताप्रेस, गोरखपुर प्रकाशन।
45. रस रत्नाकर, रसरत्न समुच्चय।
46. History of Science in India, Vol. III, Chemical Science, NASI Publication, Allahabad, 2014.
47. Medicine and Surgery in Ancient India, K.H. Krishna Murthy, Sanskrit Bharti Prakashan, New Delhi, 2000.
48. Science, Ethics and Holistic Values, Swami Jitamananda, Bhartiya Vidya Bhawan, 1986.
49. The Sulba Sutras, Dr. Satya Prakash, Prayag Prakashan, 1950.

50. Vedas—The Source of Ultimate Science, Dr. S.R. Verma, Nag Publishers, Delhi, 2005.
51. Bhaskaracharya, Gunakar Mule, Gyan Vigyan Prakashan, New Delhi, 1995.
52. Vaidic Ganit Nirdeshika, Vidya Bharti, Kurukshetra, 2000.
53. Metallurgy in Sanskrit Literature, Dr. V.K. Didolkar, Sanskrit Bharti, New Delhi, 2000.
54. A History of Hindu Chemistry, P.C. Roy, Shaibya Prakashan, Bilenay, Kolkata, 9th Centenary Edition, 2002.